조선 기생
선연동(嬋娟洞) 연구

조선 기생
선연동(嬋娟洞) 연구

신현규

보고사
BOGOSA

발간사

기생, 원 라이프 멀티 스토리를 꿈꾸다

거친 무덤에도 해마다 봄빛은 찾아와
꽃으로 단장하니 풀로 치마 둘렀네.
이 많은 꽃다운 혼들 아직 흩어지지 않고
오늘도 비 되고 구름이 되네.

석주 권필의 한시 속에서는 생전에 아름다웠던 기생이 묻힌 선연동에 꽃다운 혼들이 비와 구름으로 변신한다. 조선시대 평양 기생은 죽으면 모두 평양 북쪽의 칠성문 밖에 장사를 지냈다. 그 묘지를 '선연동', 즉 기생의 '곱고 예쁜 고을'이라 불렀다. 시인들에 의해서 스토리텔링이 되어 평양기생의 것만이 아니라, 조선 기생의 북망산까지 확대된다. 이러한 스토리텔링 덕택에 이곳을 지나는 시인들은 반드시 시를 남겼다. 선연동의 스토리텔링은 시인들의 꿈과 감수성을 자극하는 훌륭한 도구인 셈이다. 현대사회에서는 정보통신의 발달로 매체의 변화에 적응하는 스토리텔링이 필요하다. 여기에 대중 사회의 관심을 끄는 문화 코드 중에 하나로 기생을 빼놓을 수 없다. 누구나 잘 안다고 여기는 것 중에 기생도 빠지지 않지만 과연 우리는 제대로 알고 있을까. 그저 전해 들었을 뿐 확인할 수 없는 이야기가 전부일 수도 있다.

여러 문화원형 중에서 디지털 콘텐츠의 대상으로 기생은 특히 매력적이다. 특유의 팜므파탈의 이미지와 함께 이중적인 삶의 굴곡이 잘 드러나 있는 대상이기 때문이다.

기생의 스토리텔링과 문화원형

'선연동'을 소재로 삼은 시인들은 시간을 초월하여 공간에 접속된다. 그곳에서 무수한 담론들이 생겨나고 그에 따라 시문이 지어졌다. 그래서 시인과 '선연동'은 절묘한 만남이다. 시인들은 기생들의 생전의 모습과 죽은 뒤의 모습을 대비적으로 음영하기를 즐겼던 장소로 선연동을 그렸다. 기생은 사대부 연회에 가무음률과 시서화를 할 줄 아는 해어화로 '선연동'에 묻혔지만, 시인들은 그곳을 찾은 손님으로서 아쉬웠던 풍류를 즐기고 싶은 마음을 시로 다시 살려낸 스토리텔링이 돋보인다. 또 다른 흐름은 기생의 아름다움도 '선연동'에 묻혀 있는 기생들을 추모하면서 속절없는 인생의 무상함을 깨닫는 감회를 보여주는 스토리텔링이다. 지금 북한 평양에서 '선연동'은 '고노골'으로, 평양시 모란봉구역 개선동 모란봉의 북쪽에 있는 골짜기를 말한다. 현재는 고노동의 중심마을이 위치해 있다. 기생 문화원형은 문헌, 회화 등 각종 자료를 통해 역사 속 유명 기녀들의 외모, 패션, 스타일, 성격 등을 디지털에 담은 것이다. 일제강점기의 근대적 기생, 즉 '권번 기생'은 대부분 인생 자체가 극적인 내러티브를 담고 있어 다양한 시나리오로 재구성하기에 유리하다. 무엇보다도 신문, 잡지 자료가 많이 남아 있고 관련 인터뷰도 적지 않게 남아있다. 기생 이야기는 미모나

재주가 뛰어나지만 사회적 천대 때문에 일반인과의 사랑이 이루어질 수 없는 애환을 지닌다. 또한 기생들과 관련이 깊은 주변 인물의 삶 자체 역시 구성도 극적이다.

디지털 시대의 융합 콘텐츠, 기생

컨버전스(convergence) 시대가 되면서 지금까지 다른 영역에서 각 장르를 관통하는 공통 요소를 도출하여 영역의 개별적 발전이 전체에 시너지 효과를 기대한다. 하나의 콘텐츠가 여러 매체의 콘텐츠로 변주되면서 문화 상품을 양산하는 문화콘텐츠 산업의 특징을 보여준다. 원 라이프 멀티 스토리는 역사적 인물을 재조명하는 스토리텔링 개발의 한 방법이다. 근대 기생의 문화와 예술에 대한 디지털콘텐츠 개발은 기생의 생활 관련 역사와 제도, 기생 조합과 권번 기생의 삶과 예술 기생의 생활 등의 고증을 바탕으로 정확하게 소재화하여 산업적 활용도가 높은 디지털 콘텐츠로 개발된다. 기생 인물을 재조명하는 스토리텔링 개발은 원 라이프 멀티 스토리라는 관점에서 지속적으로 이어진다. 여기서 잘 짜인 스토리(story)와 텔링(telling)은 문학, 만화, 애니메이션, 영화, 게임, 광고, 디자인, 홈쇼핑, 테마파크, 스포츠 등의 이야기 장르를 아우른다. 조선시대 기생이 직접 지은 시들은 문집으로 남지 못한 채 사대부 편저자의 시선과 담론화의 과정을 거쳐 취사선택된 것이다. 이처럼 주변 인물을 통해 회자되다가 시화집, 시선집, 야담, 소총 등으로 정착된 작품들은 오늘날까지도 남아있다. 아이러니하게도 이 때문에 컨버전스 콘텐츠로 기생은 융합 콘텐츠인 셈이다.

이 책은 우여곡절 끝에 어렵게 발간되었다. 늘 항상 언제나 고맙고 사랑하는 아내와 든든한 아들, 소중한 딸에게 이 책을 바친다. 끝으로 출판해주신 보고사 김흥국 사장님과 직원분들께 감사드린다.

2017년 7월

흑석골에서 신현규

목차

1

머리말

이 책은 '선연동'을 수용한 한시와 시조의 형상화 양상에 대한 연구를 목적으로 한다. '선연동'은 평양 기생의 북망산(北邙山)으로 알려진 평양부 북쪽 칠성문(七星門)에 있었던 기생의 장지(葬地)를 말한다.

평양(平壤)[1]은 4,000여 년의 역사를 지닌 고도(古都)로서 단군왕검(檀君王儉)이 도읍한 이래 기자조선(箕子朝鮮)·위만조선(衛滿朝鮮)·낙랑(樂浪)·고구려(高句麗) 등의 도읍지였다. 옛 이름으로는 왕검성(王儉城)·기성(箕城)·낙랑(樂浪)·서경(西京)·호경(鎬京)·유경(柳京) 등이다. 외교적으로 평양의 기생은 조선시대 명(明)·청(淸) 등과의 교류를 맺는데 중요한 역할을 한다.

평양 기생의 북망산은 칠성문 밖에 골짜기이다. 그곳이 바로 선연

---

1 평양시는 예로부터 대구·강경과 더불어 조선의 3대시장이라 불리던 상업도시였으며, 1898년 개시장(開市場)으로 지정되어 중국과의 무역도 활발히 이루어졌다. 특히, 일본의 중국대륙 진출을 위한 병참기지화의 식민지경제정책으로 인하여 급속하게 발달한 평남공업지대의 핵심지역으로서, 경의선이 개통되고 일본인들이 대량으로 이주하게 되면서 직교식 신시가지가 확대, 형성되었으며, 상업지구가 이루어졌다.

평양 칠성문

동의 위치라고 알려져 있다. 칠성문은 평양성의 내성 북쪽으로 낸 문이다. '칠성문'이라는 성문 이름은 북두칠성에서 딴 이름으로 북문을 의미한다. 칠성문은 한양의 광희문(光熙門)[2]처럼 시구문(屍軀門)의 역할을 하는 시신(屍身)을 내보내던 문으로 추측된다.

칠성문은 을밀대 쪽에서 등성이를 타고 남쪽으로 내려오는 성벽과

---

2 광희문(光熙門)은 시구문(屍軀門)·수구문(水口門)이라고도 하였으며 서소문(西小門)과 함께 시신(屍身)을 내보내던 문이다. 1396년(태조 5) 도성을 축조할 때 창건되었으며, 1422년(세종 4) 개축된 것으로 추측된다. 『숙종실록(肅宗實錄)』에 1711년(숙종 37) 민진후(閔鎭厚)의 건의로 금위영(禁衛營)으로 하여금 개축하게 하고, 문루(門樓)는 목재를 구하기가 어려우므로 후에 개축하기로 하였다는 기사가 있으며, 1719년 문루를 세워서 광희문이라는 현판을 걸었다. 그 후 1975년 도성복원공사의 일환으로 석문을 수리하고 문루를 재건하였다.

만수대에서 북쪽으로 뻗은 성벽을 약 10m 가량 어긋나게 쌓고, 그 두 성벽 사이에 가로 세워 성문을 쌓았다. 이 성문에는 옹성(甕城)[3]을 갖추고 있다. 보통 성문의 것과는 달리 성문 앞쪽으로 나온 성벽의 끝을 보강하여 옹성으로 삼은 것이 특징이다.[4] 칠성문은 고구려시대부터 존재했다.

북망산(北邙山)은 중국 낙양(洛陽) 북쪽에 있는 작은 산 이름이다. 낙양은 B.C. 11세기에 주(周)나라 성왕(成王)이 이곳에 왕성을 쌓은 이래 후한(後漢)을 비롯한 서진(西晉)·북위(北魏)·후당(後唐) 등 여러 나라의 도읍지로서 역사적으로 번창하였던 곳이었다. 그만큼 낙양에는 많은 귀인·명사들이 살았다. 이들이 죽은 뒤 대개 북망산에 묻혔다. 이곳에는 한나라 이후의 역대 제왕과 귀인·명사들의 무덤이 많았다.

이와 같은 연유로 어느 때부터인가 북망산이라고 하면 무덤이 많은 곳, 사람이 죽어서 가는 곳의 대명사처럼 쓰이게 되었다. 지금도 '북망산천(北邙山川)'하면 무덤이 많은 곳, 사람이 죽어서 가는 곳, '북망산 가는 길'하면 사람의 죽음을 뜻하는 말로 쓰인다.

---

3 성문의 앞을 가리어 적으로부터 방어하는 작은 성을 말한다.

4 성문 축대는 사각추형으로 다듬은 돌로 정연하게 쌓고 아치형의 성문을 갖추었다. 축대 위에 세운 문루는 중앙 칸을 넓혀 중심을 강조하였으며, 흘림기둥 윗부분은 액방(額枋)으로 이어대고 두공(枓栱) 대들보 밑에 아담한 꽃무늬 초엽(草葉 : 길쭉한 삼각형의 널조각)을 받쳤다. 지붕은 마루선들과 지붕면들이 짜임새 있게 조화를 이루고 있으며, 시원한 통천장 꼭대기의 화반대공(花盤臺工)은 3개의 나무토막으로 꽃무늬를 돌려 새겨 장식적 효과를 더욱 높인 전형적인 성문의 문루이다.

선연동은 조선시대 전부터 북망산처럼 공동묘지이었을 것이다. 추측컨대 고려 후기부터 조성된 기생의 무덤은 그곳에 총총히 있었다. 아래의 출전을 통해 추측이 가능하다.

> 선연동(嬋娟洞)
>
> 아름다운 아쟁과 거문고가 다 식은 재가 되어
> 환옥 노리개의 소리가 사라져 달밤이 슬프구나.
> 해 질 무렵 무덤에 슬픔이 구름 되어 비가 내리고
> 꽃다운 처녀는 없고 백골만 묻었네.[5]
> 瑤箏錦瑟化寒灰　環佩聲殘夜月哀
> 怊悵暮山雲雨地　香名不與骨俱埋

경재(敬齋) 하연(河演)[6]에 출전이 있는 것으로 볼 때, 평양의 기생 묘지로서 '선연동'은 고려 후기에도 존재한 것으로 사료된다. 하연은 1425년에 경상도관찰사가 되었고 예조참판을 거쳐, 평안도 관찰사가

5 『敬齋先生文集』 卷之一, 詩, 箕城三十韻.

6 1376(우왕 2)~1453(단종 1). 조선 전기의 문신으로 본관은 진주(晉州). 자는 연량(淵亮), 호는 경재(敬齋)·신희(新稀). 즙(楫)의 증손으로, 할아버지는 대사헌 윤원(允源)이고, 아버지는 부윤 자종(自宗)이며, 어머니는 정우(鄭寓)의 딸이다. 정몽주(鄭夢周)의 문인이다. 1396년(태조 5) 식년문과에 병과로 급제하여 봉상시녹사를 거쳐, 직예문춘추관수찬관(直藝文春秋館修撰官)이 되고, 이어 집의·동부대언 등을 역임하였다. 이때 태종은 그가 간관(諫官)으로서 의연한 자세로 일을 말하는 것을 보고 손을 잡고 치하했다 한다. 세종이 즉위하자 지신사(知申事)가 되어 조심스럽게 처사하여 신임을 받아 예조참판·대사헌을 역임하였다.

되었다가 한때 천안에 유배되었다. 그러나 곧 유배에서 풀려 형조·병조의 참판을 거쳐 1431년에 대제학이 되었다. 그 뒤 대사헌·형조판서·좌참찬 등 고위관직을 역임하였다. 아마도 1425년에 평안도 관찰사를 했기에 '선연동'의 존재를 확인했던 것이다.[7]

당시 평양 기생이 죽으면 모두 여기에서 장사를 지냈다고 한다. 하지만 단순히 선연동은 기생들의 무덤이 아니다. 처연(悽然)한 삶을 살아간 기생이 이승을 떠나 저승으로 가는 공간이다. 선연동은 인간의 죽음을 북망산천으로 형상화하는 것처럼 기생의 죽음을 형성화되는 대상이 된다. 선연동은 시를 통해서 평양기생의 것만이 아니라, 조선 기생의 북망산으로 확대된다.

조선시대 원단(元旦)에 명나라나 청나라에 보내던 사신을 정조사(正朝使), 하정사(賀正使)·정단사(正旦使) 등으로 불렀다. 동지사(冬至使)·성절사(聖節使)와 더불어 삼절사(三節使)의 하나이다. 이는 무슨 일이 있을 때마다 보내던 임시사절이 아니라 정례사행(定例使行)이었다.

---

7 하연(河演)은 1423년(세종 5)에는 대사헌으로서 조계종(曹溪宗) 등 불교 7종파를 선(禪)·교(敎) 양종(兩宗), 36본산으로 통합하고, 혁파된 사원의 토지와 노비는 국가로 환수하고자 하여 채택 받았다. 1437년 의정부에 들어가서는 판이조사로서 이조의 일을 맡아 공세법(貢稅法 : 연분9등, 전분6등)을 마련했으며, 1442년에는 각품의 행수법(行守法)을 제정하였다. 1445년에 좌찬성이 되어 70세로서 궤장(几杖)을 받았다. 이어 우의정·좌의정을 거쳐, 1449년에 영의정이 되었다. 영의정으로 있던 1451년(문종 1)에 문종이 대자암(大慈庵)을 중수하려고 하자, 이에 반대하고 치사(致仕)하였다. 의정부에 들어간 지 20여 년간 문안에 사알(私謁)을 들이지 않았고 법을 잘 지켜 승평수문(昇平守文)의 재상으로 일컬어졌다. 1454년에 문종의 묘정에 배향되고, 숙종 때 진주의 종천서원(宗川書院), 합천의 신천서원(新川書院)에 제향되었다. 편서로 『경상도지리지(慶尙道地理志)』·『진양연고(晉陽聯藁)』가 있다. 시호는 문효(文孝)이다.

삼절사의 사절단 구성은 모두 30명으로 정하였는데, 정사(正使)·부사(副使)·서장관(書狀官) 각 1명, 대통관(代通官) 3명, 즉 수석당상관(首譯堂上官) 1명과 상통사(上通事) 2명이고, 호공관(護貢官), 즉 압물관(押物官) 24명 등으로 이루어졌다. 그밖에 종인(從人)은 일반적으로 250명 정도였다. 1755년(영조 31)에는 541명에 이르러 말썽을 빚기도 하였다.

예물은 일정하지 않으나 황제에게는 모시·명주·수달피·화석(花席)·백면지(白綿紙) 등을, 황후에게는 나전소함(螺鈿梳函)·모시·명주·화석 등을 선사하였다. 황태후에게는 황후와 같으며, 황태자에게는 황제와 종류는 비슷하나 그 수량이 대략 절반 정도였다. 예물을 정하는 것은 호조(戶曹)에서 맡아 하였다. 사신과 함께 물건을 선택하면 왕이 친히 본 뒤에 최종적으로 결정하였다. 당시 엄청난 규모였기에 한양을 출발해서 의주로 가기 위해 반드시 평양을 거쳐 가야 한다. 이 때문에 평양에는 삼절사의 사절단을 위한 연회가 거의 매달 이루어지는 셈이다. 이를 위해 평양에서 기생을 기르는 교방은 융성할 수밖에 없었다.

이 정례사행은 원래 별도로 엄격히 지켜지다가 1645년(인조 23)부터 피차의 편의를 보아 날짜에 구애받지 않고 모두 정조(正朝)에 보내기로 하였다. 그 뒤 1723년(경종 3)에 다시 강조되어 이후로는 동시에 시행되었다. 이 정례사행을 '삼절겸연공사(三節兼年貢使)' 혹은 줄여서 '동지사'·'절사'라 불렀다. 이 사행은 매년 10월 말이나 12월 초에 떠나서 그 해가 지나기 전에 북경(北京)에 도착해 40~60일 오랫동안 머무른 다음 2월중에 떠나서 3월 말이나 4월 초에 돌아오는 것이 통례였다.

이처럼 조선시대 중국에 하정사(賀正使)로 가던 정사(正使)·부사(副

使) · 서장관(書狀官), 종사관은 평양을 거쳐 의주로 갔다. 평양에 머무는 동안에는 대동강변의 을밀대, 부벽루, 모란봉 그리고 연광정 등을 유람하는 경우가 많았다. 당대 시인들은 마침 기자묘 근처 길가에 있던 기생의 공동묘지이었던 '선연동'의 기생들을 그냥 지나치지 않았다.

(1) 소화시평

홍만종(洪萬宗)[8]의 『소화시평(小話詩評)』에서 "선연동은 당나라 때 궁인야(宮人斜) 같은 곳으로 이곳을 지나는 시인들은 반드시 시를 남겼다"는 기록이 아래와 같이 남아있다.

> 선연동은 평양성 칠성문 밖에 있었는데, 기생들이 장례를 치렀던 곳이다. 당나라 시기에 궁인야 같은 곳으로 여기를 지나는 시인들은 반드시 시를 남겼다.[9]

---

8 1643(인조 21)~1725(영조 1). 조선 후기의 문신·학자·시평가(詩評家)로 본관은 풍산(豊山). 자는 우해(宇海), 호는 현묵자(玄默子)·몽헌(夢軒)·장주(長洲). 아버지는 영천군수(榮川郡守) 세주(世柱)이며, 어머니는 참판 정광경(鄭廣敬)의 딸이다. 정두경(鄭斗卿)의 문인으로, 김득신(金得臣)·홍석기(洪錫箕) 등과 교유하였다. 1675년(숙종 1) 진사시에 합격, 부사정·참봉 등을 지냈다. 1680년 부사정으로서 허견(許堅)의 사건에 연루되어 간원(諫院)의 탄핵을 받고 유배, 1682년에 풀려났다. 1707년 그가 편찬한 『동국역대총목(東國歷代總目)』이 참람되고 권문에 의탁한다는 등의 죄목으로 지평 김시환(金始煥)에 의하여 비판되었으나, 최석정(崔錫鼎)의 비호로 모면된 뒤 통정대부 첨지중추부사에 이르렀다. 편서로는 『해동이적(海東異蹟)』·『소화시평(小華詩評)』·『순오지(旬五志)』·『시평보유(詩評補遺)』·『동국역대총목』·『증보역대총목』·『시화총림(詩話叢林)』·『동국악보(東國樂譜)』·『명엽지해(蓂葉志諧)』·『동국지지략(東國地志略)』 등 10종이 있다.

물론 시인들은 기행형식으로 기록을 남겼고, 시 작품에서는 '선연동'을 역사적 소재로 적절하게 활용하였다. 홍만종(洪萬宗)은 문필로 이름이 있는 집안에 태어나 문재가 있었던 데다가 벼슬을 버리고 학문과 문장에 뜻을 두어 역사·지리·설화·가요(歌謠)·시 등의 저술에 전념하였다. 특히 시평(詩評)에 있어서는 소년기부터 노년까지 깊은 연구를 하여 많은 업적을 남겼다.

여기서 궁인야(宮人斜)는 『소화비평(小華詩評)』[10]에 언급되어 있듯이 '비낄 사(斜)'를 '골짜기 이름 야(斜)'로 읽어야 한다고 교주(校註)가 달려있다. 후대에 문헌에서는 혼용되어 쓰다가 지금은 '궁인사'로 읽지만, 원문으로 '궁인야'로 읽는 것이 맞다. 이 책에서는 이를 통일하여 '궁인야'로 표기한다.

『소화비평』은 조선 후기의 문인 홍만종의 시평집으로 상하권으로 나누어져 있다. 상권이 41매 108단(段), 하권이 39매 97단으로 필사되었고, 212인에 대한 시를 평하고 있다. 『소화시평』의 내용은 우리 한시에 대한 광범위한 서술을 포괄하고 있다. 서두에서 고려 태조 이하 역대 제왕의 시를 다루고 있다. 그리고 을지문덕(乙支文德)·최치원(崔

---

9 "嬋娟洞在箕城七星門外 卽葬妓之處也 有若唐之宮人斜 騷人過此者 必有詩"

10 2권 1책, 필사본으로 저자의 나이 31세에 완성하였다. 현재까지 활자본이 발견되지 않는 상황으로 보아 미간행 또는 간행본의 산일(散逸)로 추측된다. 현전하는 필사본은 10여 종이 넘는다. 규장각도서본(4종), 영남대학교 소장본(3종), 계명대학교 소장본(1종), 개인 소장본(3종) 등이 전해져 온다. 이들 필사본은 형태와 체재가 한결같이 일치하는 것이 아니다. 분권하지 않은 것, 서(序)가 빠진 것 등 차이점이 있다. 이 책은 권두에 김진표(金震標)·홍석기(洪錫箕)·김득신(金得臣)·홍만종의 서와 〈소화시평제자목록(小華詩評諸子目錄)〉이 있다. 상권·하권의 순으로 내용이 수록되고 이존서(李存緖)의 후발이 있다. 부록으로 〈칠계창수록(漆溪唱酬錄)〉이 있다.

致遠) 등으로부터 조선 후기 인물들의 작품에 이르기까지 차례대로 고찰하였고 그 사이의 경과를 소상히 알려주고 있다. 시 비평은 가장 먼저 입지(立志)의 소재를 살피고, 그 다음에 수사(修辭)와 격률(格律)을 살핀다. 그 중에서 작품의 우열과 참과 거짓을 판단하여 시의 천심(淺深)·공졸(工拙)·청탁(淸濁) 등을 가려내는 작업을 하는 것이 요령이다. 시평(詩評)에서 가장 큰 비중을 차지하고 있는 것은 시의 기상이다. 그리고 기상의 이면에는 함축의 오묘함이 뒤따라야 한다. 시를 지을 때는 뜻이 말속에 함축되어 있어야 아름답게 된다.

만일 말뜻을 바로 겉으로 나타내어 직설하고 축적해 둔 바가 없으면, 비록 사조(詞藻), 즉 말의 수식이 매우 수려하고 지나치게 수식이 많다 해도 시를 참으로 아는 사람은 취하지 않는다는 것이 홍만종의 생각이었다.

우리의 역대 시인들이 지나치게 당시나 송시를 기준으로 하여 시를 배우고 창작에 힘쓴 나머지, 단순한 흉내나 표절에 불과한 시를 지어 시의 품격을 떨어뜨리고 만 것에 대하여 비판하였다. 그와 동시에 시인들이 가장 금기로 하여야 할 것은 남의 글귀를 표절하는 것이라 하였다. 인간에게는 누구나 개성적인 성정이 있으므로 그 성정이 시에 자연스럽게 나타나는 시를 지어야 한다고 주장하였다. 홍만종의 시평에 있어 주요점은 바로 송의 시풍을 배격하고 당풍을 위주로 하여야 한다는 점이다. 그리고 표절과 도습을 금기로 여겨 개성 있는 시를 써야 한다는 점에 있다. 이와 같은 경향은 당대의 보편적 흐름으로 보인다.

『소화시평』을 한시 비평사적 측면에서 그 의미를 살펴보면 다른 비평서보다도 그 전문성·치밀성에 있어서 남다른 특징이 있다. 우리나라에는 고려시대부터 조선 후기에 이르기까지 여러 종류의 시화집이 있었다. 그러나 순수하게 시만을 중심으로 다룬 비평서는 찾기 힘들고 전문적인 비평가를 지적하기가 쉽지 않다.

대부분의 시화집은 엄밀한 의미에서 시비평집이라기보다는 시일화집(詩逸話集)의 성격이 강하다. 그러므로 일반적으로 시와 관련된 신변잡기나 견문 등이 더 큰 비중을 차지한다. 홍만종은 역대 시화를 집대성하여 전문적인 시평집인 『시화총림(詩話叢林)』을 편찬하였다. 그는 "처방을 모르는 의사가 병을 고칠 수 없듯이, 시인에게는 시평이 없을 수 없다."고 하여 비평의 중요성을 인식하였던 사람이다. 이러한 시평 정신의 결정으로 이루어진 것이 바로 『소화시평』이다. 따라서 『소화시평』은 그 어느 시평집보다 전문성을 띠고 있고 내용도 체계적 치밀성을 지니고 있다.[11]

시 작품의 창작 계기 중에는 특정 인물과 관계된 무덤을 소재로 한 작품들이 많다.[12] 주로 역사적 소재를 특정 인물과 관계된 고택, 묘지,

---

11 "홍만종의 시 비평 방식은 여전히 종래의 경우와 큰 차이점을 찾을 수 없다. 이것이 이 지닌 한계이다. 이러한 사실은 그의 시평 용어가 대체로 중국의 역대비평가들이 사용하였던 것과 차이점이 거의 없다는 점에서도 확인할 수 있다. 『소화시평』은 서와 발을 제외한 본문이 임렴(任廉)의 『양파담원(暘葩談苑)』 제6책에 상하로 수록되어 있다. 이 책이 필사된 연도는 후발을 쓴 이존서가 언제 인물인지 정확하지 않아 확정하기 어렵다. 그러나 대개 후발이 쓰인 해인 1895년 이후일 것으로 추정된다. 이겸로(李謙魯)가 소장하고 있다." 최신호(1972), 「홍만종(洪萬宗)의 소화시평고(小華詩評攷)」, 『성심어문논집』 3 참조.

12 鄭道傳의 「廉義之墓」, 成三問의 「夷齊廟」, 李達의 「魯山墓」, 崔慶昌의 「過忠壯公楊照之墓」, 李玉峰의 「過魯山君墓」, 權韠의 「過松江墓」, 鄭斗卿의 「箕子廟」, 趙秀三의 「趙松山墓」 등을 들 수 있다.

사당 등을 지나거나 접했을 때, 시인의 감성은 풍부하게 작품을 남기게 되었다.

역사적 소재를 다루고 있는 작품들의 창작 계기를 몇 가지로 나눌 수 있다.

① 역사적으로 상당한 의미를 지니는 현장을 지나가게 되었을 때
② 역사서적을 읽거나, 역사에 대한 지식을 바탕으로 역사문제를 거론할 필요가 있을 때
③ 특정 인물과 관계된 유적(古宅, 墓地, 祠堂 등)을 지나거나 접했을 때
④ 민족사적 환란을 겪거나 시의에 부적합한 사실을 목격하였을 때
⑤ 역사적 사실이나 인물과 관계된 그림을 접했을 때
⑥ 기타 역사적 사실을 연상시킬 수 있는 시적 제재를 접했을 때

따라서 이러한 역사적 소재를 수용한 한시라 하더라도 그것이 역사라는 측면보다는 문학의 일부라는 측면에서 바라보아야 한다.[13]

자주 등장하는 시어 중에도 기생과 관련된 것들이 많다. 예컨대 해어화(解語花), 선연(嬋娟), 선연(嬋姸), 염기(艷妓), 동기(童妓), 무기(舞妓), 성기(聲妓), 가인(佳人), 가기(歌妓), 현기(弦妓), 예기(藝妓), 미기(美

13 성중범, 「한국한시의 역사적 소재 수용양상」, 『진단학보』 77집, 진단학회, 1994, 94~95쪽.

妓), 가기(佳妓), 애기(愛妓), 압기(狎妓), 장기(壯妓), 의기(義妓), 도기(都妓), 창기(娼妓), 천기(賤妓), 퇴기(退妓) 등을 들 수 있다.

여기서 해어화(解語花)는 당나라 현종(玄宗)이 비빈(妃嬪)과 궁녀들을 거느리고 연꽃을 구경하다가 양귀비(楊貴妃)를 가리켜 "연꽃의 아름다움도 '말을 이해하는 이 꽃'에는 미치지 못하리라"고 말했다는 고사에서 온 말로, '해어지화(解語之花)'라고도 한다. 중국 오대(五代)의 왕인유(王仁裕)가 엮은 『개원천보유사(開元天寶遺事)』에 다음의 글이 실려 있다.

> 명황(明皇) 가을 8월에 태액지(太液池)에 천 송이의 흰 연꽃이 피었다. 그 중 몇 가지에는 꽃이 무성하게 피었다. 황제는 양귀비와 더불어 잔치하고 감상했다. 좌우가 감탄하고 부러워했다. 오래도록 감상하다가 황제가 양귀비를 가리키며 좌우에게 일러 말했다. "내 말을 이해하는 꽃과 견줄 만하도다[爭如我解語花]."
> 여기서 명황은 당나라의 현종을 가리키는 말이고, 태액지는 장안성(長安城)의 동북간에 있는 성에 인접하여 만든 정원으로 대명궁내(大明宮內)에 있는 연못이다. 이 태액지에 피어 있는 연꽃의 아름다움에 취해 모두 넋을 잃고 바라보자, 현종이 "연꽃의 아름다움도 말을 알아듣는 이 꽃(양귀비)에는 비할 바가 못 된다"고 하여 양귀비에 대한 지극한 사랑을 표현했던 것이다. 양귀비는 촉주(蜀州) 사호(司戶)였던 양현담(楊玄啖)의 딸로, 어렸을 때의 이름은 옥환(玉環)이었다. 일찍 부모를 여읜 그녀는 숙부 밑에서 자랐다. 원래 양귀비는 현종의 18번째 아들인 수왕(壽王)의

비(妃)였으나 현종의 눈에 띄어 그녀의 나이 27세 때 귀비(貴妃)로 책봉되었다. 그 후 현종의 총애를 받아 그 일족이 모두 높은 벼슬에 오르는 등 영화를 누렸으나, 안녹산(安祿山)의 난이 일어나 피난 가던 도중 길가의 불당에서 목매어 죽임을 당하였다.[14]

기생이 직접 지은 시들은 문집으로 남지 못한 채 대부분 회자되면서 전해졌다. 주변 인물을 통해 회자되다가 시화집, 시선집, 야담, 소총 등으로 정착된 작품들은 오늘날까지도 남아있다. 시화집, 시선집 등에 실려 있는 기생의 한시는 대부분 사대부 편저자의 시선과 담론화의 과정을 거쳐 취사선택된 것이다.[15]

특히 애정의 주체로서 남자들을 대하고, 기생의 본분이라 할 유흥과 행락에서 가장 적극적인 행동을 보이는 기생들은 거의 예외 없이 평양의 기생들이다.[16]

'선연동'의 기생들이 등장하는 시에는 풍부한 시화(詩話)가 함께 남아 감상의 깊이를 더해 주었다. 또한 '선연동'은 사대부와 밀접했던 기생의 역사적 소재로 하여 당대 시인에게 매력적인 대상이었다. 시인들은 조선 기생의 북망산 '선연동'을 당나라의 궁인(宮人)의 북망산 '궁

---

14 『개원천보유사(開元天寶遺事)』

15 "기생 한시의 전래는 조선시대의 기생 제도가 사대부의 지배 담론에서 벗어날 수 없었던 현실과 궤를 함께 한다"는 의견에 동의한다. 박영민, 「기생의 한시, 사회적 정체성과 섹슈얼리티의 서사」, 『동방한문학』 제33집, 2007, 169~170쪽.

16 오수창, 「<청구야담>에 나타난 조선 후기 평양 인식과 그 성격」, 『한국사연구』 137, 한국사연구회, 2007, 90쪽.

인야(宮人斜)'와 같이 역사적 소재로 삼아 노래한다. 이를 수용하고 작품으로 형상화하는 양상은 지향하는 바가 어떻게 구분되는지 논의를 통해서 밝혀보도록 하겠다. 우선 문헌에서 나타난 '기(妓)'의 개념을 검토하고자 한다.

2

문헌에서 '기녀妓女'와 '기생妓生'의 개념

1) '기(妓)'의 기원

중국에서는 기생이라는 어휘 대신에 '기(妓)' 또는 '기녀(妓女)' '창기(娼妓)' 등을 널리 사용하였다. 기생이라는 어휘의 용례를 찾을 수 없을뿐더러 인용조차도 보이지 않는다. 중국의 옛 문헌에는 '기'보다는 '창(娼)'으로 불리었다. 특히 옛 시대 중국에서 창녀(娼女)는 음악에서 기원을 찾을 수 있다. 이런 연유로 후대에 창녀가 생계를 위해 매음을 하더라도 음악과 가무는 변함없이 그들의 주요 기술이 되었다고 한다. 또한 '창(娼)'은 남녀의 구분이 이루어지지 않았다. 중국 한나라 이래로는 창(倡), 기(伎), 여창(女倡), 여기(女妓), 어기(御妓) 등으로 불리었다. 당나라 이후에 관기(官妓), 가기(歌妓), 영기(營妓), 음기(飮妓), 교방여기(教坊女妓), 성기(聲妓), 가기(家妓) 등으로 불리게 되었다. 물론 여기에는 여악(女樂)의 연희가 전제된다.[17]

'기(妓)'는 가무와 풍류로써 나라와 궁중의 여러 연회에 흥을 돋우는 일을 한 여성으로 기녀·기생·여기·여악이라 불렀다. 이미 고대로부터 가무를 하는 유녀(遊女)는 있었던 것으로 보인다. 고려 초기부터 중국을 본떠 교방이 설치되고 여악을 두었다. 조선시대에 들어와 이러한 여성들은 제도적으로 관청에 소속되어 있었으며, 신분상으로는 천인(賤人)에 속했다.

고려시대 기녀들은 당악·향악의 창(唱)과 무(舞)로써 국왕의 사사로운 즐거움이나 궁중연회, 외교사절의 접대연희에 참석하였다. 문종 때는 팔관·연등회 같은 국가적인 의식과 그 외에 왕의 거둥이나 궁중의 여러 의식에도 정제(呈提)하였다. 고려의 기녀는 여악과 관기라는 형태로 나타나는 데, 이는 교방 및 지방관청에 속한 관기로서 주로 관료양반만 상대할 수 있었음을 알려준다.

조선시대에 와서 주로 '기생(妓生)'이라고 칭하게 되었는데, 시대의 변천에 따라 기녀의 성격과 생활내용도 달라진다. 즉 종래의 기녀가 의미하던 기능직이 약화되고 사대부나 변경지방 군사의 방직기(房直妓) 구실이 주 임무가 되었다. 조선은 고려시대의 제도 문물을 답습하

---

17 창(娼)은 은나라 시대에는 종교매음의 '무창(巫娼)'에서 그 기원을 찾는다. 서주 시대에 노예 '창기'와 '관기'가 처음으로 생겨나고, 춘추전국 시대 이후 '여악'과 '창기' 발달이 이루어졌다. 위진남북조 시대는 사노예처럼 집안에 둔 '가기'와 '성기'의 전성기였다. 당나라 시대에는 그 유명한 '진사(進士)'와 '창기'의 관계가 마치 우리 조선시대 사대부와 기녀의 교류로 설명된다. 당나라에서는 관원들이 창기와 함께 있는 것이 법에 저촉되지 않았기 때문에 사대부들이 창기와 함께 연희를 즐기는 풍조가 생겼다. 반면에 송나라 시대에는 '태학생'과 '창기' 관계가 여기에 해당된다. 王書奴, 『中國娼妓史』, 團結出版社, 2004, 19~99쪽.

였지만, 도덕을 중시했던 조선왕조의 유교 질서 속에서 창기폐지에 대한 논의가 태종·세종 때 활발히 제기되기도 했다. 그리고 후대로 내려올수록 그 수는 더욱 증가하였다. 관기는 사실상 이미 고려 이전부터 제도화되어 내려오던 것이 조선의 기녀제도 연장으로 이어진 것에 불과하다.

19세기에 들어서면서 조선사회는 60여 년에 걸친 외척의 세도정치로 흔들리기 시작한다. 안으로는 부패하고 무능한 양반층에 대항하여 농민세력이 성장하고, 밖으로는 일본과 서구열강의 침략에 대한 위기의식이 고조된다. 이로 인하여 격동기였던 당시 사회는 내부 것으로 축적된 학문적 성과와 외부적으로는 청나라 고증학의 영향을 입어『임하필기(林下筆記)』,『동전고(東典考)』등 백과전서 유형의 책들이 많이 나타났다. 오주(五洲) 이규경(李圭景, 1788~?)의『오주연문장전산고(五洲衍文長箋散稿)』[18]은 이러한 학풍을 대표하고 있다. 특히『산고』는 규장각 검서관을 지낸 조부인 이덕무의『청장관전서(靑莊館全書)』영향을 많이 받았다.

특히『산고』「경사편(經史篇)」의 '논사류(論史類)'의 '화동기원변증설' 문헌에서 '기(妓)'의 기원에 대해 종합 고찰하였다.[19] 이러한 논의를

---

18 필사본. 60권 60책. 규장각도서. 19세기 중엽에 편집되었다. 원래 60책보다 더 거질이었던 것으로 추정되나 최남선에 의해 보관된 60책이 규장각에 소장되었다. 고전간행회본, 규장각 소장(동국문화사 간행). 이 글 이하에는『산고(散稿)』라고 축약하기로 한다.(總計之則凡若干條。名之曰『衍文長箋』。從『長箋』撮其可作消閒者數則。名之以『散稿』。『五洲衍文長箋散稿』序)

19 역사·경학·천문·지리·불교·도교·서학(西學)·예제(禮制)·재이(災異)·문학·음악·음운·병법·광물·초목·어충·의학·농업·광업·화폐 등 총 1,417항목에 달하는 내용

토대로 문헌에 나타난 '기'의 기원을 연구하여 『한국기생사』 연구의 서설로 삼고자 한다. 이는 1966년 숙명여대 아세아여성문제연구소에서 발표된 김동욱의 「이조기녀사서설」[20] 이후 논의를 한 걸음 더 내딛으려는 시도이기도 하다. 이 논문의 전후에 괄목할 만한 논의들은 이능화의 『조선해어화사』[21](1927)와 『고려시대기녀연구』[22](1986)이지만 전자는 1992년 동문선에서 국역된 후에 비로소 연구 논저에 자유롭게 인용되었고, 후자의 경우는 고려시대로 한정된 연구라 할 수 있다.

2) 「화동기원변증설」에 나타난 '기(妓)'의 논의

이규경은 『산고』의 문답식 서술에서 '기원(妓源)'의 답변을 '이런 일은 바르지 못한 일[此等不經之事]'이라고 여기고 있으면서도 변증설의 형식을 맞추어 문답하고 있다.

> 중국과 우리나라에 기생을 설치한 것이 어느 때부터 시작된 것이며, 그를 설치한 의의는 과연 어디에 있는 것인가. 『주역』에 이르기를 '용모를 곱게 꾸미는 것이 음란을 불러들이는 것이

을 변증설(辨證說)이라는 형식을 취하여 고증학적인 방법으로 해설한 백과전서적인 저술이다.

20 김동욱, 「이조기녀사서설(사대부와 기녀)-이조 사대부와 기녀에 대한 풍속사적 접근-」, 『아세아여성연구』 5, 숙명여대 아세아여성문제연구소, 1966, 75~116쪽.

21 이능화(이재곤 역), 『조선해어화사』, 동문선, 1992, 18~567쪽.

22 이경복, 『고려시대기녀연구』, 민족문화문고간행회, 1986, 6~220쪽.

다' 하였으니, 이것이 다만 음란한 짓을 하기 위한 방법이 아닌가. 그에 대한 자세한 것을 듣고 싶다.[23]

이에 "서로 문답할 것도 없는 것이지만, 이왕 자네의 물음이 있었으니, 내가 어찌 대답이 없을 수 있겠는가"[24]하여 문헌 근거를 제시한다.[25]

이규경은 1788년(정조 12)에 태어나 본관은 전주(全州), 자는 백규(伯揆), 호는 오주(五洲)·소운거사(嘯雲居士)·오주거사(五洲居士) 등으로 평생 벼슬을 하지 않았다.[26] 규장각 검서관을 22년간 지낸 이광규(李光葵)의 아들로, 이덕무(李德懋, 1741~1793)의 손자이도 하다. 이덕무는 당시 실학사들이 주로 경제면에 관심을 갖고 있었던 데 반해 고증학적 방법론에 많은 관심을 가졌다. 명말청초 중국 고증학의 대가인 고염무(顧炎武)나 주이존(朱彝尊) 등의 저서를 즐겨 읽었다. 1778년 심염조(心念祖)의 서장관으로 연경에 갔을 때는 청나라 문사들과 교류하는 한편 그곳의 산천·도리·궁실·누대·초목·충어·조수 등에 관한 자세한

---

23 "有人問中國與我東之有妓 昉自何時 其創置之義 果何在『易』曰 冶容誨淫 是獨非誨淫之一端乎 願聞其詳."『五洲衍文長箋散稿』經史篇 論史類「華東妓源辨證說」.

24 "不足以互相問答 旣有子問 予安得無答."

25 唐代의 崔永欽『敎坊記』, 孫棨『北里志』, 孟啓『本事詩』, 黃雪蓑『靑梅集』, 張君方『麗情集』, 聶奉先『續本事詩』,『水華梅史』,『燕都妓品』, 曹大章『蓮臺仙會品』, 潘之恒『曲中志』,『金陵妓品』,『曲艶品』,『后艶品』,『續艶品』, 余懷『板橋雜記』등을 들었다.

26 조부 이덕무가 이룩한 실학을 계승하여 집대성하는 데 전념하였기 때문에 생애에 관하여 자세히 전해지는 것이 없다. 그나마 남아 있는 기록에 살펴보면 최한기·최성환·김정호 등의 중인계층의 인물과 교유하였으며, 생애의 대부분을 충청도의 농촌에서 보내었다.

기록을 가지고 돌아왔으니 이러한 자료들은 훗날 이규경 학문의 밑거름이 되었을 것임에 분명하다.[27] 이규경은 『산고』 서문에서 자신이 이 책을 쓰게 된 동기를 적고 있다.

> "명물도수의 학문이 '성명의리지학'에는 미치지 못하나 가히 폐할 수 없다."[28]

이규경의 학문의 특징은 박학과 사상적 개방성에 있다. 저자는 13경에 대해 주석을 달 정도로 성리학에 해박하였으며, 불교와 도교 및 서학에 대해서도 개방적인 태도를 보였다. 『산고』에서는 이른 시기 중국 문헌에서 우선 '기생'에 대한 고사(故事)로 상고할 만한 출전을 아래와 같이 제시한다.

> "구천(句踐)이 지나치게 음란한 과부들을 모두 산 위로 보내어, 시름 많은 군사들과 산 위에서 노닐며 그들의 마음을 기쁘게 하도록 했다."[29]

> "옛날에는 기생이 없었는데, 한 무제가 처음으로 영기(營妓)[30]

---

27 장남원, 「조선후기 이규경의 陶磁認識」, 『미술사논단』, 한국미술연구소, 1988, 206~207쪽.

28 "大抵名物度數之術。縱不及性命義理之學。" 『五洲衍文長箋散稿』 序.

29 "句踐以寡婦淫泆過犯 皆輸山上 士有憂思者 命遊山上 以喜其志" 『吳越春秋』 顧炎武 撰 「日知錄 卷13·秦紀會稽山刻石」에 보인다.

30 營妓는 兵營에 예비해 두는 官妓로 한 무제가 처음 이것을 설치하여 아내 없는 군사들

를 설치하여 아내 없는 군사들을 위로했다."[31]

"(昭公 31년 조에) 말한 삼반인(三叛人)이 바로 이것이다."[32]

"제환공(齊桓公)이 여려(女閭) 7백 군데를 설치, 야합할 수 있도록 하여 군사들의 흥을 돋우었으니, 모두가 과부(寡婦)였다."[33]

종합해보면 '음란한 과부(寡婦)'·'영기(營妓)'·'삼반인(三叛人)'·'여려(女閭)' 등으로 '기(妓)'의 호칭을 제시한다. 지금까지도 문헌에서 찾아볼 수 있는 '기'의 호칭이 바로 '영기'다. 조선 초기에 모든 지방에는 관기를 두지 않았다. 각 고을에서는 인근 고을의 관기를 동원하기도 하였다.[34] 관기의 필요성이 커짐에 따라 관기를 두는 지역이 점차 늘어갔다. 세종에서 세조 때에 걸쳐 경원·회령·온성·종성·강계 등을 비롯하여 평안도 영변 등 북방 지역에 관기를 두었다.[35] 또한 평안도 안주와 의주 지방의 관기 설치가 논의되기도 하였다.[36] 이것은 중국 사신을 접대하기 위함이었으며 야인의 왕래가 잦아지자 이들의 연회에 동원하기 위함이었다. 관기제도가 확산됨에 따라 전국의 각 지방

을 위로해 주었다고 한다.

31 "古未有妓 漢武始置營妓 以待軍士之無妻者" 『書言故事』

32 "所謂三叛人 是也" 『左傳』

33 "女閭七百 齊桓徵夜合之資 以佐軍興 皆寡婦也" 周亮工 撰 『因樹屋書影 卷4』

34 단종 때 황해도 황주에는 관기가 없어서 중국 사신이 유숙할 때 인근 해주·안악·풍천의 관기를 동원하였다. 『端宗實錄』 권5, 元年 正月 己卯.

35 『世宗實錄』 권85, 21년 4월 壬午.

36 『世祖實錄』 권6, 3년 1월 甲子.

으로까지 퍼져서 관기의 소속 관청에 따라 '주기(州妓)', '부기(府妓)', '군기(郡妓)', '읍기(邑妓)', 또는 '영기'라 불렀다. 조선조 각 감영(監營)에는 300~500명 정도의 관기가 있었던 것으로 추정되는데 이를 '영기'라 불렀다. 이처럼 '영기'는 중국 한 무제 때 군영에 설치되었던 창기인데, 위만조선 땅에 한사군을 설치하면서 함께 들여온 것이 바로 '기인(伎人)', 즉 '영기'로 볼 수 있다.[37]

이에 반해 우리나라 문헌에서 '기'는 성호(星湖) 이익(李瀷)의 『성호사설』을 수많은 문헌에서 재인용한다. 삼국시대 신라가 백제를 멸할 때에 백제의 유종(遺種)이 양수척(揚水尺)으로 창기(倡妓)로 전락한 기록은 바로 전쟁으로 빚어진 부녀 전락의 한 예이고, 북방의 거란유민들이 재백정(才白丁)으로 전락하여 유랑하게 된 것도 이런 예증으로 삼을 만하다. 이때 이들의 부녀들은 바로 창녀로 전락하기 마련이고 이들이 무당·사당(舍堂)들과 더불어 우리 매음사(賣淫史)의 밑바닥을 이룬다.[38]

> **우리나라의 기생은 본래 양수척(楊水尺)에서 생겼는데, 양수척이란 유기장(柳器匠)이다.** 이들은 고려 태조가 백제를 공격할 때에도 다스리기 어려웠던 유종(遺種)들로서, 본래 관적도 부역도 없이 물과 풀을 즐겨 따르며, 늘 옮겨 다니면서 오직 사냥

37 "한 무제가 조선을 멸하고 고구려를 縣으로 삼아 현토군에 소속시키고, 그 君長에게 鼓吹와 伎人을 내려주었다.(漢武帝滅朝鮮。以高麗爲縣。屬元菟郡。其君長賜之鼓吹伎人)"『宣和奉使高麗圖經卷第一』建國 始封.

38 김동욱, 앞의 논문, 75~76쪽 참조.

만 일삼고 버들을 엮어 그릇을 만들어 파는 것으로써 생업을 삼았다.[39]

이 부분에 대해 이능화는 성호 이익이 우리나라 기녀의 종류가 양수척에서 나왔다고 하였으니, 양수척은 읍에 예속되어 적을 두고 남자를 노(奴), 여자를 비(婢)로 삼고, 수척에 있는 비(婢)를 기생으로 삼았으니 거란이 침입한 뒤라고 하였다. 또 다산(茶山) 정약용(丁若鏞)의 『아언각비(雅言覺非)』에는 수척은 관기의 별명으로서, 지금 물 긷는 관기를 '무자이(巫玆伊)'라 칭하는데, 이 글을 번역하면 곧 수척(水尺)이 된다.[40] 그러나 이능화는 '물 긷는[汲水] 것으로 인해서 얻어진 이름은 아니다[41]'고 지적한다.

조선시대의 교방은 기생을 관장하고 교육을 맡아보던 기관으로 가무 등 기생이 갖추어야 할 기본 기예는 물론, 행의(行儀)·시·서화 등을 가르쳐 상류 고관이나 유생들의 접대에 부족함이 없도록 하였다. 그러면서 『산고』에서 기악(妓樂)은 중국에 이름난 것으로 주이존 찬 『폭서정집(曝書亭集)』 권43 「악부아사(樂府雅詞)』 발(跋)과 청나라 왕사정(王士禎) 찬 『대경당집(帶經堂集)』 권71 「발왕건궁사(跋王建宮詞)」를 예를 들어 보인다.[42] 이에 대해 우리나라의 것이 이처럼 중국의 명유

39 "我國之妓種 本出於楊水尺 楊水尺者 柳器匠也 麗祖攻百濟時 所難制之遺種也 素無貫籍賦役 好逐水草 遷徙無常 惟事田獵 編柳爲器 販粥爲業." 李瀷 撰『星湖僿說』卷23·經史門 官妓.

40 巫者는 水, 玆者는 尺이다.

41 이능화(이재곤 역), 앞의 책, 1992, 25~26쪽.

(名儒)에게 칭송된 것은 이상한 일이라고 『산고』에서 지적한다. 예전에 명나라 사신이 왔을 때부터 기악을 사용했는데, 그 후 왜사(倭使)를 접견할 때에도 사용하였다.

『고려사절요』에는 "거란에 사신을 보내 기악을 바쳤으나, 거란이 물리쳤다"는 기록이 보인다.[43] 또한 "왕이 부처의 생일에 궁중에서 연등하고 중 1백 명을 밥 먹이고 기악을 연주하며 구경하였다"는 기록도 남아 있다.[44]

연산군 10년에 이르러서는 각 도의 대·소읍에 모두 창기를 설치하여, 이를 운평(運平), 속홍(續紅)이라 하고, 악공(樂工)을 광희(廣熙)라 하였다. 그리고 운평 3백 명을 궐내로 뽑아 들여, 그 중에 임금과 접촉이 있는 여자를 흥청(興淸)이라 하였다.

조선시대에는 관기제도를 한층 정비하였으나, 표면상으로만 '관원은 기녀를 간(奸)할 수 없다'는 『경국대전』의 명문이 있었을 뿐이다. 실제로는 관기는 공물이라는 관념이 불문율로 되어 있어 지방의 수령이나 막료의 수청기(守廳妓) 구실로 삼았다. 관비와 관기는 엄연히 구별되었지만, 세종 때는 관기가 모자라 관비로 충당하기도 했다. 관기제도는 조선 말기까지 존속하였으며, 수모법(隨母法)에 따라 어머니가

---

42 특히 『帶經堂集』 跋에 언급된 "王建의 宮詞에 의하면, 매양 둘러서서 춤출 때는 머리가 나누어져 양쪽으로 향하고 太平萬歲의 글자가 한가운데 펼쳐지게 된다."는 내용에서 후세 일제강점기 권번 기생의 연희된 흔적으로, 허리 장식 띠에 '聖世萬歲'가 쓴 것을 매고 연희를 한 그림엽서 사진들이 지금도 남아있다.

43 "遣使契丹, 進妓樂, 却之" 『高麗史節要』 卷之二 成宗文懿大王 甲午十三年(994).

44 "王以佛生日 燃燈禁中 飯僧一百 奏妓樂以觀" 『高麗史節要』 卷之二十六 恭愍王[一] 壬辰元年(1352).

관기이면 딸도 관기가 되었다. 세습되는 기생이 아닌 때는 고아거나 빈곤하여 팔리었다. 그 밖에 자발적 의지에 의한 것은 허영심으로 본인이 희망하거나, 과부가 되어 자원하거나, 양반의 부녀로서 음행하여 자녀안(恣女案)에 기록된 경우도 있었다.[45]

여기서 문헌 기록의 검토 대상에서 언급할 내용이 바로 천관녀(天官女)에 대한 기록이다. 조선시대 야담으로, 즉 한문단편에 많이 인용된 김유신과 천관녀의 이야기는 문헌기록에서 '기'의 기원이라기보다는 후세 일화로 이해해야 한다.[46] 이는 천관녀가 '기'이지만 문헌에 나타난 것으로는 신라의 '기'에 관해선 이 이상의 기록은 없다[47]고 볼 수 있다. 후세 일화의 근거로 『문집』에 수록된 시를 살펴보면, 천관녀를 소재로 한 문학적 형상화가 된 작품들이 두드러진다.[48]

---

45 현문자, 「기녀고」, 동아대학교 대학원, 1967, 35쪽.

46 "그가 젊었을 때, 娼女인 天官의 집에 자주 가서 놀곤 하였다. 그 어머니가 울면서 경계하므로, 어머니 앞에서 다시는 천관의 집에 가지 않기로 맹세하였다. 어느 날 그가 술에 취하여 돌아오는데, 말[馬]이 이전에 익히 다니던 길을 따라 잘못 그 창녀의 집으로 들어가니, 창녀는 반갑고도 원망스러워 어쩔 줄 모르면서 눈물로 그를 맞이하였으나, 그는 그 자리에서 자기가 탔던 말을 베어 죽이고 집으로 곧장 돌아와 버렸다. 그의 다섯 조정을 섬기면서 닦아 놓은 功業은 史策에 밝게 드러나 고금에 찬란하다.(少時遊娼女天官家。母泣誡信。於母前。自誓不去。一日醉歸。馬蹲舊路。誤入娼家。娼且欣且怨。垂泣出迎。信斬所乘馬而還。歷事五朝。功業昭於竹帛。輝炳古今.)" 「新羅史」

47 장덕순, 『黃眞이와 妓房文學』, 중앙일보사(주), 1983, 78~79쪽.

48 예를 들면 『信齋集』 册一 「東國樂府」 斬馬衖, 『星湖先生全集』 卷之七 「海東樂府」 天官怨, 『藥山漫稿』 卷之五 「海東樂府」 斬馬巷, 『圓嶠集選』 卷第一 「東國樂府」 斬馬衖, 『五峯先生集』 卷之四 詩○七言律 送朴子龍觀察關東二首 등을 들 수 있다.

3) '기(妓)'의 무녀 기원설 가능성

'기'에 대한 여러 전고(典故)를 들어 『산고』에서도 우리나라 기생의 기원을 찾고 있다. 인류 문명사에서 무녀는 이른 시기에 매음 기원의 모태로 인정하기 일쑤다. '기'의 기원설에서도 1930년 일본인 학자 나카야마 타로[中山太郎]에 의해 주장된 '무녀기원설'[49]은 김동욱에 의해 받아들어져 이어졌다. 기녀발생은 무녀의 분화 과정에서 무녀가 지방의 토호와 결부되면서 발생될 수 있으며, 전쟁의 여자 부로(俘虜)에서 발생한 노비가 사치노예로 정립할 수 있는 가능성을 열어 두었다.

> 기녀의 본질은 사치노예라고 말한다. 어느 민족에 있어서나 계급적 분화가 이루어지거나 전쟁 부로의 처우에서 기종(妓種)은 발생한다. 그러나 그 시원은 무녀(巫女)에 있었다고 보아야 할 것이다. 원래 무녀는 신(神) 그 자체였다. 이 무녀가 신격(神格)과 정치권력의 분화 과정에서 점점 퇴행해서 신에 봉사하고 신의 신성가족으로서의 무녀가 지방의 토호와 결부될 때에 그 무녀는 매춘부가 되는 것이다. 이리하여 그들은 '노는계집'으로서 무악(巫樂)의 예능적 면에서 익힌 '놀음', '노릇'으로 권력기구에 여악의 가척(歌尺)·무척(舞尺)으로 봉사하여 기녀가 되는 것이다. 또 기녀는 전쟁의 여자 부로에서 발생한 여비(女婢)에서

---

49 中山太郎, 『日本巫女史』, 東京, 大岡山書店, 1930, 20쪽.
中山太郎, 『賣笑三千年史』, 東京, 春陽堂, 1927, 18쪽.

사치노예로 정립할 때에도 발생한다.[50]

이러한 무녀발생설에 김용숙도 동의하고 더불어 사노비(寺奴婢)의 매음문화와 신라의 가척(歌尺) 및 여악 제자의 유녀화(遊女化)를 제기한다.[51] 사실 기녀가 무녀에게서 기원하였다는 설은 인류 문명에서 일반화할 수 있는 주장이다. 원래 무녀는 신을 즐겁게 하기 위해서 가무는 물론 성적인 면에서도 신에게 봉사한 여인이다. 즉, 무녀는 신과 결혼한 여인으로 신전에서 밤을 새우고 나오는 제신(祭神) 행위는 바로 신과의 성적 결합을 의미한다. 이런 행위는 인신공양과 성기(性器)를 제물로 드리는 풍속으로 변하여졌다고 믿어진다. 무녀의 대상이 신과 인간으로 바뀜에 따라, 인간을 대상으로 하는 유녀(遊女)가 발생될 요소가 짙어졌다.[52] 무녀의 역할은 제천의식에서도 여실히 알 수

50 "사치노예로서의 기녀가 문헌에 나타나는 것은 高句麗에서 비롯한다. 북방계인 고구려에 이미 遊女가 존재하였다는 『後漢書』와 『隋書』의 기록은 고구려가 지방에서 일어나 수개 부족이 他部落과 부족을 정벌하여 專制王國으로서 體裁가 잡히고 '通溝'에 이르러 治者와 被治者의 分限이 명확히 구분되고 피정복 부락의 부녀자가 유녀로 전락된 證左일 것이다. 현재 고구려 壁畵에 남아 있는 舞踊圖는 바로 이런 遊女 倡優의 직업화된 사치 노예의 존재를 암시하는 것이라 보아진다." 김동욱, 앞의 논문, 75~76쪽.

51 "巫女가 女神 그 자체로부터 祭政分離의 추세에 따라 우선 男巫인 覡이 토착화하여 尊張을 겸하고 다시 이 覡이 王權으로 伸張함에 따라 무녀는 토착화하여 정기적·부정기적인 神前 遊女로서 歌舞戱者로 低落될 수도 있는 것이다. 그러나 그 과정에 대한 명확한 문헌적 證票는 없으나 高麗·李朝의 絃首가 바로 그것이다." 김용숙, 「韓國女俗史」, 『韓國文化史大系』 4, 고대민족문화연구소, 1971, 563쪽.

52 기녀를 무녀에게 기원하였다는 설은 연대를 무시한 민속학 상에서 말하여 질 수 있으나, 때·장소·국민의 제약 상의 역사학 상에서는 도저히 인정하기 힘들다는 비판의 소리도 있다. 滝川政次郎(1967), 『遊女の歴史』, 日本歴史新書, 東京, 至文堂, 1967,

있다. 고대 우리나라의 하늘을 숭배하고 제사하는 의식인 제천의식의 기록은 중국의 『후한서』 「동이전」과 『삼국지』 「위서 동이전」 등에서 찾아볼 수 있다. 이 기록에서 종교의식들은 농경과 정착생활이 본격화하면서 나타난 공동체적인 질서 속에서 등장하였으며, 집단행위인 추수감사제인 성격을 띤 것으로 보인다.

이러한 행사들은 모두 주술행위를 통한 집단 의식적인 축제의 의미를 가지기도 한다. 부여의 영고(迎鼓), 예(濊)의 무천(儛天), 고구려의 동맹(東盟) 등의 제천의식에서 '連日 群聚歌舞'의 기록에 근거한 것이다. 이 가무는 원시적 제의와 예술이 분리되지 않은 단계의 것이다. 이런 제천의식은 민속학이나 인류학적 견지에서 보아도 분명 타당하다. 그러나 문헌학적 방법으로는 제천의식에서 무녀의 역할을 추론할 뿐, 제의의 노래와 신화의 관계에 대해서는 해명할 도리가 없다.

고대 미개사회의 제의라고 하면 조용하고 엄숙한 것처럼 생각하기 쉽다. 하지만 고대 미개사회의 제의는 신과 인간이 접촉 교섭하는, 요란스럽고 장황하고 신비스러운 것이었다. 그것은 오늘날의 우리의 무당굿이 증명한다. 결국 제천의식이 행하여지던 고대에는 어떤 문화라는 의식조차도 없이 주술적인 행위로서 집단의식의 축제로 제의한 것이다. 사제자가 무녀와 무격 즉 남녀가 공동으로 신에게 제사를 드리는 시대였던 것으로 추측된다.

이능화는 신라 원화(源花) 기원설에 의미를 두고 있지만, 무녀 기원설과 연관되어 설명된다.

88~112쪽.[이경복, 앞의 책, 12쪽 재인용]

> **신라 중엽에 처음으로 源花를 받들었는데, 이것이 기녀의 근원이라고 하였다.** 즉 『삼국사기』 「신라본기」에, 제24대 진흥왕 37년(576) 봄에 처음으로 원화를 받들었다. 처음에는 왕과 신하들이 인재를 찾지 못해 근심하다가 많은 사람을 모아 무리지어 놀게 하여 그들의 행실을 관찰한 뒤에 천거해서 쓰려고 하였다. 드디어 아름다운 두 여인을 뽑았는데 한 사람은 南毛이고 한 사람은 俊貞이다. 3백여 명의 무리를 이끌었는데 두 여인은 서로 아름다움을 질투하였다. 준정이 남모를 자기 집으로 유인하여 강제로 술을 권해 취하게 한 다음 끌어내어 강물에 던져 죽여 버렸다. 이로 인하여 준정이 사형되자 그 무리들은 실망하여 뿔뿔이 흩어지고 말았다.[53]

이능화는 이를 미루어보면, '원화는 오늘날 기생과 같은 것이고 화랑(花郎)은 오늘날 미동(美童)과 같은 것이고 풍류낭도(風流郎徒)는 오늘날 외입장(外入匠)과 같은 것'이라 하였다. 또한 이에 장덕순은 "애초의 원화제에서 남자 300명 속에 낀 두 미인은 남자들의 총애를 받으려고 서로 경쟁했을 것이 뻔했고, 그래서 죽이고, 죽는 비극이 일어났다. 이것은 미상불 기생족(妓生族)과 다를 바 없다"[54]고 지적한다.

원화의 신화적 기록에 의하면 그 역할은 무녀와도 그리 거리가 있지 않다고 여겨진다. 물론 '서로 아름다움을 질투하였다'는 문구와 상징

---

53 이능화, 앞의 책, 25~26쪽.

54 장덕순, 앞의 책, 78~79쪽.

적으로 두 여인을 뽑아 무리를 이끌었다는 것도 무녀기원설과 서로 통한다.

4) '기(妓)'의 개념

'기생(妓生)'의 어휘는 우리나라 문헌에서 조선시대 와서야 비로소 출전을 찾을 수 있다. 여기서 '생(生)'[55]은 '어떤 생업(生業)으로 생계를 삼고 있는 것'을 뜻한다.[56] 바로 '기업(妓業)으로 생계를 삼고 있는 기녀'가 바로 '기생'이라 할 수 있다. 언제부터 정확하게 기생의 어휘가 쓰였는지는 알 수 없다. 성리학이 통치이념으로 자리 잡은 조선 중기부터라고 추측할 수 있다. 왜냐하면 성리학의 학통은 김숙자(金叔滋)·김종직(金宗直)·김굉필(金宏弼) 그리고 조광조(趙光祖)로 이어지면서 전성기를 맞이한 것은 16세기에 들어서였으며, 사대부와 기녀의 관계는 밀접했기에 유사한 방식의 어휘와 소통되고 있다. 예컨대 '서생(書生)'은 '글을 써서 생계를 삼아 공부하는 사람'이고, '유생(儒生)'은 '유학을 공부하는 것으로 생계를 삼은 선비'라 지적할 수 있다. 또한 조선

---

55 生의 甲骨文字는  자형으로, 『설문해자』에서는 "進也 象艸木生 出土上."이라 하였다. 즉, 풀(屮)과 흙(土)의 결합으로 초목의 새싹이 자라 땅 위로 솟아나온 모양으로 보았다. 바로 이처럼 싹이 나와 생장한다는 것으로 다른 문헌에서 보더라도 같은 의미이다. 金文의 자형은 이고 小篆의 자형은 이다. 그 밖에 '-生'은 일부 명사 뒤에 붙어 '학생'의 뜻을 더하는 접미사처럼 사용된다. 그리고 성씨 뒤에 붙어 '젊은이' 또는 '홀하게 대할 수 있는 사람'임을 나타낸다. 예컨대 敎生, 先生, 學生, 李生, 許生 등과 같은 경우이다.

56 "以織薄曲爲生."『漢書』

시대 기생의 유기체적 변천도 '조선사회의 겉과 속'처럼 성리학과 함께 같은 궤도로 맞물려 있다고 본다. 지금까지 남아 있는 조선 기생의 문학 작품도 사대부와의 소통한 산물이고 유학자들의 문집에 남아 있는 시와 산문에서 등장하는 주변인물로 기생을 빼놓을 수 없다. 최근 발굴된 평양기생 67명을 묘사한 『녹파잡기(綠波雜記)』[57]도 사대부의 소품문(小品文)이다.

'기(妓)'를 『설문해자(說文解字)』에서 살펴보면 "婦人小物也"라 하고 "今俗用爲女伎者"로 설명한다.[58] 『훈몽자회(訓蒙字會)』에서는 '기'를 '여계 기', '여기 기'라 하여, 즉 '여기(女伎)'라 볼 수 있다.[59] 바로 '기(妓)'는 형성문자로 '계집 녀(女)'의 뜻과 '가를 지(支)'에서 바뀐 음이 합하여 이루어졌다.[60]

'기녀(伎女)'는 '古代指女歌舞藝人'이지만 반면에 '기녀(妓女)'의 경우는 '女歌舞藝人'와 '以賣淫爲業的女子'이다.[61] 이를 보면 '기(伎)'는 '기(妓)'보다도 시간적으로는 '고대(古代)', 즉 앞선 시기의 호칭이며 그 후

---

57 최근 발굴된 평양기생 67명을 묘사한 『綠波雜記』도 사대부 韓在洛의 小品文으로 근대의 기생문화와 조선 후기 기생문화의 중간 단계에 위치한 주요 자료이다. 안대희, 「평양기생의 인생을 묘사한 小品書 綠波雜記 연구」, 『한문학보』 14집, 2006, 273~308쪽.

58 "從女支聲讀若岐"라 하여 형성문자이다.

59 『훈몽자회』, 국어국문학 총림 6(원본), 대제각, 1988, 502쪽.

60 妓의 음훈은 기생 기, 갈보 기, 창녀 기, 음란한 여자 기 등이고, 伎의 음훈은 재주 기, 기생 기, 기술 기, 광대 기, 배우 기, 천천히 걸을 기, 등을 들 수 있다.

61 기(妓)는 '歌舞藝術人'와 '娼妓 賣淫的 女子'로 기록되어 있는데 '기(伎)'의 경우는 다르다. 기(伎)는 '音樂, 樂舞'와 '古代指百戲雜技藝人'이라 하여 이른 시기의 호칭으로 파악된다.

분화되어 매음 직업의 역할을 한 문자로 '기(妓)'를 '女'와 '亻'의 차이만큼 변별성을 가진다. 이것은 '기(妓)'의 합체 자형은 '女'와 '伎'로 보여주는데 이를 토대로 유추하면 '기악(妓樂)'은 '여기악(女伎樂)', '기녀(妓女)'는 '여기녀(女伎女)', '기생(妓生)'은 '여기생(女伎生)' 등을 들 수 있지 않을까 한다.

이처럼 '기'의 기원에 대해 이능화의 『조선해어화사』에서도 그 단서를 제공하고 있다.

> 우리나라 옛 풍속에 기학(妓學)은 의약술이었다. 가무의 재주[伎]가 있다고 하여 이름을 기생이라고 하였는데, 지나(支那)의 기(妓)를 고쳐서 쓴 것과 같은 류(類)이다.

이경복은 '기'가 민족적 양식이기도 하지만 전 세계를 통틀어 범칭으로도 사용되고 한자의 '기(妓)'는 그 뜻이 다기하여, ① 가기(歌妓)·예기(藝妓)들의 여악(女樂) ② 무녀(舞女) ③ 창기(倡妓) 등의 뜻이 있다고 보았다.[62] 이능화의 '가무의 재주[伎]가 있다고 하여 이름을 기생'라 한 것을 현존 '기(妓)'의 호칭에서 여전히 남아 있다. 춤을 잘 추는 기생은 무기(舞妓), 노래를 잘하는 기생은 성기(聲妓) 또는 가기(歌妓)라 불렀다. 또한 악기를 잘 다루는 기생은 현기(弦妓) 또는 예기(藝妓)라 하였다. 외모가 뛰어난 기생은 미기(美妓), 가기(佳妓), 염기(艷妓) 등으로 불렀다. 특히 '성기(聲妓)'는 '성기(聲伎)'와 혼용해서 사용한 예가 고려

62 이경복, 앞의 책, 11쪽.

시대 문헌에서 빈번하다.

> 밤에 다시 여러 왕 씨에게 잔치를 베풀고, 이로 인하여 위에 아뢰어 책명사와 부사를 유숙하게 하였는데, 그 장구·화과·사죽·성기(聲伎)의 성대함이 삼한이 생긴 이후로 신하의 집에서는 없었던 것이었다. 이후로는 최충헌이 궁궐에 드나들면서 편복을 입고 일산을 쓰고 다니며, 시종하는 문객이 거의 3천여 명이나 되었다.[63]

또한 '기악(妓樂)'과 '기악(伎樂)', 그리고 '기녀(妓女)'와 '기녀(伎女)'의 혼용한 문헌도 어렵지 않게 찾아낼 수 있다.[64] 여기서 오주 이규영의 『산고』에서는 『삼국사기』의 중요한 기록을 언급한다.

> 송나라 사신 유규 등이 우리나라에 와서, 화려하게 단장한 **창녀**(娼女)**[倡女]**들의 넓은 소매의 상의(上衣)와 색깔이 있는 헝겊

---

63 "夜, 更宴諸王, 因奏留使, 副, 其帳具花果絲竹聲伎之盛, 自三韓以來, 人臣之家, 所未有也, 自後, 忠獻出入宮禁, 便服張蓋, 侍從門客, 殆三千餘人"『高麗史節要』卷之十四 熙宗成孝大王 丙寅二年(1206)

64 "기악(伎樂)과 온갖 잡희를 베풀고, 팔방상(八坊廂)의 공인(工人) 1천 3백 50여 명이 모두 호화롭게 단장하고 뜰에 들어와 풍악을 연주하니, 거문고와 노래와 북과 피리의 소리들이 천지를 진동하였다. 팔방상에게는 각각 백은 3근씩을 주고, 영관과 양부의 기녀(伎女)와 광대에게도 각각 금과 비단을 주니, 그 비용이 거만(鉅萬)에 달하였다. (陳伎樂百戲, 八坊廂工人, 一千三百五十餘人, 皆盛飾, 入庭奏樂, 絃歌錧鼓, 轟震天地, 八坊廂, 各給白銀三斤, 伶官, 兩部伎女, 才人, 皆給金帛, 其費鉅萬)"『高麗史節要』卷之十六 高宗安孝大王[三] 乙巳三十二年(1245)

> 으로 연(緣)을 댄 띠와 큰 치마의 옷차림을 보고는 '이는 모두 삼대(三代) 시대의 옷차림인데, 뜻밖에 아직도 이곳에 유행한다'고 했다.[65]

위에서 설명한 옷은 곧 지금의 신부복이라고 언급[66]하면서 큰 의미를 두었다. 삼대는 고대 중국의 하·은·주(夏殷周) 세 왕조로 천 년 전의 지난 옷차림을 중국이 아닌 신라에 아직도 유행했다. 더구나 그 옷차림이 지금 고려의 신부복이라고 한다.

그러나 이본에 차이가 있지만 이 기사 내용을 확인하면 창녀(娼女)가 아닌 창녀(倡女)로 표기되어 있다.[67] 『산고』는 참고한 문헌 자료에서 다소 미흡하게 인용되는 부분을 발견하게 된다. 원전의 원문 확인이 필요하다. 『산고』은 편차의 정리가 완벽하지 못할 뿐더러 많은 부분이 다시 원초적으로 원전 상에서 고증, 정정되어야 할 정도로 불완전하다.

『삼국유사』에서도 '妓樂'과 '**伎樂**'이 혼용된 출전을 확인할 수 있다.

> 가산(假山)에는 높은 바위와 괴이한 돌과 동혈(洞穴)이 각 구역으로 나누어져 있었는데 각 구역 안에는 가무 기악(伎樂)의 모습

---

65 "宋使劉逵等。來見鄉粧娼女。闊袖衣色緣帶大裙。此皆三代之服。不意尙行於此。妓樂之名於中原者."『三國史記』:『산고』 재인용.

66 "卽今新婦服也."

67 "又宋使臣劉逵 吳拭來聘在館 宴次見鄉粧倡女 召來上階 指闊袖衣·色絲帶·大裙 嘆曰 '此皆三代之服 不擬尙行' 於此 知今之婦人禮服 蓋亦唐之舊歟 新羅年代綿遠 文史缺落 其制不可"『三國史記』卷 第三十三 雜志 第二 色服 新羅.

과 온갖 나라의 산천의 형상이 있었다.[68]

바로 '기(妓)'와 '기(伎)'를 사용한 좋은 예이다. 그리고 『산고』의 방식처럼 후대에 문답식 대표적 저술로 최남선의 『조선상식문답』이 여기에 해당된다. 최남선도 고려의 음악에서 기악(伎樂)을 설명하면서 이것이 일본에 전래된 '기악무(伎樂舞)'를 말한다[69]고 하였다.

새로운 '기(妓)' 기원 연구 방향은 '기(伎)'에 대한 문헌 색인 자료에서 찾을 수 있다. 바로 '기(伎)'는 '기(妓)'보다도 시간적으로는 앞선 시기의 호칭이다. 이에 『삼국사기』, 『삼국유사』의 기록, 그리고 조선시대 문집에서도 '기녀(伎女)'의 용례가 두드러진다고 보인다. 앞서 언급한 『점필재집』 시집에서도 다른 적절한 예를 찾을 수 있다.

"건원릉의 전사청에서 선원에게 보이다
(健元陵[70]典祀廳示善源)"

개경사[71]에선 둥둥둥 타고 소리 울리고

---

68 "爲假山 高丈餘 置氍毹之上 山有巉嵓怪石澗穴 區隔每一區內 有歌舞伎樂列國山川之狀" 『三國遺事』 제3권 四佛山 掘佛山 萬佛山.

69 최남선, 『朝鮮常識問答續編』, 삼성문화재단(1972 재발간), 1947, 160쪽.

70 경기도 九里市 東九陵 경내에 있는 조선 太祖의 능이다. 1408년(태종 8) 5월에 죽고 그 해 9월에 묻혔다. 당시에는 令[종5품]·參奉[종9품] 각 1명을 두어 관리하게 하였다.

71 開慶寺는 경기 구리시 檢巖山 顯陵 동쪽에 있던 절로 본래 조선 초기 태조 능인 健元陵의 齋宮이었다. 1408년(태종 8)에 개경사라 하고, 조계종에 속하게 하였다.

건원릉에는 석양이 마모되어 떨어졌네.
한 지방 밝은 달 아래 재려는 고요하고
천척의 푸른 등나무엔 개인 경치 맑구나.
가무로 은총 입은 기녀는 하나도 없고
시문 고치려고 글자 묻는 호승만 있도다.
시정과 조정은 소란한데 산은 매우 조용하니
읊으며 막걸리 마시매 흥을 감당 못 하겠네.
鼉鼓籠銅開慶寺　石羊剝落健元陵
一方明月齋廬靜　千尺蒼藤霽景澄
歌舞承恩無伎女　敲推問字有胡僧
市朝擾擾山潛寂　吟把松醪意不勝[72]

‘가무로 은총 입은 기녀는 하나도 없고’ 시구처럼 ‘기녀(伎女)’는 예능적 측면으로 더욱 강조되고 있는 좋은 예이다. 중국의 한자를 중세 공동문어 시대의 관점에서 보면 ‘기(伎)’와 ‘기(妓)’의 단순한 통용자는 아니다. 이것은 이른 시기의 호칭 흔적으로 재확인된다. 이와 같은 용례는 기(妓)의 기원에도 연관되어 새로운 연구 방향을 잡는데 주요한 근거가 된다.

---

72 『佔畢齋集』詩集 11卷 詩.

3

역사적 소재로서 '궁인야宮人斜'와 '선연동'의 시

1) 당나라 장안의 궁인야

당나라 후궁제도는 황후를 제외한 비빈(妃嬪) 이하를 내관(內官)이라 칭하고, 황후와 비빈을 시봉하는 자들을 궁관(宮官)이라 하였다.[73] 품계 없이 궁(宮) 안에 살며 잡역에 동원되는 여성들을 궁녀 또는 궁인이라고 하지만, 내관이나 궁관이 궁인(宮人)으로 통칭되기도 하였다.[74] 궁관과 궁인들은 형식상으로는 황후와 비빈을 모시는 여성 관료라 할 수 있으나, 실질적으로는 언제든 황제의 눈에 들면 내관으로 승진할 수 있는 가능성을 갖고 있는 자들이었다. 또한 내관과 공관을 아울러서 내직(內職)[75], 또는 모두 여성이 담당하기 때문에 여관(女官)이라고

73 『譯註 唐六典 中』 권12, 「內官宮官內侍省」, 237~238쪽.

74 『新唐書』 권76, 「后妃 上」, 3473쪽.

75 『唐會要』 권3, 「內職」, 中華書局, 1998, 32~33쪽.

도 하였다.[76]

북제(北齊)와 수(隋)의 후궁제를 거의 그대로 이은 당조(唐朝)는 중국 전통왕조의 이론적 모델이 되었던 주대(周代)의 관제(官制)에 따랐다. 『주례(周禮)』의 '어견지법(御見之法)'[77]에 의거하면, 황후(皇后) 1일, 4부인(夫人)이 1일, 9빈(嬪)이 1일, 9첩여(婕妤)·9미인(美人)·9재인(才人)이 3일, 27보림(寶林)·27어녀(御女)·27채녀(采女) 9일마다 진어되므로 황제는 15일을 단위로 해서 매일 다른 여성을 맞게 된다. 품계가 높을수록 황제를 만날 수 있는 횟수가 많아지는 것은 당연하다. 그러나 이것은 어디까지나 이론상이었다. 현종시기 비빈들의 수가 너무 많게 되자 이들에게 향기 나는 꽃을 꼽게 한 후 황제가 친히 나비를 날려 나비가 머문 침소로 잠자리를 들기도 했으며, 비빈들은 서로 황제를 모시기 위해 금전(金錢)을 던져 침전을 정하는 놀이도 했다고 하니[78], 황제의 총애를 받기 위한 이들의 노력이 지극히 애처롭기까지 하다.[79] 일단 황제의 총애를 한 몸에 받는다면 상황은 달라진다. 당대(唐代)뿐만 아니라 중국 역사를 통틀어서 황제의 지극한 총애를 받고 최고의 생활을 누렸던 여성은 양귀비(楊貴妃)였다고 할 수 있다.

특별히 총애를 받는 경우가 아니라면 일반 비빈들의 생활은 매우 한가로웠다. 봄이 되면 궁궐 내에서 3명 내지 5명씩 짝을 이루어 금전 던지는 놀이를 하고, 가을이 되면 비빈들이 무리를 지어 귀뚜라미를

---

76 『資治通鑑』 권192, 「太宗貞觀元年三月條」, 6034쪽.

77 『周禮注疏』 권7, 「天官冢宰·九賓」, 687쪽.

78 『開元天寶遺事』 권3, 「投錢賭寢」.

79 김호, 『當代 皇室女性의 生活과 地位』, 『東洋史學硏究』 97, 동양사학회, 2006, 16쪽.

잡아 바구니에 넣고 머리맡에 놓아 한밤에 그 울음소리를 들었다고 한다. 한가롭다 못해 무료함을 달래기 위했던 모습이 매우 처량했음을 짐작할 수 있다.

황제의 총애를 특별히 받은 비빈은 때로 황실의 주연이 되고, 그나마 품계를 받아 내명부에 속하게 된 여성들은 조연급이라도 될 수 있었다. 하지만 명목상은 황제를 모시기 위한 여성으로 입궁하였으나 실질적으로는 궁성에만 거주할 뿐인 수많은 궁인들은 그야말로 엑스트라에 불과했다. 결국 다른 남성과 통정하는 경우도 생겨 그 일례로 공종 영휘연간 태상시의 악공 송사통은 궁인과 편지를 주고받다가 고종에게 발간되어 사죄에 처하게 되었던 사건이 있었다. 이 사건은 당시 간의대부인 소균의 상소로 인해 유죄로 감해졌는데, 궁인들의 외로움을 동정했던 배려였을 것이다. 중종 경용 4년(710) 정월 보름밤에는 중종이 위황후와 일반 백성의 복장으로 변장을 하고 미복 출행하여 장안성 등화를 감상한 일이 있다. 이날 중종은 조를 내려 수천 명의 궁인들을 번화한 거리로 내보내 같이 즐기도록 허락하였는데, 적지 않은 궁녀들이 돌아오지 않았다고 한다. 당시 장안 원소일에 수많은 인파가 거리를 메워 발이 땅에 닿지 않은 채 몇십 걸음씩 떠다닐 정도였다고 묘사되므로, 궁녀들이 길을 잃고 헤매다가 못 돌아온 것인지 의도적으로 도주한 것인지는 확실치 않다. 다만 황제의 총애를 받지 못한 궁인들의 궁성생활은 마치 새장 속에서 갇힌 새와 같았기에 이날 하루만은 해방감을 맛보게 해주려 했던 것임은 의심할 나위 없다. 더구나 이들을 다시 불러왔다거나, 날이 밝은 후 그들 스스로 돌아왔다는 기록도 찾아볼 수 없으므로 그저 궁성 안에만 있는 궁인들의 삶이 반드시 행복했던 것만은 아니었음을 짐작하게 한다.

무료하고 서글픈 나날을 보냈던 황실 여성들의 흔적이 때로 외부인에게 발견되기도 하였다. 천보말년 서생 고황이 태극궁 담장 밖으로 흐르는 수로에서 우연히 홍엽을 주웠는데, 여기에는 궁에 들어와 외로운 생활을 보내고 있는 궁인의 시가 적혀 있었다. 이 홍엽제시의 유명한 일화는 외롭고 고달픈 궁인들의 생활을 잘 묘사하고 있다. 또한 이와 유사한 이야기로 희종 때(873~888) 진사 이균이 낙엽 가득한 황궁을 걷다가 시가 적힌 낙엽을 주워서 책 주머니에 넣었다는 기록도 있다. 궁성에 들어온 이후에는 매해 상사일에 홍경궁 내 대동전 앞에서 가족들과 만날 기회가 주어질 뿐 일반인으로서의 생활이나 그들과 어울릴 수 있는 경우는 거의 불가능했기 때문에 적막한 생활을 시로 지어 표현했던 것이다.

이렇게 많은 황실 여성의 외로움은 한이 되고, 그 한이 하늘에 올라 가뭄이나 홍수의 재해를 가져온다는 생각에 새로 황제가 즉위하며 이내 방궁인의 소를 내리게 된다. 물론 젊고 새로운 궁녀를 입궁시키기 위해 궁성에서 오래 지냈던 궁인을 내보내는 경우도 있었겠지만, 이유야 어쨌든 당초부터 후기까지 출궁은 계속 이어졌다. 무덕 9년(626) 8월에 즉위한 태종이 궁액의 수가 많다고 여겨 출궁시킨 궁인은 3,000여 명이었다.

궁인야는 당나라 때의 지명이다. 일명 "내인야(內人斜)"로도 일컫는다. 진(秦)나라 도읍이었던 함양(咸陽)의 옛 성 담장 안에 장례를 치른 궁녀의 매장터가 있었다. 궁인이 죽으면, 장례를 치렀는데 2~3리에 걸쳐 바람과 비처럼 곡하는 소리가 들렸다고 한다.[80]

궁인야를 노래한 당나라 시인들의 노래가 많이 전해진다. 왕건(王建)[81]의 칠언고시 「궁인야(宮人斜)」도 이에 해당된다.

미앙궁 서쪽 담장에 무성한 풀길이 나니
붉게 꾸며진 무덤들로 궁인야를 이루었네.
한편에 실려 나가면 다른 한편 돌아오니
기녀가 되어도 운명을 찾기 어렵구나.
未央墻西青草路　宮人斜里紅妝墓
一邊載出一邊來　更衣不減尋常數

당나라 시인 두목(杜牧)의 칠언절구 「궁인총(宮人塚)」도 있다.

궁중에 기녀가 되어 행궁에 생을 다하니
정원 담장의 성 밖에 무덤으로 겹겹이 쌓이네.
어릴 적에 궁궐 들어가 가무를 가르치니
임금이 임종하였을 때도 알지 못하는구나.

---

80 『類說』卷四引『秦京雜記』:"咸陽旧墻內謂之內人斜, 宮人死者葬之, 長二三里, 風雨聞歌哭聲。"

81 王建(約767~約830年), 唐代詩人。字仲初, 潁川(今河南許昌)人, 享年約六十七歲。家貧, "縱軍走馬十三年", 居鄉則"終日憂衣食", 四十歲以后, "白發初爲吏", 沉淪于下僚, 任縣丞、司馬之類, 世称王司馬。他寫了大量的樂府, 同情百姓疾苦, 与張籍齊名。又寫過宮詞百首, 在傳統的宮怨之外, 還广泛地描繪宮中風物, 是研究唐代宮廷生活的重要材料。著有 《新唐书·艺文志》、《郡斋读书志》、《直斋书录解题》 等皆作10卷, 《崇文总目》 作2卷

盡是离宮院中衣　苑墻城外塚累累
少年入内教歌舞　不識君王到死時

당나라 시인 두공(竇鞏)의 칠언절구 「궁인야(宮人斜)」도 있다.

행궁 가는 길이 멀리 북망산으로
생사의 은혜가 깊어 집에 이르지 못하네.
지금 운우의 정을 돌아갈 곳은 어디인가
꾀꼬리는 날고 들에 해당화가 피었네.
离宮路遠北原斜　生死恩深不到家
雲雨今歸何處去　黄鸝飛上野棠花

내인에게 드림(贈内人)

— 장호(張祜)

궁문의 나무에 달그림자 지나가고
고운 눈으로 오직 잠든 제비둥지나 지켜보네.
등불 옆에 앉아 옥비녀를 뽑아서
붉은 불꽃 파헤쳐 불나방이나 구하고 있네.
禁門宮樹月痕過　媚眼惟看宿鷺窠
斜拔玉釵灯影畔　剔開紅焰救飛蛾

당나라 궁내 의춘원(宜春院)에서 기예를 배우는 기녀를 '내인(內人)'이라 칭했다. 그녀들은 자유와 인생행복을 박탈당한 채, 깊은 궁내 안에서 외부세계와 격리 단절되었다.

후에 궁인을 가리켰다. 이 시는 궁녀가 고요한 밤에 적막무료한 심정을 쓴 것이다.

> 『증내인』 시의 제목은 실제로 정면에 불가능하고 시편을 그들에게 주니, 이 제목에 소요하는 시인의 동정과 절실할 뿐이다. 이 궁원시는 시인의 창의적이지만 외로운 운명이 세속에 떨어져 바로 보지 못하고 처량하듯 적막한 생활을 묘사한다. 또한 큰 길을 나와 근심하고 슬퍼하는 가득 찬 마음의 원망에 곧지 않고 종래 중간에 한 개인이 달 아래 호반의 세밀한 동작에 둘이 만나 그 심정이 마침내 조화롭다.[82]

미앙궁(未央宮)은 한(漢)나라 고조 때 만든 궁전으로 유방이 항우와의 천하 쟁탈전에서 승리하고 한나라를 세워 황제로 등극하자, 승상 소하가 수도 장안(長安)에 건립한 왕궁이다. 당시 유방은 소하가 세운 미앙궁을 보고 아직 천하가 안정되지 못했는데 호화스러운 궁전을 지었다고 화를 내었다고 한다. 하지만 황제의 권위를 세우기 위해서는 반드시 필요하다는 설득에 수긍하고 받아들였다는 고사가 전해진다.

미앙궁의 내부는 정전(正殿), 여름에 시원한 청량전(淸凉殿), 겨울에

---

82 "這首詩題爲『贈來人』, 其實題上并不可能眞向她們投贈詩篇, 不過借此題目來遙寄詩人的同情與關切而已。這是一首宮怨詩, 但詩人匠心獨運, 不落俗套, 旣不正面描寫她們的凄凉寂寞的生活, 也不直接道出她們的愁腸万轉的怨情, 只從她們中間一個人在月下、灯畔的兩个細微的動作, 反映出她的遭遇、處境和心情。"

따뜻한 온실, 빙고(氷庫)인 능실(凌室) 등 화려하게 만들어졌다. 부근에서 와편(瓦片)이 발견되었다. 본래 미앙(未央)은 영원무궁함을 뜻하는 말로 '장락미앙(長樂未央)'이라는 말에서 유래되었다.

궁성(宮城)의 사면(四面)에는 문(門)을 설치하였고 동문(東門)과 북문(北門) 밖에 궐(闕)을 세워 두었다. 궁(宮) 내에는 40여 채의 건축물이 있었으며, 가장 높은 건물은 전전(前殿)으로 궁궐 중앙에 위치하며 남북 350m, 동서 200m, 가장 높은 곳은 15m에 달하였다.

궁인직(宮人職)은 내명부직 혹은 내직이라고도 불렀는데, 후궁을 내관(內官), 궁녀를 궁관(宮官)이라고도 불렀다. 궁인은 궁궐내의 모든 여인들을 의미했으나, 보통은 왕과 왕세자의 후궁들을 지칭했다.

고려시대에는 원주(院主)·궁주(宮主)·옹주 등의 궁인직이 있었고, 조선시대에는 왕의 후궁으로 빈(嬪)·귀인(貴人)·소의(昭儀)·숙의(淑儀)·소용(昭容)·숙용(淑容)·소원(昭媛)·숙원(淑媛) 등의 직명이 있었다. 왕세자의 후궁으로는 양제(良娣)·양원(良媛)·승휘(承徽)·소훈(昭訓) 등의 직함이 있었다.

이러한 조선시대의 궁인직제는 1428년(세종 10)에 대체로 정비됐다. 연산군 때는 무절제한 행각으로 궁인직을 남발하여 지방 출신의 기생들에게까지 수여하였는데, 1505년(연산군 11) 9월에는 가인(佳人)·재인(才人)·여인(麗人) 등 135개의 궁인칭호를 주기도 하였다. 그러나 1506년 중종반정으로 모든 비정상적인 궁인직이 폐지되었다.

궁인(宮人)은 궁궐 안에서 대전(大殿)이나 내전(內殿)을 가까이 모시던 내명부(內命婦)의 총칭이다. 이들 궁인, 즉 궁녀 중에는 연회 공연 및 의료, 침선 등을 담당하던 이들을 조선시대에 기생이라 불렀다.

내명부(內命婦)는 조선시대 궁중에서 봉직하던 빈(嬪)·귀인(貴人)·소의(昭儀)·숙의(淑儀) 등 여관(女官)의 총칭이다. 외명부(外命婦)에 대칭되는 명칭이다.

조선 초기부터 '내관' 또는 '여관' 등으로 불리던 궁녀 조직이 성종대에 와서 『경국대전』에 '내명부'라 명시되고, 조선 말기까지 수정 없이 그대로 일컬어졌다. 기능은 궁중에서 각각 맡겨진 직무에 따라 공적인 일부터 사사로운 시중까지 다양하게 국왕 및 왕실을 보필하였다.

전제적 왕권이 확립된 삼국시대 이래, 궁중의 운영을 위한 비빈(妃嬪) 중심의 궁녀 조직을 계승하고 공조직화한 것이 고려의 내직제도이다.

그러나 고려 말까지도 비빈을 비롯한 궁녀 조직은 일정한 규범을 갖추지 못하였다. 그러다가 조선 초에 고려의 내직제도를 바탕으로 중국 당·송·명나라 등의 제도를 참고한 내명부제도가 성립되었다.

고려 말기에는 여성 생활이 자유분방해 궁중 여성들의 생활에도 퇴폐적인 분위기가 감돌았다. 그러한 분위기는 조선에 들어와서도 여전하여 유교이념을 가진 관료들의 신랄한 비판의 대상이 되었다. 따라서 새로운 왕조의 지배 질서를 정비해가면서, 한편으로는 유교적 여성관을 확립시켜갔다.

조선이 건국된 1392년(태조 1) 9월, 대사헌 남재(南在)가 상소에서 여성들의 풍속을 바로잡자는 주장을 하였다. 또한 정도전(鄭道傳)은 『조선경국전』을 편찬하면서 유교 정치이념에 입각한 재상 중심의 정치체제의 확립과 함께 궁중 질서가 바로잡혀야 한다고 생각하였다. 따라서 가장 영향력 있는 총재(冢宰)가 궁중의 아주 작은 일까지 관여해야

만 왕의 사생활을 바르게 할 수 있다고 주장하였다.

이에 따라 1397년 3월, 상서사판사(尙瑞司判事) 조준(趙浚)과 정도전이 건의한 내관제도가 입안, 제정되었는데, 『경국대전』의 내명부와 비교해 차이가 크긴 하나 그 모태를 이루었다. 1년 뒤인 1398년 윤5월 의정부와 중추원의 양부에서 도태시키자는 주장이 제기되었다. 그러한 주장의 명분은 녹의 남용이었다. 이 건의는 받아들여져 여관의 녹은 폐지되었다.

그러나 태종은 1401년에 태상전(泰上殿 : 太祖宮) 여관의 월봉을 부활시키고, 하륜(河崙)과 권근(權近) 등에게 하(夏)·은(殷)·주(周)나라 3대 이하 역대 군왕의 비빈·시녀의 수와 고려 역대 비빈·시녀의 수를 상고하여 아뢰게 하였다.

이것은 왕실의 권위와 질서의 확립을 위해 여관의 필요성을 인정하고, 자신의 여관을 세우려는 의도였다. 이러한 준비 끝에 1405년 부왕의 내관보다 작은 규모인 12인의 여관을 두었다.

수가 많고 적은 것이 문제는 아니었으므로 사간원의 강력한 여관 혁파 상소에 부딪쳐 왕도 일단 승복할 수밖에 없었으나 실상은 그대로 존속되었다.

이와 같이 태조와 태종은 대신들의 내관 제도에 대한 몰이해와 혁파의 고난을 겪었으나, 세종 때는 그 분위기가 일변되었다. 그리하여 1428년(세종 10) 3월 이조의 건의로 태조·태종 때의 제도를 바탕으로 당나라의 제도를 참작해 품계·명칭·인원·소장사무 등을 구체적으로 규정한 제도가 마련되었다.

여기서 특별히 주목되는 것은 왕을 모시는 내관과 궁중의 모든 일을 처리하는 궁관(宮官)이 구별되고 있는 점이다. 인원은 태조 때와 같으나 내관과 궁관의 명칭이 좀 더 세분화되었고 직무가 구체적으로 명시되었다.

『경국대전』에서는 태조·태종·세종의 3대에 걸쳐 시행된 제도를 검토하여 취사선택하고 규모만 약간 늘린 상태에서 법제화하게 되었다.

내명부를 크게 내관과 궁관으로 구별하고 문무 관제에 준하여 18등급의 품계가 정비되었다. 인원은 35인으로, 『예기』의 왕제편(王制篇)의 삼세부(三世婦)·오처(五妻)·이십칠첩(二十七妾)의 수에 일치하고 있다.

한편, 동궁을 위한 내관제도가 1430년에 논의되었다. 예조에서 『의례경전통해(儀禮經典通解)』와 『예기(禮記)』를 들어 "천자 제후의 세자도 제후의 예로써 군과 동등하게 취할 것"을 건의하였다.

"동궁의 후궁은 『경제예전(經濟禮典)』에 따라 훌륭한 가문에서 잘 가려 뽑아 수를 갖추되, 세종 12년의 내관제와 당나라의 태자 내관제에 준해 정할 것"을 청해 세자궁의 내관제도가 제정되었다.

같은 해 윤12월에는 세자의 품위도 정하였다. 우리나라에서는 1품보다 윗자리에 있게 하고 중국에 비해서는 2품에 해당하게 하였다. 이 문제를 조선에서는 동궁 내관의 관제·칭호·품질 등에 옛 제도를 참고해 다시 정하였다.

동궁은 왕에 비해 전체적으로 직의 등급이 낮고 그 규모도 작았다. 품계는 1품은 없고 정2품 양제부터 정5품 소훈까지가 동궁 후궁인 내관이며, 종6품 사규부터 종8품 장의까지는 궁관이다. 품계에서 내관은 정품(正品)으로만 되었고, 궁관은 종품(從品)으로 구별하였다.

인원수는 내관 4인, 궁관 9인으로 총인원 13인이었다. 왕에 비해 품계도 낮고 규모도 작았으나 맡은 사무는 비슷하였다. 『경국대전』에는 세종 때의 제도를 수정, 보완하여 법제화하였다.

국가 최고의 정청인 동시에 국왕의 사가(私家)인 궁중 운영은 자연히 많은 여성을 필요로 하였다. 궁중의 여성 조직은 국왕의 배우자로서 품계를 초월한 왕비와, 직임을 가진 내명부, 그리고 품계가 없는 궁인인 잡역 궁인으로 구성되어 있었다.

내명부는 품계를 받은 자로서, 위로는 국왕과 왕비를 모시고 궁중 내의 일정한 직임을 맡아보며, 아래로 잡역 궁인을 부렸는데, 『경국대전』에 따르면 크게 두 계층이 있었다. 정1품 빈부터 종4품 숙원까지는 왕의 후궁 층으로 내관이라 하고, 정5품 상궁부터 종9품 주변궁(奏變宮)까지는 상궁 층으로 궁관이라 하였다.

이들은 품계·명칭·직무가 다르듯이, 신분 또한 달랐다. 이들의 출신 성분을 보면 삼국시대에는 천인 출신도 있었으나, 고려시대에는 대부분 귀족 출신들이었다. 그러나 고려 말기에 와서는 천인 출신도 적지 않았다.

조선 초기의 후궁은 신분이 좋은 가문에서 정식으로 맞아들인 후궁과, 한미한 집안 출신의 궁녀로 승은을 입은 후궁으로 나눌 수 있다. 정식 후궁은 처음부터 왕비나 세자빈처럼 가례색(嘉禮色)을 설치하여 전국의 혼기에 있는 처녀들에게 금혼령을 내리고 간택하여 빙례(聘禮)를 갖추어 맞아들인 경우이다.

그러나 태조·정종 때는 제도가 미비한 상태에 있었기 때문에 가례색에 의한 간택은 없었다. 단지 몇몇 대신들이 딸을 바치는 경우가 있었는데, 이는 천한 가문의 딸로서 승은한 것은 아니었다.

따라서 태종 때 예조에서 우리나라도 중국 제후의 일취구녀제(一娶九女制)에 준해 1왕비, 3세부, 5처제를 채택하되, 칭호만은 세부를 '빈'이라 하고 처를 '잉'이라 하는 '3빈 5잉제도'의 도입을 건의하였다.

이에 태종은 『예기』의 '제후부인입삼궁(諸侯夫人立三宮)'의 제도를 따라 1빈 2잉제를 명령하였다. 왕의 명령에 따라 가례색을 설치하여 간택하고 빙례로 맞아들인 정식 후궁이 바로 정의궁주(貞懿宮主)이다.

태종은 후궁 간택의 중요성을 인군계사(人君繼嗣)와 중인내조(衆人內助)에 있다고 보았다. 때문에 자신이 정한 1빈 2잉제를 채택했지만, 그 수에 얽매이지 않고 3, 4빈잉을 더 두었다면서 아들 세종의 빈잉도 더 두고자 하였다. 이후의 왕들은 그 시대 상황에 따라 한두 번 정도 정식 후궁을 맞아들이기도 하였다.

조선 중기와 후기에는 왕비의 분만 가능성이 없을 때, 대통을 이을 왕자를 낳기 위해 특별히 간택한 경우가 있었다. 정조의 후궁 원빈(元嬪)과 순조의 생모 수빈(綏嬪) 등이 그에 해당한다.

승은한 후궁은 시녀·관비·사비·창기·과부 등의 미천한 출신으로 왕에게 승은을 입고 일약 후궁이 되는 경우이다. 대개 왕의 총애를 받거나, 왕자를 낳거나, 공로가 있는 경우에만 봉작 또는 재차 승격된 기록을 볼 수 있다. 그러므로 정식 후궁에 비해 문헌상 나타나지 않은 승은한 후궁이 많았을 것이다.

조선 중·후기에 승은한 후궁으로는, 세자의 생모가 된 사도세자의 어머니 영빈 이씨(暎嬪李氏)와 광해군의 생모가 된 공빈 김씨(恭嬪金氏), 경종의 어머니 희빈 장씨(禧嬪張氏), 그리고 영조의 어머니 숙빈 최씨(淑嬪崔氏) 등이다.

이들은 비록 한미한 집안 출신들이었으나, 세자와 왕의 생모로서 최고의 영예를 누렸다. 그러나 지존한 왕비에게는 절대로 미치지 못하였다.

궁관은 일정한 직임과 품계를 가지고 궁중 운영의 핵심이 되었던 계층이다. 위로는 왕비와 내관을 받들고, 아래로는 품계를 받지 못한 잡역에 종사하는 하층 궁녀를 부렸다.

세자궁에도 역시 내관과 궁관으로 구별되어 있었다. 규모는 대전(大殿)을 축소한 상태이며 조직과 기능은 대전과 비슷하였다.

내명부의 직무를 구체적으로 명시한 것은 『경국대전』보다도 1428년에 만든 제도이다. 기능이 내관과 궁관으로 크게 양분되고 품계에 따라 각기 고유의 직무가 부여되었다. 내관인 정1품 빈과 귀인은 왕비를 도와 부인의 예를 의논하며, 정2품 소의와 숙의는 왕비의 예를 돕고 의논하였다.

정3품 소용과 숙용은 제사지내는 일과 손님을 접대하는 일을 맡으며, 정4품 소원과 숙원은 왕이 평상시에 한가롭게 거처하는 전각을 관장하고, 명주와 모시를 길쌈해 해마다 바쳤다. 내관의 궁중 활동은 부여된 직무에만 한정한 것은 아니었다.

내관은 종친의 내연(內宴)에 왕비를 따라 참석했으며, 태종의 후궁인 정의궁주는 명나라 후궁 권파파(權婆婆)와 사신을 중계로 서신과 선물을 주고받으며 교제도 하였다. 왕비의 온수현 행차 때에도 내외 명부가 나가서 전송했고, 왕비 간택에서도 여러 종친 부인들과 공주들이 함께 참석하였다.

왕비가 친잠례(親蠶禮)를 행할 때도 내외 명부들이 따라서 행했던 기록을 많이 볼 수 있다. 때로는 왕비의 소생을 길러주기도 하여 맡은 일 외에도 그 당시의 형편에 따라 다양하게 활동한 모습을 볼 수 있다.

내관(후궁)들은 왕의 총애와 공로에 따라 예우를 받았다. 총애 받는 후궁에게는 봉작 또는 승격의 영예가 내려졌다. 태종의 후궁인 정의궁주에게는 연못을 파준 예도 있으며 온수현에 요양가는 특전이 베풀어지기도 하였다.

그 밖에도 외국 사신에게 선물을 받는 등 여러 가지의 대우를 받았다. 그러한 은전은 본인뿐만 아니라 내관의 족친들에게까지 주어지기도 하였다.

반면, 출궁 당하거나 징계 받는 경우도 많았다. 태종은 숙공궁주 김씨(淑恭宮主金氏)를 친정으로 돌려보냈는데, 그녀의 아버지인 김점(金漸)의 죄를 국문할 때, 공의와 사은을 분명히 하기 위한 것이었다. 세종에게 한 어린 후궁이 작은 일을 청했을 때 물리친 일 등은 단편적인 사실이기는 하나 왕의 후궁에 대한 양면성을 엿볼 수 있다.

궁관은 국왕의 시위와 궁중 실무를 맡았다. 상궁은 정5품으로 왕비를 인도하며, 정6품인 사기(司記)와 정7품인 전언(典言)을 통솔하였다. 사기는 궁내의 문서와 장부의 출입을 맡았으며, 전언은 백성에게 널리 알리고 왕에게 아뢰는 중계 구실을 하였다. 상의(尙儀)는 정5품으로 일상생활에서의 모든 예의와 절차를 맡았고, 정6품인 사빈(司賓)과 정7품인 전찬(典贊)을 통솔하였다.

사빈은 손님을 접대하고 신하가 왕을 뵐 때의 접대, 그리고 잔치를 관장하고 왕이 상을 주는 일 등을 맡아 처리하였다. 전찬은 손님 접대와 신하가 왕을 뵐 때의 접대와 잔치, 그리고 정승을 도와서 앞을 인도

하는 일 등을 맡았다. 상복(尙服)은 정5품으로 의복과 수로 무늬 놓은 채장(采章)의 수량을 공급하고 정6품의 사의(司衣)와 정7품인 전식(典飾)을 통솔하였다.

사의는 의복과 머리에 꽂는 장식품의 수식을 맡았으며, 전식은 머리감고 화장하는 고목(膏沐)과 세수하고 머리 빗는 건즐(巾櫛)을 맡았다. 상식(尙食)은 정5품으로 음식과 반찬을 종류대로 가지런히 준비하고, 정6품인 사선(司膳)과 정7품인 전약(典藥)을 통솔하였다.

사선은 삶고 졸여 간을 맞추는 반찬을 만들었고, 전약은 처방에 의한 약을 맡았다. 상침(尙寢)은 정5품으로 왕을 보통으로 뵐 때와 왕이 옷을 입고 먹는 일인 진어(進御)하는 순서를 맡았고, 정6품인 사설(司設)과 정7품인 전등(典燈)을 통솔하였다.

사설은 피륙을 여러 폭으로 둘러친 포장인 부들과 왕골로 만든 자리인 인석(茵席), 그리고 물을 뿌리고 먼지를 쓰는 쇄소(灑掃)하는 일과 물건을 내놓고 베풀어놓는 장설(張設) 등을, 전등은 등불과 촛불을 맡았다. 상공(尙功)은 정5품으로 여공(女功)의 과정을 맡았고, 정6품인 사제(司製)와 정7품인 전채(典綵)를 통솔하였다.

사제는 의복을 만들었고, 전채는 비단과 모시 등 직물을 맡았다. 궁정(宮正)은 정5품으로 궁녀들의 품행과 직무에 대하여 단속하고 죄를 다스리는 구실을 하였다. 전정(典正)은 정7품으로 궁정의 일을 도왔다.

이러한 직무 외에도 기록에 의한 활동을 살펴볼 수 있다. 조선 초기에는 제도가 정비되어 가는 과도기였으므로 궁관 층과 잡역 궁인을 구별 없이 기록하고 있어 내용으로만 추측해볼 수 있을 뿐이다. 실제로 궁관의 명칭이 보이기 시작한 것은 문종 때부터이다. 이는 1428년 제도가 제정된 이후 서서히 일반적으로 명칭이 정착되었음을 볼 수 있다.

궁관은 왕비의 친정아버지 상(喪)에 왕비를 따라서 상복을 입고, 왕 및 왕비가 죽었을 때에도 참최복(斬衰服)을 입으며, 동궁의 배필 간택 때에도 부분적으로 참여하였다. 또한, 왕비의 온수현 행차 때에도 내관과 함께 전송을 나갔으며, 1457년(세조 3) 왕비의 헌수의식(獻壽儀式)도 궁관이 완전히 맡아서 담당하였다.

또 이들은 국가로부터 대우를 받았는데, 내관은 예외였지만 궁관은 녹을 받았다. 죽었을 때는 상장(喪葬)에 필요한 미두(米豆)·정포(正布)·지(紙)·관곽 등의 부의를 내려주고, 공로가 있을 때는 특별한 혜택도 주었다. 그러므로 내명부는 왕과 왕비의 일상생활에 걸친 모든 시중을 드는 궁중 생활에 있던 하나의 단체라 할 수 있다.

궁인의 무덤에 대한 문헌 출전은 1506년 6월 13일 「연산군일기」에서 찾아볼 수 있다.

연산군은 "창기(娼妓)는 공물(公物)이니 마땅히 궁금(宮禁)에 적(籍)을 두어야 하고 다른 곳에 속해서는 안 되는데, 근래 나라에 방금(防禁)이 없으므로 사람마다 자기의 소유로 생각하여 차츰 습성이 되어가니, 이는 실로 사악한 풍습이다"라 하여 '창기는 공물이다'라고 전교한다. 더구나 '살아서는 궁인이 되고 죽어서는 궁야(宮斜)에 묻히기로' 하여야 한다. 여기서 '궁야'가 후에 바로 기생들의 묘지로 전의(轉義)된다.

전교하기를, "또한 娼妓는 公物이니 마땅히 宮禁에 籍을 두어

> 야 하고 다른 곳에 속해서는 안 되는데, 근래 나라에 防禁이 없으므로 사람마다 자기의 소유로 생각하여 차츰 습성이 되어가니, 이는 실로 사악한 풍습이다 …(중략)… 이제부터 죽을 때까지 임금 받드는 마음을 변하지 말고 千秋 만세 뒤까지라도 영원히 궁 밖으로 나가지 않아, 살아서는 宮人이 되고 죽어서는 宮斜에 묻히기로 하여, 살아서나 죽어서나 마음을 두 가지로 갖지 말아 나라를 저버리지 말도록 하고, 有司를 시켜 惠安殿 옛터에 따로 궁 하나를 지어 이들이 후일 의탁할 곳을 하며, 또 이 뜻을 나인들에게 알리라." 하였다.[83]

위 기록의 앞부분까지 검토해보면, 후궁을 많이 둔 것은 대개 대궐 안 일에 이바지하고 자손을 번창하게 하려는 것이라 했다. "궁인은 일단 궁문에 들어와서 궁궐에서 늙고 나가지 않은 존재이다. 궁인은 영원히 궁 밖으로 나가지 않고 살아서는 궁인이 되고 죽어서는 궁야에 묻혀야 한다. 즉 살아서나 죽어서나 마음을 두 가지로 갖지 말도록 한 것이다." 여기서 '궁야'는 '궁인야(宮人斜)'를 말한다.

'궁인야'는 예전에 중국 당나라 장안(長安)에 궁인을 장사지내는 골짜기 묘지(墓地)로 알려져 있다. 유성(劉成)의 「궁인야」 시에 "운연(雲

---

83 "傳曰: "且娼妓公物也, 當隷籍宮禁, 不宜屬外, 而近來國無防禁, 人人視爲已有, 寢成積習, 此實邪風 …… 自今至死之年, 勿替奉上之心, 雖千秋萬歲之後, 永不出外, 生爲宮人, 死葬宮斜, 其生與死, 一心無二, 當毋負於國家 其令有司, 於惠安殿舊基, 別作一宮, 以爲此輩後日置身之所, 且諭此意于內人等"『朝鮮王朝實錄』燕山君 14집 55면 「燕山君 12년 병인」 6월 13일(신유). "후궁을 많이 둔 것과 나인들의 궁중 생활에 대해 전교하다."

煙)은 쓸쓸하고 원로(苑路)는 비꼈는데, 길가의 무덤들은 모두 다 궁녀(宮女)의 무덤"이라 하였다.

> 운연은 쓸쓸하고 원로는 비꼈는데
> 길가에 모두 다 궁녀 무덤이네.
> 雲慘煙愁苑路斜　路傍丘塚盡宮娥[84]

장안은 주(周)나라 무왕(武王)이 세운 호경(鎬京)에서 비롯된다. 그 뒤 한(漢)나라에서 당나라에 이르기까지 약 1,000여 년 동안 단속적이었으나, 나라의 수도로 번영한 역사적 도시였다. 가장 번영했던 당대(唐代)에는 동서 9.5km, 남북 8.5km의 규모에 인구 100만이 넘는 계획적인 대성곽 도시를 이루어 멀리 서방에도 그 이름이 알려졌다. 그러니 당시 장안에는 자연스럽게 궁인을 장례 치루는 전용 묘지가 있을 법하다.

2) 선연동과 궁인야

당나라의 장안에 있었던 '궁인야'는 평양의 '선연동'은 역사적 맥락에서 공유점을 찾을 수 있다. 아래와 같이 이중환(李重煥)의 『택리지(擇里志)』에서 평안도의 평양에 대한 소개를 인용된다.

---

84 『동문선』 속동문선 제21권, 녹(錄) 유 송도록(遊松都錄).

68 조선 기생 선연동(嬋娟洞) 연구

평안도는 압록강(鴨綠江) 남쪽, 패수(浿水)[85] 북쪽에 위치하고 있으며 은나라가 기자를 봉(封)했던 지역이다.

옛 경계는 압록강을 넘어 청석령(青石嶺)[86]까지로 『당사(唐史)』[87]에서 말한 안시성(安市城)[88]과 백암성(白巖城)[89]이 이 지역 안에 있었다. 그런데 고려 초부터 거란(契丹)[90]에게 차츰 빼앗겨, 압록강이 경계가 되었다.

평양은 감사가 다스리는 곳으로, 패수 위에 있다. 기자가 도읍하였던 곳이며, 기자가 다스렸던 까닭으로 구이(九夷)[91] 중에서 풍속이 가장 개명(開明)하였다.

기씨(箕氏)가 천 년, 위씨(衛氏) 및 고씨(高氏)가 800년 동안 도읍하였고, 한 나라의 중요한 진(鎭)이 된 지도 천 년이 넘었다. 그리고 이 지방에는 아직도 기자가 만든 정전(井田)[92]의 유지(遺

85 패수(浿水)는 고조선 때의 강 이름이다. 압록강, 청천강, 대동강이라는 설이 있으나 어느 것인지 확실하지 않으며, 더구나 이 글을 보면 압록강이란 설은 아닌 듯하다.

86 청석령(青石嶺)은 만주에 있는 지명이다.

87 『당사(唐史)』는 당나라 『사기(史記)』이다.

88 안시성(安市城)은 만주 요동 지방에 있던 옛 지방이다. 고구려 보장왕(寶藏王) 때 성주(城主) 양만춘(陽萬春)이 당나라 군사의 침공을 막아 싸워서 물리친 곳이다.

89 백암성(白巖城)은 만주에 있던 옛 지명이다.

90 거란(契丹)은 동호(東胡) 종족으로 후에 요나라를 세웠으나 금나라에 멸망되었다.

91 구이(九夷)는 『이아(爾雅)』「疏引 東夷傳」에 "畎夷·干夷·方夷·黃夷·白夷·赤夷·玄夷·風夷·陽夷 등 9종이 있다"고 하였고, 『논어(論語)』「子罕篇 註疏」에는 "동방에 구이가 있는데, 玄菟·樂浪·高驪·滿飾·鳧夷·索家·東屠·倭人·天鄙이다"고 하였다.

92 정전(井田)은 고대의 전제(田制)이다. 일정한 면적에 정(井) 자 형으로 구획을 그어, 가운데 구역은 공전(公田)으로 하고, 나머지 여덟 구역은 각 농가에 나누어주어 농사를 짓게 하는데, 여덟 집의 힘으로 공전을 공동 경작케 하여 거기서 수확되는 것을 국가에서 취득할 뿐, 다른 세부(稅賦)는 거두지 않는다. 은대에는 70묘를 한 구역으

址)와 기자의 무덤이 있다. 나라에서는 묘 곁에 숭인전(崇仁殿)[93]을 짓고, 선우씨(鮮于氏)를 기자의 자손이라 하여 전관(殿官)[94]으로 삼아 세습시켜 제사를 받들도록 하였다. 중국 곡부(曲阜)[95]의 공씨(孔氏)가 공자묘(孔子廟)를 받드는 것과 같은 이치였다.

또 강산이 비할 데 없이 아름답고 주몽 시대의 옛 흔적이 매우 많으나, 전해 오는 말에 거짓이 많아 믿을 수 없다.

성(城)은 강가에 있고, 절벽 위에는 연광정(練光亭)이 있다. 강 건너 먼 산은 넓은 들판과 긴 숲 너머로 멀리 둘러서 있어, 그 빼어난 아름다움을 말로 다 표현할 수 없다.

고려 때 시인 김황원(金黃元)[96]이 연광정에 올라, 하루 종일 깊이 생각하였으나 다만

> 긴 성 한쪽에는 넘실넘실 물이요.
> 큰 들녘 동쪽에는 여기저기 산이로다.
> 長城一面溶溶水　大野東頭點點山

라는 연구(聯句) 하나를 지었을 뿐, 시상이 막혀 더 이상 짓지 못

로, 주대에는 100묘를 한 구역으로 하였다.

93 숭인전(崇仁殿)은 기자의 위패를 모신 집이다.

94 전관(殿官)은 전(殿)을 수호하는 관원이다.

95 곡부(曲阜)는 중국 산동성(山東省)에 있는 지명이다. 공자의 묘(廟)가 있고 공씨들이 많이 산다.

96 김황원(金黃元)은 고려 때 시인으로 벼슬은 한림학사翰林學士를 지냈다.

하고 통곡하며 내려갔다는 우스운 일화가 있으며, 그 시 또한 아름답지 못하다.

명나라 때 주지번(朱之蕃)[97]이 사신으로 왔다가 연광정에 올라 큰 소리로 장쾌하다고 부르짖고, '천하제일강산(天下第一江山)'이라는 여섯 글자를 써서 현판을 만들어 걸었다.

그러나 정축년(丁丑年)에 청나라 황제가 군사를 이끌고 돌아가다 이 현판을 보고 "중원(中原)에 금릉(金陵)과 절강(浙江)이 있는데 여기가 어찌 제일이 될 수 있겠는가" 하고 사람을 시켜 그 현판을 부숴 버리게 했다. 그러나 얼마 뒤에 그 글씨가 좋음을 아까워하여 '천하(天下)' 두 글자만 톱질해 없애 버리도록 하였다.

연광정 북쪽에는 청류벽(淸流壁)이 있고, 절벽이 끝나는 곳에 부벽루(浮碧樓)가 있는데, 바로 성 모퉁이 영명사(永明寺) 앞이다. 평양에 있었던 객관을 대동관이라 하였는데 중국 사신이 빈번히 왕래했기 때문에 각 고을에 설치된 객관 중에서 가장 규모가 컸다고 한다.[98]

명종(明宗) 때 유생(儒生)[99] 하곡(荷谷) 허봉(許篈)[100]이 벗들과 함께 부벽루에 놀러 가서, 감사의 사위와 부벽루 위에서 기생과 풍악을 크게 벌였다. 감사 부인은 사위가 기생을 끼고 향락하는

97 주지번(朱之蕃)은 명나라 사람으로 자는 원승(元升), 호는 결우(闋嵎)이며, 서화를 잘하였다.

98 李重煥, 『擇里志』, 「八道總論」 平安道.

99 유생(儒生)은 과거에 오르지 못한 선비다.

100 하곡(荷谷)은 호이고 벼슬은 전적(典籍)을 지냈으며 문명(文名)이 높았다.

것을 노여워하여 감사를 부추겨 포졸을 보내 여러 기생을 잡아 가두어 버렸다. 하곡은 낭패를 당하고 돌아와서, 「춘유부벽루가(春遊浮碧樓歌)」 한 편을 지어 감사를 조롱하였다. 이 글이 일시에 널리 전해지자 감사는 세상에서 버림을 받았다.

땅은 오곡과 목화 가꾸기에 알맞으나, 제방과 개울이 적어 밭농사만 일삼는다. 그러나 하류에 있는 벽지도(碧只島)는 강 복판에 위치하여 강물이 줄면 진흙이 드러나서 지방 사람들은 그 안에다 논을 만들어 1묘(畝)[101]에 1종(種)[102]이나 수확한다.

강은 백두산 서남쪽에서 나와 300리를 내려오다 영원군(寧遠郡)에 와서 커져 강이 되고, 강동현(江東縣)에 이르러 양덕(陽德)·맹산(孟山) 물과 합치며, 부벽루 앞에 와서 대동강(大同江)이 된다.

강 남쪽 언덕은 10리나 뻗어 있는 긴 숲이다. 관에서 나무하는 것과 짐승 먹이는 것을 금지하여 기자 때부터 지금까지 무성하며, 해마다 봄여름이면 그늘이 우거져 하늘이 보이지 않는다. 평양 동쪽은 성천부(成川府)이다. 송양왕국(松讓王國)[103]이었는데 주몽에게 합병된 지역으로 고을 관아는 강가에 있다.

앞서 언급한 바와 같이 궁인야는 진(秦)나라 도읍이었던 함양(咸陽)

---

101 1묘(畝)는 사방 6척(尺)이 1보(步)이고 100보가 1묘이다. 『農政全書』

102 1종(種)은 부(釜) 10이 1종인데 엿 섬 너 말이다. 『左傳』 昭王三年條.

103 송양왕국(松讓王國)은 고구려 초기에 있던 부족 국가로, 비류국(沸流國)이라고도 한다.

의 옛 성 담장 안에 장례를 치른 궁녀의 매장터다. 평양은 기자조선(箕子朝鮮)을 포함한 800년 동안 도읍지이었다. 그 후에 중요한 진(鎭)이 된 지도 천 년이 넘었다. 이 때문에 기자(箕子)의 무덤에 대한 제사를 올렸다. 선연동은 바로 그 근처에 있었다.

'선연(嬋娟)'의 자전적 의미는 '자태가 아름다운 용모[姿態美好貌]'라는 뜻이다.

> "청상을 씹는다는 뜻이 전의되어 선연은 이것을 '벌레치'라 한다."[104]
>
> "선연은 벌레치라 뜻하고 자태가 요염한 벌레다.(일명 '선연')"[105]
>
> "항아에 내린 서리를 함께 이겨내듯, 달빛 서리가 내려 기녀를 만나듯 하네."[106]
>
> "허리와 팔다리가 예쁜 자태를 가진 기녀이구나."[107]

또한 '미인을 가리킨다[指美人]'라는 용례도 있다.

> "도리어 앵무새가 복숭아 잎을 물어 노래하니, 예쁜 기녀의

104 "嚼清商而却轉 增嬋娟以此豸"『文選』張衡 西京賦.

105 "嬋娟此豸 姿態妖蠱也"(一本作 "蟬蜎") 薛綜 注.

106 "青女素娥俱耐冷 月中霜裏鬪嬋娟" 唐 李商隱 霜月 詩.

107 "腰肢嫋娜 體態嬋娟" 元 沈禧 一枝花 贈人 套曲.

노래 '죽지'를 불러 답하네."[108]

"대궐문 경계에 수놓은 휘장 앞 어린 기녀, 수줍어서 말을 주고받지 못하네."[109]

"화장이 지워지자, 민낯을 보던 임금은 대궐에서 비로소 기녀를 알아보구나."[110]

특히 '선연'은 '빼어난 꽃나무가 마치 움직이는 듯한 외모[形容花木秀美動人]'를 말한다.

"정원의 나무는 누가 능히 가까이 기녀에 방패와 활이 될까?"[111]

이와 같이 '선연'은 시어로도 많이 사용되어 기생을 뜻하기도 한다.

"강릉 존무사로 나가는 백상시 문보를 보내며"[112]

"종군하는 사람을 전송하며"[113]

"다시 부를 운을 써서 우후에 증정하다"[114]

---

108 "卻敎鸚鵡呼桃葉 便遣嬋娟唱「竹枝」" 唐 方干 贈越崇侍御詩.

109 "靑鎖畔 綉幃前 少箇嬋娟 酬不了少年願" 元 李致遠 新水令 離別曲.

110 "笑君王見錯 把一箇罪廢殘粧 認是金屋嬋娟" 淸 洪昇 長生殿 夜怨.

111 "庭木誰能近 射干復嬋娟" 三國魏 阮籍, 『咏怀 之二六』

112 "送白常侍存撫江陵" 『及菴詩集』 卷之三, 詩.

113 "送人從軍" 『惕若齋學吟集』

114 "復用來韻 寄呈牛後" 『獨谷集』 卷上, 詩.

"삼가 어제시 '궁중팔영'에 명을 받들어 화운하다"[115]

궁인의 장례가 지역적인 측면과 관련된 것이 조선에서는 평양의 '선연동'이라 할 수 있다. 결국 선연동은 평양 칠성문 밖에 있는 기생들의 묘지로서 당나라 장안의 궁인야와 같은 곳이며, 시인들에 의해 전의(轉義)된 것이다. 특히 이 작품들은 특정 계급에 속했던 궁인들을 애도한 것이다.

당나라 시인 육구몽(陸龜蒙)의 「궁인야(宮人斜)」는 이수광의 『지봉유설(芝峯類說)』에서 대표적인 당시(唐詩)로 소개될 정도로 널리 알려져 있다.

풀숲이 시름한 연기 자욱해도 봄같이 않고
해질녘 길가 행인에게 꾀꼬리 원망에 애달파
꼭 알겠네, 하나의 향기로운 뼈로 묻힘이
왕소군이 흉노 땅의 먼지 됨보다 낫네.[116]
草樹愁煙似不春　晩鶯哀怨向行人
須知一種埋香骨　猶勝昭君作虜塵

이 시는 이국의 흉노족 선우의 부인으로 살다가 죽은 한(漢)나라 미인 왕소군보다는 비록 궁인이지만 고국 땅 장안에서 아름다운 미인으

115 "承命恭和御製宮中八詠"『四雨亭集』卷之上, 詩.
116 『芝峯類說』7卷十二 文章部五 唐詩.

로 한 세상 살다가 궁인야에 묻힌 것이 더 낫다는 뜻을 담고 있다. 향골(香骨)은 궁인의 뼈라는 의미도 있지만, 그 아름다움을 상징하는 돋보이는 시어이기도 하다. 후대 이 시어는 기생을 뜻하는 것으로 많이 재인용되었다. 향골은 노진(虜塵)과 호응을 이루면서 왕소군과 궁인의 대비한 삶을 상징적인 시어로 표현하고 있다. 당나라 이후 이백(李白)·백거이(白居易) 등 많은 시인들이 왕소군을 소재로 시를 읊었다. 또한 옹유지(雍裕之, ?~765)의 「궁인야(宮人斜)」라는 시를 보면 시인들이 노래한 선연동의 이미지와 많이 닮아있다.

> 연지 곤지 단장하던 궁녀의 무덤 터에
> 새 소리 노래하듯 또 울어 예듯
> 그대들 혼이 있어 제비라도 되었다면
> 길 익은 미앙궁을 해마다 찾아오리.[117]
> 幾多紅粉委黃泥　野鳥如歌又似啼
> 應有春魂化爲燕　年來飛入未央棲

여기서 궁인야와 미앙궁(未央宮)[118]의 일화가 유호인(兪好仁)[119]의 「유

117 『全唐詩』 卷四百七十一 雍裕之.

118 동서 길이 136m, 남북 길이 455m, 남쪽 측면 높이 1m, 북쪽 측면 높이 14m로 알려져 있다. 내부는 정전(正殿), 여름에 시원한 청량전(淸涼殿), 겨울에 따뜻한 온실, 빙고(氷庫)인 능실(凌室) 등 화려하게 만들어졌다. 부근에서 와편(瓦片)이 발견되었다.

119 1445(세종 27)~1494(성종 25). 조선 전기의 문신·문장가로 1462년(세조 8)에 생원이 되고, 1474년(성종 5)에 식년문과에 병과로 급제하였다. 봉상시부봉사(奉常寺副奉事)를 거쳐, 1478년 사가독서(賜暇讀書)한 뒤 1480년에 거창현감으로 부임하였

송도록(遊松都錄)」에서 나온다. 미앙궁은 장안 교외에 있던 한(漢)나라 고조 때 만든 궁전을 말한다. 『유송도록』은 송도를 기행하면서 남긴 글인데, 궁인야의 일화가 수록되었다. 이 일화를 통해서 보면, 평양에만 궁인야로 선연동이 있는 것이 아니라, 송도 즉 개성에도 궁인야가 있다는 것을 알 수 있다. 개성은 고려왕조 오백년의 도읍지였던 점을 감안할 때, 궁인들의 전용 무덤이 있었으리라는 쉽게 짐작된다.

> 북쪽 골짝에 두어 陵이 있어 수백 보 사이에서 서로 바라보는데 거주하는 사람들이, "忠定王·忠惠王의 능이라." 이른다. 그러나 인식할 만한 비석이나 푯말이 없다. 이날이 음산하고 어둑하여 길 걷기에 지친 몸이 떨려서 견딜 수가 없었다. 그래서 院樓에 올라 각각 큰 술잔으로 여러 잔을 마시고 나니 신관이 차츰 안정되었다. 福靈寺에 들어가니 그윽하고 고요하여 마음에 들며 殿에 16羅漢의 소상이 있는데, 制作이 절묘하여 天台山에서 斷食하고 있는 형상과 흡사하다. 동으로 가서 한 언덕을 지나니 塚墓가 무더기로 있고, 금잔디 지는 해에 까마귀와 솔개가 나직이 맴도는데, 野老가 지적하며, 宮人斜라 이른다. 次韶가 말하기를, "어찌 청춘의 넋이 제비로 화하여 未央宮으로 날아 들어갈

다. 그 뒤 공조좌랑을 지내고, 1486년에 검토관(檢討官)을 거쳐 이듬해 『동국여지승람』의 편찬에 참여하였다. 홍문관교리로 있다가 1488년 의성현령으로 나갔다. 1490년 『유호인시고(俞好仁詩藁)』를 편찬하여 왕으로부터 표리(表裏)를 하사받았다. 본래 글을 좋아하는 성종의 지극한 총애를 받았다. 1494년 장령을 거쳐 합천군수로 재직 중 병사하였다. 장수의 창계서원(蒼溪書院), 함양의 남계서원(藍溪書院)에 제향되었다.

때가 없겠는가." 하였다.[120]

유호인(兪好仁)은 시(詩)·문(文)·서(書)에 뛰어나 당대 3절(絶)이라 불리었고 성종으로부터 지극한 총애를 받았다. 당시 4대 학파 중 사림파(士林派)에 속하였다.

당시 유호인은 송도의 북쪽 골짜기에 비석이나 푯말이 없는 고려 왕조 충정왕과 충혜왕의 능에 이르렀는데, 마침 음산하고 어둑하여 길 걷기에 지친 몸이 떨려서 견딜 수가 없었다. 그러면서 동으로 가서 한 언덕을 지나니 총묘(冢墓)가 무더기로 있었다. 바로 그때 금잔디 지는 해에 까마귀와 솔개가 나직이 맴도는데, 동네 노인들이 가리키기를 '궁인야'라 이른다. 이때 차소(次韶)가 말한다. 여기서 차소는 조선 전기의 문신 삼괴당(三魁堂) 신종호(申從濩)[121]로 "어찌 청춘의

120 "北洞有二陵 相望數百步 居人云忠定, 忠惠 然無碑標可識也 是日陰晦 道途之困 寒凜不可耐 登院樓 各倒數巨杯 神觀稍定焉 入福靈寺 幽靜可愛 殿有十六羅漢塑像 制作絕妙 酷似天台休粒之狀 東行過一阡 叢冢纍纍 黃茅落日 烏鳶低回 野老指點謂宮人斜 次韶云 豈無春魂化燕 飛入未央時耶"『續東文選』 제21권 錄「遊松都錄」

121 1456(세조 2)~1497(연산군 3). 조선 전기의 문신으로 본관은 고령(高靈). 자는 차소(次韶), 호는 삼괴당(三魁堂). 도승지 장(檣)의 증손으로, 할아버지는 영의정 숙주(叔舟)이고, 아버지는 봉례랑(奉禮郎) 주(澍)이다. 어머니는 영의정 한명회(韓明澮)의 딸이다. 1474년(성종 5) 약관으로 성균진사시에 장원을 하고, 1480년 식년문과에 다시 장원을 하였다. 그 해 감찰에 임명되고 사가독서(賜暇讀書)하였다. 이듬해 천추사(千秋使) 홍귀달(洪貴達)의 서장관(書狀官)이 되어 명나라에 갔다. 그 때 명나라 역관에는 우리나라 사람들이 수료병(水潦病)에 걸려서 돌아오지 못하고 고생하는 자가 많았으므로 명나라 예부(禮部)에 건의하여 그들을 치료하게 한 뒤, 모두 귀환하게 하였다. 명나라에서 돌아온 뒤 수찬(修撰)·교리를 역임하였다. 1486년 부응교로 있을 때 또다시 문과중시에 장원하여 과거제도가 생긴 이후 세 번이나 장원을 한 것은 처음이라며 칭송이 자자하였다. 그 해에 예빈시부정(禮賓寺副正)으로 초배(超

넋이 제비로 화하여 미앙궁으로 날아 들어갈 때가 없겠는가"한다. 신종호는 1496년(연산군 2) 병환을 무릅쓰고 정조사(正朝使)가 되어 명나라에 갔다가 이듬해인 1497년에 돌아오던 중에 개성에서 세상을 떠났다. 관후(寬厚)한 장자의 풍모를 지녔으며, 문장과 시·글씨에 뛰어났다.

평양을 배경으로 한 야담 중에서 기생 이야기, 또는 기생이 등장하는 이야기들이 많은 수를 차지하고 있을 뿐 아니라, 그것은 다른 지역과 연관된 기생 이야기의 수와 비교하더라도 큰 차이로 가장 많은 수를 나타내 보인다. 평양을 배경으로 한 기생 관련 야담이 9편인데, 배경 지역을 정주, 선천 등 평안도 전체로 확대하면 기생이야기는 14편으로 늘어난다. 반면에, 다른 지역을 배경으로 한 기생 관련 이야기는 서울이 4편, 전라. 경상. 함경도가 각 3편, 강원도가 2편, 황해. 충청도가 각 1편에 그친다. 야담은 그 성격상 지역에 관계없이 기생을 소재로 한 이야기가 많은 편이지만, 평안도 특히 평양을 배경으로 한 기생 관련 야담이 두드러지는 것이다. 개별 야담 안에서 기생들이 수행한 역할을 따져보면 평양의 기생들은 다른 지역의 기생들과 상당히

拜 : 차례를 뛰어넘어 제수됨)되었고, 『여지승람』을 정정하여 『동국여지승람』으로 다시 찬술해내는 데 참여하였다. 이듬해 그 공으로 왕으로부터 녹피(鹿皮)를 하사받았으며, 왕명으로 요동(遼東)에 가서 한어(漢語)를 습득하고 돌아왔다. 1488년 홍문관직제학을 거쳐 부제학이 되었으며, 이듬해 동부승지가 된 뒤 예조참의·좌승지·우승지·도승지를 차례로 역임하였다. 1491년 대사헌으로 있을 때 북쪽 오랑캐 침입사건에 관한 어전회의 중에 영의정을 모욕한 죄로 파면되었으나, 얼마 뒤 다시 등용되어 도승지·동지중추부사를 거쳐, 병조·예조·이조참판을 역임하였다. 1494년 경기도관찰사로 나갔으며, 이듬해 중앙으로 들어와 예조참판 겸 동지춘추관사(同知春秋館事)로 있으면서 『성종실록』 편찬에 참여하였다. 저서로 『삼괴당집』이 있다.

다른 경향을 보인다. 평안도 이외의 지역에서는 기생들이 별다른 극적 비중 없이 등장하는 경우가 많으며, 적극적인 행동을 보이는 경우라도 기생의 본래 영역인 유흥이나 행락과 거리가 먼 경우들이 대부분이다.[122]

3) 평양 선연동의 과거와 현재

조선 후기 평양이 지니는 의미는 서울에 이어 전국에서 두 번째로 큰 규모의 도시라는 데 그치지 않았다. 평안도를 포함한 서북(西北)은 조선 중기 이래의 지배층인 사족(士族)들이 지역적 기반으로 삼고 있던 남쪽 지방이나 근기(近畿) 지역에 비교해 사회 구성과 질서가 방향을 달리하고 있었던 만큼, 그 핵심 도시 평양의 구성과 성격은 조선 후기 사회 변화의 방향과 성격을 이해하는 데 독자적인 중요성을 지니고 있다.[123]

조선 후기 평안도는 함경도와 함께 전통적으로 정치적 차별을 받아온 서북(西北)을 이루고 있었지만, 경제력을 크게 늘리고, 사족이 없다고 설명되는 지역사정 위에서 자유스럽고 경쟁적인 질서를 정립시켜 가는 방향으로 성장하고 있었다. 평양이 대청무역의 기지로서 상업이 발전하고 큰 부자가 많이 있는 도시였다는 사실은 일찍부터 강조되어

122 오수창, 「〈청구야담〉에 나타난 조선 후기 평양 인식과 그 성격」, 『한국사연구』 137, 한국사연구회, 2007, 88쪽.

123 앞의 논문, 79~80쪽.

온 내용이다. 그것은 더욱 구체적인 역사적 사정에 의해 뒷받침되고 있다. 병자호란 후 평안도는 전란의 피해를 심하게 입었을 뿐 아니라 청(淸)의 사신을 접대하는 데 따르는 부담을 크게 지고 있었다. 그러나 17세기 후반 이후로 국제질서가 안정되어 감에 따라 그런 지역적 조건이 경제적 성장에 유리하게 작용하였다. 만일에 대비하여 쌓아놓은 막대한 군량미, 청의 사신을 접대하기 위해 쌓아놓은 칙수(勅需)는, 전쟁에 대한 우려가 현저히 약화되고 청사(淸使)의 왕래가 크게 줄어듦에 따라 관에서 주도하는 이식(利殖) 사업의 밑천이 됨으로써 상업의 재원으로 활발히 이용되었다. 성리학적 이념이 강하지 않은 평안도의 주민들이 좀 더 자유롭게 경제활동에 참여할 수 있었던 것도 상업 발전의 한 원인이 되었다. 이런 상황 속에서 국가 운영에서 평안도 재정이 차지하는 비중은 제도적으로나 현실적으로 점점 커져갔고, 평안도는 전국에서 가장 번화(繁華)한 지역이라는 평이 정부 인사들에 의해 일상적으로 되풀이되는 상태에 이르게 되었다.[124]

조선 18세기 평양의 모습을 참고할 만한 기록이 남아 있다. 홍대용(洪大容, 1731~1783)의 『을병연행록』[125]은 1765년(을유년) 11월 2일부터

---

124 오수창, 『朝鮮後期 平安道 社會發展硏究』, 일조각, 2002, 135~157쪽.

125 국문필사본. 표제가 '담헌연록(湛軒燕錄)'으로 된 10권 10책이 숭실대학교 한국기독교박물관에, '연행록(燕行錄)'이라 된 20권 20책이 장서각 도서에 있다. 숭실대학교본은 매권 말미에 필사날짜와 경위가 밝혀져 있다. 장서각본은 숭실대학교본을 저본으로 하여 내용을 배로 늘렸는데, 작자의 후손들이 완성한 것으로 추정된다. 작자가 1765년(乙酉, 영조 41)부터 1766년(丙戌)까지 서장관인 숙부 홍억(洪檍)의 자제군관으로 청나라에 다녀오면서 보고 듣고 느낀 바를 날짜별로 기록한 내용이다. 특히 작자의 한문여행기 「담헌연기(湛軒燕記)」가 종전의 규범적 표현을 벗어나 사실전달에 힘쓴 것에 비해, 이 작품은 신변의 일이나 개인적 감회를 정감 있는 필치로 자세히

1766년(병술년) 11월 26일까지의 기록을 담은 부분은 중국 여행의 숙원이 이루어진 기쁨, 아버지 등으로부터 받은 전별시, 자신의 중국관, 고향에서 의주까지 이르는 국내 여행담을 간략히 언급하였다. 특히 11월 27일부터 12월 27일까지는 압록강을 건너 북경에 도착하기까지 거치는 여러 곳에서 견문한 바가 상세하다.[126] 1765년 11월 11일과 12일 평양에 머물던 당시 모습이 자세하다.

"평양은 옛 기자(箕子)의 도읍이다. 은(殷)나라가 망한 후에 기자가 주(周)나라의 신하가 되지 않으려 하니, 무왕(武王)이 그 뜻을 굽히지 않아 동으로 조선에 봉하였다. 기자가 옛 백성 2천여 명을 데리고 예악문물을 갖추어 평양에 도읍하여, 여덟 가지 가르침을 베푸시니 풍속이 크게 변하였고, 문물제도가 성하고 빛나 실로 우리 동방 풍교의 근본이 되었다. 이런 고로 이곳이 다만 강산이 장려하고 풍악이 번성할 뿐만 아니라, 기이한 고적이 나라 안에서 으뜸이 되니 가히 보지 않을 수 없다. 허나 연이어 매서운 추위를 무릅쓰고 말을 몰아 몸이 편치 못하여 문을 닫고 조용히 누워 있었다.

다루고 있다. 전대의 연행록이 갖춘 격식이나 쓰임새를 넘어서서 독자의 범위를 확대하고, 국문으로 글 쓰는 방식을 개척하는 데 기여한 작품이라고 할 수 있다.

126 북경에 체재하는 12월 28일부터 다음해 2월 29일까지의 기록은 천주당을 방문한 것과 엄성(嚴誠)·육비(陸飛)·반정균(潘庭均) 등 청나라 학자들과 교유하면서 문답한 것이 주된 내용을 이룬다. 3월 1일부터 30일까지는 북경을 떠나 귀국길에 오르는 과정을, 4월 1일부터 4월 27일까지는 의주에서 겪은 귀국 수속의 어려운 사정과 청나라를 떠나는 안타까운 심정을 그리고 있다. 청나라가 물질적으로 번영하고 있는 모습과 아울러 새로운 시대의 사상적 향방에 대한 각성이 구체적으로 표현되어 있다. 시작품들도 배경과 내용을 상세히 설명하여 시의 깊은 의미를 쉽게 이해할 수 있게 하였다.

그런데 예로부터 사행이 사대(査對)[127]를 끝낸 후에는 연광정에서 감사와 도사를 모아 풍악을 베풀었는데, 오후에 상사께서 사람을 보내 함께 놀기를 청하거늘 마지못해 말을 타고 갔다.

길가의 애련당(愛蓮堂)을 찾아 먼저 들어가니, 물 가운데 정자와 널로 놓은 다리가 옛날 보던 모양이 변치 않았다. 문 밖에서 말을 내려 다리를 건너 정자에 앉으니 못의 얼음에 눈이 덮여 원래 모양이 없었다.

그러나 정자를 육각으로 지어 가운데 방을 들여놓고 방 밖으로 돌아가며 마루를 놓아, 마루 밖에 분합(分閤)[128]과 난간을 맑고 깨끗이 만들어 단청이 영롱하였으며, 여섯 면에 풍경을 달아 바람이 불면 소리가 쟁쟁(錚錚)하여 서로 응하였다. 처한 곳은 비록 성시 가운데 있으나 아름다운 풍치와 맑고 깨끗한 기상이 저잣거리의 어지러움을 잊을 만한 곳이다.

이때 바람이 매우 차 오래 머물지 못하고 즉시 문을 나와 연광정으로 향하니, 사대를 아직 파하지 못하였다. 뒷문으로 들어 대청 뒤에 한 누에 올라 앉았는데 이름이 운영루(雲影樓)라 하였다. 누각 아래위에 남녀가 어지럽게 뒤섞여 요란함을 견디지 못할 듯해 누각 서쪽 난간에 자리를 얻어 이윽히[129] 앉아 있었다. 사대를 마치자 감사는 중

---

127 옛날에 중국(中國)에 보내는 표(表)와 자문(咨文)의 내용과 그 인(印)을 살피어 틀림이 없는가를 확인(確認)하던 일이다. 『한국고전용어사전』, 2001.3.30, 세종대왕기념사업회.

128 분합은 한옥의 대청 앞쪽 전체에 드리는 긴 창살문을 말한다.

129 '이윽하다'는 '밤이 꽤 깊다, 지난 시간이 얼마간 오래다'라는 뜻인 '이슥하다'의 평안 방언이다.

복(重服)[130]이 있어 먼저 영(營)으로 돌아가고, 상사께서 내가 온 것을 듣고 사람을 보내어 들어오라 해서 즉시 들어가 자리에 앉았다. 마루 삼면에 발을 드리우고 뜸(비바람을 막는 물건)을 둘러 비록 엄동(嚴冬)이지만 추위를 잊을 수 있었다. 좌우에 오륙십 명의 분바른 기생을 벌여 비단 의상에 눈이 부시고, 풍류 악기는 채색이 선명하여 다른 데서 보지 못하던 것인데, 이는 감사가 새로 고치고 더 넣은 것이다. 삼현(三絃), 즉 거문고·가야금·향비파 등을 타는 공인(工人 : 악공)은 다 관대를 입고 머리에 그림을 그린 복두를 썼으니, 이는 서울 악공을 모방한 것이다. 그 호화스런 기구며 화려한 거동이 온 나라에 유명한 것이 이상하지 않았다. 날이 저물어 풍류를 채 보지 못하고 숙소[131]로 돌아왔다.

12일 찬바람이 불어 매우 어려우나 내일은 길을 떠날 것이요 돌아올 때의 일을 예측하지 못하여, 드디어 아침밥을 재촉하여 먹고 평양 구경에 나섰다. 황진사 염조는 외성에서 사는 사람으로 이곳 고적을 익히 알아 함께 갔다.

---

130 중복은 상례(喪禮) 중 상복을 규정한 제도인 5복(五服) 제도 가운데서 대공(大功) 이상의 상복(喪服)을 말한다. 여기서 오복은 참최(斬衰), 자최(齊衰), 대공, 소공(小功), 시마(緦麻) 순으로 되어 있는데, 이 가운데 대공복은 숙포(熟布 : 표백한 삼베)로 만들며, 복상기간은 9개월이다. 상이 났을 때 대공복을 입는 범위의 친족을 대공친이라고 한다. 대공친의 범위는 조금씩 차이가 있으나 『경국대전』에는 대체로 『주자가례』를 따라 시조부모, 아들, 손자, 백숙부모, 조카며느리, 4촌 형제자매를 대공친으로 정하였다. 결혼하지 않은 16~19세의 미성년자 형제와 자매, 고모, 조카와 조카며느리의 상에도 대공복을 입었다.

131 원문은 하처(下處)로, 웃어른이나 점잖은 손님이 길을 가다가 묵는 집을 높여 이르는 말이다. 이하 모두 '숙소'로 옮긴다.

동북쪽 장경문(長慶門)으로 나가니, 이 문은 연광정 북쪽으로 수백 보 떨어진 곳이다. 문 밖의 벼랑길이 겨우 두어 보 너비이며, 길 동쪽은 강이고 서쪽은 100척 창벽(蒼壁)이 강을 임하여 4~5리를 깎은 듯이 둘러져 있었다. 성은 그 위의 지형을 따라 성가퀴가 웅장하니, 이 벽 이름을 청류벽(淸流壁)이라 하였다. 벽을 의지하여 4~5리를 행하여 부벽루(浮壁樓)에 이르니, 평양성 북쪽으로 모란봉이라는 높은 봉이 있어 오르니 성 안을 굽어볼 수 있었다. 이러므로 북쪽에 따로 성을 쌓아 모란봉 위로부터 강가를 둘러 본성(本城)에 이었고, 영명사(永明寺)라는 절을 그 가운데 두고 '총섭(總攝)', 즉 '승군을 통솔하는 승려 직책'으로 하여금 승군을 거느려 지키게 하였다.

부벽루는 그 성 동쪽에 강을 굽어보고 지은 집으로, 제도는 매우 거칠고 엉성하여 볼품없고 안에 벽돌을 깔았을 뿐이나, 안계의 광활함은 연광정과 다름이 없었다. 앞으로 능라도(綾羅島)라는 섬이 물 가운데 비꼈으니, 수목이 줄을 지어 벌여 섰고 약간의 인가(人家)가 있으니, 이는 연광정에 없는 경치이다.

또 성시(城市)를 멀리하고 경계가 매우 푸르니 청탈(淸脫)한 기상과 아득한 경치는 연광정이 미칠 바가 아니었다.

누각 북쪽에 조그만 정자가 있으니 이름을 함벽정(涵碧亭)이라 하였고, 절 앞으로 큰 누각이 있어 이름을 득월루(得月樓)라 하였다. 서남쪽으로 성 구비에 높고 사면이 네모반듯한 곳이 있어 이름을 을밀대(乙密臺)라 하니, 울창한 소나무 숲 사이로 표연히 반공에 솟아나 있어 보기에 기이하였다. 절 뒤에 돌로 쌓은 우물이 있으니 이름이 기린굴(麒麟窟)이다. 전하여 이르기를, 고구려 때 동명왕이라는 임금이 병란을 만나 피할 곳이 없었는데 용마를 타고 이 굴로 들어가 난을 면하였다 하니, 그 말이 극히 허황하다. 조그만 우물에 깊은 구멍을 보지 못하였으니 후대에 메워서 막힌 것이 아닌가 싶었다.

서쪽 문을 나오니 온 산에 솔이 하늘과 해를 가리고, 눈이 길을 덮어 말을 타지 못할 지경이었다. 이에 말에서 내려 간신히 걸어가 기자묘에 이르니, 분형(墳形)이 네모나며 사면에 낮은 분장(粉牆)을 두르고 앞에 석인(石人)과 석양(石羊)을 각 한 쌍씩 세웠다. 가운데 작은 비를 세워 기자묘라 썼고 그 뒤에 옛 비를 세웠는데, 이는 임진왜란 때 도적이 깨뜨려 상한 것을 조각을 합하고 박철(縛鐵)로 묶은 것이다. '계절(階節)', 즉 '무덤 앞에 평평하게 만들어 놓은 땅' 앞으로 대를 쌓아 한 길(2.4~3m)이나 되고, 대 아래 정자를 짓고 그 안에 상탁(床卓)을 놓아두었는데, 문이 잠겨 들어가 보지 못하였다.

말을 타고 서남쪽으로 내려가 칠성문(七星門)으로 들어가니, 이 문은 임진왜란 때 명나라 장수 이여송(李如松)이 군사를 거느리고 들어와 왜적을 물리친 곳이다. 감영(監營) 서쪽 담 밖으로 행하여 장대(將臺)에 오르니, 장대라는 것은 난리를 당하여 성을 지킬 때 대장이 올라앉아 깃발과 북으로 사면의 성을 지키는 군사를 호령하는 곳이다. 성중에 가장 높은 곳을 가려 대를 세우고 그 위에 집을 지었으니, 오르면 사방이 내려다보여 번성한 여염이 보이지 않는 곳이 없고, 동강 북쪽의 넓은 들과 점점한 산이 다 연광정의 경치를 가졌으니, 또한 볼 만한 곳이다.

서쪽으로 내려 숭령전(崇靈殿)에 이르니, 이곳은 단군과 동명왕의 위판을 봉안한 묘당이다. 단군은 동방에 처음으로 나온 임금이라 '참봉(參奉)', 즉 '왕릉을 관리하는 종9품의 관직'이 여기서 지킨다고 하였다. 서쪽으로 숭인전(崇仁殿)에 이르니 이는 기자의 위판을 봉안한 곳이었다. 화상(畵像) 세벌을 걸었는데, 의관은 전에 보지 못하던 제도였으니 필연 은나라의 의관인가 싶었다.

서문 안 무열사(武烈祠)에 이르니, 이는 명나라 병부상서 석성(石星)[132]의 위판을 봉안하고, 제독(提督) 이여송과 양원(楊元)·이여백(李如栢)·장세작(張世爵)[133] 등 여러 장수를 배향한 곳이다. 석상서는 임진왜란 때 우리나라가 구병을 청하자 군사를 징발할 의론을 힘써 아뢰어 전후의 나라를 구호한 일이 많았으나, 마침내 참소(讒訴)에 걸려 우리나라 일로 화를 면치 못하였으니, 그 은혜를 생각하여 사당을 세워 봄가을로 제사를 받들게 했다. 석상서와 이여백은 화상이 있었다. 숭령전과 숭인전은 왕의 사당이라 감히 참배하지 못하였는데, 이곳은 참배를 허락하여 두 번 절하고 나왔다.

서문으로 나가 1~2리를 가서 충무사(忠武祠)에 이르니, 이곳은 고구려 장수 을지문덕의 사당이다. 수나라 때 양제(煬帝)가 천하 병력을 다하여 수백만 군사로 친히 고구려를 치려 할 때 고구려 정승 을지문덕(乙支文德)이 수천 군을 거느리고 살수에서 맞아 두어 번 싸워 수나라 군사를 크게 물리치니, 수나라 군사는 겨우 천여 명이 살아남아 돌아갔다. 이로써 고구려는 망하지 않았는데, 평양은 그때 도읍이었다. 이

132 석성은 임진왜란 때 조선에 구원병을 보내준 명나라 벼슬아치로, 홍순언 일화에 관련 이야기가 전해 온다.

133 강세작을 이르는 듯하다. 강세작은 명나라 장수로 명·청교체기에 난을 피해 우리나라에 들어와 살았다.

러하므로 뒷사람이 이를 기려 사당을 세웠다.

이곳을 지나 인현서원(仁賢書院)에 이르니, 이는 이 고을 사람들이 서원을 지어 기자 위판을 봉인하고 선비를 모아 글을 읽은 곳이다. 사우문(祠宇門)을 열고 참배하니 또 한 화상이 있었다. 밖으로 나와 강당에 앉았는데, 현판에 홍범당(洪範堂)이라 하였다. 서원 하인이, "효종대왕이 친히 쓰신 글입니다."하고, 소반에 책 한 권을 받들어 내어다 보이기에 공경히 열어 보았더니 정축년(1637)에 심양에 들어가실 적에 서원에 참배하시고 『심원록(尋源錄)』에 이름을 올리신 것인데, '봉림대군(鳳林大君)' 네 자를 쓰셨다.

남으로 외성(外城)을 향하여 중성을 나가니 옛 성의 터만 남아 있었다. 이 바깥의 길이 넓고 좁은 것이 다 법도가 있는 듯하고, 거리마다 돌을 세워 표하였다. 큰길 사이에 작은 길을 가로로 베어서 조금도 빗나간 곳이 없었고, 네 길 사이에 있는 밭의 형상이 정정방방하여 큰 들에 다 같은 제양(制樣)이었으니, 이는 기자가 정전법(井田法)을 시행한 곳이다. 비록 햇수가 오래되었으나 오히려 정대한 제도가 이러하였으니, 성인의 정사(政事)가 어찌 이상하지 않겠는가? 길가에 조그만 단이 하나있는데, 이는 기자께서 계시던 대궐 터였다. 단 위에 작은 비를 세웠는데 '구주단(九疇壇)' 세 자가 씌어져 있었다. 이 앞으로 남쪽을 향하니 우물이 하나 있었는데, 이는 '기자정(箕子井)'이라 하며 깊이가 8~9장(丈), 즉 1장은 약 3.33m이고, 위에 둥근 구멍을 뚫어 벽돌로 덮었다.

말을 돌려 중성에 들어가 '일영지(日影池)'라는 못을 보니 사방이 열 걸음 남짓 되었다. 가운데 조그만 섬이 있고 섬 위에 조그만 정자를 세웠으니, 이는 기자께서 해 그림자를 살피시던 곳이라 전한다. 못 북쪽에 한 서재가 있어 글 읽는 소리가 있었지만 날이 저물어 가 보지 못하고 남문으로 들어가 숙소로 돌아왔다."

이처럼 평양은 청과의 무역을 뒷받침하는 지역이었으며, 평안도의 경제적 번영을 대표하는 도시였다. 경제적 여유를 누렸을 뿐 아니라, 그 바탕이 상업과 금융업이었던 만큼 그곳에 유흥이 발달하는 것은 필연적인 사실이었다. 1808년(순조 8) 평안도 암행어사 서능보(徐能輔)가 보고하였고 그 후의 암행어사에 의해서도 거듭 지적된 바에 의하면, 평안도에서는 정부 기관의 재정이 많이 비축되고 이식사업이 활발히 행하여지는 틈을 타서 '일정한 거처나 직업이 없이 떠돌아다니거나 사회적 지위가 타락하여 방탕하게 떠도는 무리[浮浪破落]'가, 자기 친척이나 인척 중에 자산이 있는 인물이 있으면 관의 곡식과 자본을 마음대로 빌려다가 유흥에 탕진한 후 부유한 친지로 하여금 그것을 부담하게 하는 상황이 문제가 되었다.[134] 유흥의 핵심 인물로 기생의 활동이 특히 두드러졌을 평양의 사회경제적 배경을 짐작할 수 있다. 더욱이 사족(士族)이 없다는 평을 받는 평안도의 사회적 특성상 성리학적 지배질서의 힘이 약했고, 그것은 유흥문화가 더욱 자유롭게 발달할 수 있는 토대가 되었을 것이다.

평안도와 평양이 누리던 경제적 번영의 핵심을 이루는 자리는 평안도 관찰사였다. 19세기의 세도가 김조순(金祖淳)은 "관서는 대번(大藩)

134 『日省錄』 純祖 8년 9월 7일 경오(영인본 제35책 244쪽 나); 憲宗 8년 8월, 16일 임진(제53책 571쪽 라)

이다. 재부와 화려함이 나라에서 최고이다. 예부터 재상들이 내직을 사양하고 외직에 나가고자 하는 자는 항상 이 자리를 배회한다"라고 하였다.[135] 그 김조순의 아들 김유근이 생애 유일하게 지방으로 임명받아나갔던 관직도 역시 평안도 관찰사였다. 정약용의 진술에 의하면 당시 평안감사의 '세식(歲食)'은 24만 냥이었다고 하며, 기존 연구에서는 이것을 연봉으로 지칭하기도 하였다. 이때의 세식(歲食)이 정확히 연봉을 뜻하는 용어인지는 더 따져보아야 하겠지만, 정약용은 그 반(半)을 공용(公用)이라고 하여 평안감사의 매년 소득을 12만 냥으로 잡았다. 그가 말한 액수는 "관리들의 봉전(俸錢)을 합법이든 비합법이든 모두 찾아내 8/10은 경전사(經田司)에 납부하도록 하여 그것으로 공전(公田)을 구매하자"라는 주장을 위해 제기된 것이다. 그의 주장에 따르면 평안감사의 수입에서 8/10을 떼어내 토지제도 개혁을 위한 공전(公田)을 매입하게 하더라도, 실제 관찰사에게 돌아가는 액수가 24,000냥에 이르는 거액이었다. 정약용이 평안도 관찰사의 개인 연수입을 12만 냥으로 본 것만은 사실인 것이다. 이것은 황해감사가 받는 '세식' 3만 냥 중 공용이 1만 냥이고, 개혁 후에 감사가 4,000냥을 받도록 한 것과 비교하더라도 엄청난 액수이다. 이것이 조선 후기 야담에서 평안감사가 그토록 두드러진 모습을 보이게 된 가장 구체적인 경제적 배경이었다.[136]

---

135 고석규, 「18세기 말 19세기 초 평안도지역 鄕權의 추이」, 『한국문화』 11, 서울대 한국문화연구소, 1990, 367쪽.

136 오수창, 『朝鮮後期 平安道 社會發展硏究』, 일조각, 2002, 94~96쪽.

조선시대 평양에 대한 정부와 지배층의 인식은 그곳이 기자(箕子)와 단군(檀君)의 고장, 특히 기자가 우리 문명을 일으킨 곳이라는 데에 핵심이 있었다. 일찍이 태종대에, 기자묘(箕子墓)라고 전해 내려오는 평양의 분묘(墳墓)에 대한 정비가 이루어졌다. 고려 때 세워진 기자사당이 있었는데, 세종대에 기자의 사당을 새로 세우고, 기자사당에 배향했던 단군을 위해서도 따로 사당을 세우고 그곳에 고구려 동명왕(東明王)을 배향하였다. 광해군대에 기자 사당을 숭인전(崇仁殿)으로 승격하고, 영조대에는 단군 사당을 숭령전(崇靈殿)으로 승격하였다. 정부에서는 이 두 사당에서 근무한 그 지방 인물들에게 서울의 관리로 진출할 수 있는 길을 열어두기도 하였다. 홍경래난이 터지기 직전인 순조 11년(1811) 3월에도 정부에서는 평안도를 특별히 '예의의 땅'으로 높이면서 숭인전에 제사를 지내게 하였다.

조선의 지배층은 주로 기자의 도시라는 관점에서 평양에 접근하였다. 평안도 관찰사 윤두수(尹斗壽)가 편찬한 9권 2책의 『평양지(平壤志)』(선조 23, 1590)는, 그가 앞서 편찬한 3권 1책의 『기자지(箕子志)』가 기자(箕子)의 사적에 대한 구체적인 내용이 부족했던 데 대한 보완작업이라는 의미도 지니고 있다. 후에 윤두수의 5대손이며 역시 평안도 관찰사로 재임한 윤유(尹游)는 『평양지』를 보완하여 영조 6년(1730) 『평양속지(平壤續誌)』를 편찬하였다. 이 책은 헌종 3년(1837)에 간행되었다. 이러한 작업과 짝하여 국왕을 비롯하여 정부 인사들이 평양을 거론할 때는 언필칭 기자의 권위를 앞세우게 마련이었다.[137]

137 오수창, 『朝鮮後期 平安道 社會發展硏究』, 일조각, 2002, 97쪽.

문헌에는 이른 시기 허균(許筠, 1569~1618)의 『성소부부고(惺所覆瓿藁)』[138]에 의하면, '선연동'이 원래 평양의 공동묘지라는 사실을 알려준다.

"이정은 사람됨이 게을러서 그림을 그리려 들지 않았으므로, 그의 필적이 세상에 전하는 것은 드물다. 정미년(선조 40, 1607) 2월에 술로 병이 들어 서경(西京)에서 죽으니 애석하다. 임시로

---

138 조선 중기의 문신 허균(許筠)의 문집으로 8권 1책, 필사본이다. 작성연대는 정확하지 않다. 그러나 만력(萬曆) 계축에 쓴 이정기(李廷機)의 서문으로 미루어 보면 1613년(광해군 5) 봄이나 그 전해에 이루어진 것으로 보인다. 이때는 허균의 일생 중에서 가장 불우했던 시기이다. 그가 칩거하면서 그동안 저술한 시와 산문들을 모아 시부(詩部)·부부(賦部)·문부(文部)·설부(說部) 등 4부로 나누어 정리한 초고이다. 외손인 이필진(李必進)의 발문에 "부부고라는 것은 외조부 교산의 유고이다. 부부·문부의 6권 외에 또 시부가 있어 모두 8권인데 전질을 손수 썼다. 〈갑진명주고(甲辰溟州藁)〉·〈서관행록(西關行錄)〉·〈계축남유초(癸丑南遊草)〉·〈을병조천록(乙丙朝天錄)〉 제2권은 옥사가 일어나자 마침내 모면할 수 없는 것을 알고 이것을 정리하여 우리 집에 보내게 하였다."라고 적고 있다. 발문에 적힌 〈갑진명주고〉 이하 몇 권의 저술들은 현재 전해지지 않는다. 그러므로 말년의 저술들이 이 책에 수록되지 않은 것을 알 수 있다. 허균은 역적의 괴수로 극형을 받고 죽었기 때문에 그의 문집은 공간될 수 없었다. 그래서 몰래 필사하여 전해졌으므로 오자낙서가 적지 않다. 저본은 1권을 제외하고는 모두 정사본이다. 책마다 첫 장에 정조대왕이 세손 때에 사용한 장서인인 '관물헌(觀物軒)'과 '이극지장(貳極之章)'이라는 어인이 찍힌 귀중본이다. 『성소부부고』의 구성은 시부·부부·문부·설부 등 네 가지로 나누어 수록하여 일반 문집의 편찬체재와 다르다. 그러나 각 부의 배열을 보면 부부와 문부의 내용은 일반 문집의 체재와 거의 비슷하다. 『성소부부고』의 시부는 〈정유조천록(丁酉朝天錄)〉·〈남궁고(南宮藁)〉·〈궁사(宮詞)〉 등과 같이 시기나 주제별로 묶어서 수록하고 있어 이색적이다. 이러한 체재는 이후에 많은 문집에서 채택되었다. 보통의 경우 설부의 내용은 잡저라 하여 문부의 일부에 편입시키거나, 혹은 패설류를 혼합하여 분별없이 수록하는 것이 상례이다.

선연동(嬋姸洞)에 매장(埋葬)하였다."[139]

추론컨대 원래 칠성문 밖 공동묘지이었는데, 언제부턴가 기생들의 무덤이 계속 생기면서 '선연동'으로 부른 것이 아닌가 한다. 이것은 평양의 칠성문이 당시 한양의 광희문(光熙門)과 서소문(四小門)과 같이 일반적인 통행로이면서, 시신을 성 밖으로 옮긴 통로 구실을 한 것처럼 평양의 시구문(屍軀門) 역할을 했을 것이라고 추측된다. 더구나 칠성문은 평양성의 북문에 해당하게 되어, 의주 방면으로 통하는 성문 역할을 했기에 중국으로 가는 사신들의 길목이기도 하였다. 따라서 궁인의 북망산 '궁인야'는 시인들에 의해 기생의 북망산 '선연동'으로 자연스럽게 전의(轉義)된 것이다.

『성소부부고(惺所覆瓿藁)』의 체재는 설부를 다시 '지소록(識小錄)'·'시화(詩話)'·'도문대작(屠門大嚼)' 등 세 부분으로 나누어 수록하고 있어 편찬의 면밀성을 읽을 수 있다. 시부에는 곳곳에 이달(李達)과 권필과 같은 대시인의 평어를 세주로 실었다. 이점은 허균의 시에 대한 그 시대의 높은 평가를 확인시켜준다. 작품 가운데 「풍악기행(楓嶽紀行)」 47편, 「궁사」 100편, 「열악(閱樂)」 8편 등은 절창으로 그 시대에 널리 회자되었다.

권필은 허균의 「궁사」를 높이 평가하여, "궁중의 사실을 눈으로 보듯이 모두 열거하였으니, 족히 일대의 시사(詩史)가 될 만하다. 송·원

---

139 "人慵不肯畫 故筆跡之傳於世者亦少 丁未二月 以酒成疾 卒於西京 惜哉 權厝於嬋娟洞"『성소부부고』 제15권, 문부 12 哀辭, 李楨의 哀辭 병인.

의 사람이라도 감히 따를 수 없으니 스스로 일가를 이루었다."라고 하였다. 「열악」을 "여러 시들이 모두 밝고 높고 화려해서 다른 작품과 같지 않으니 이것이 절창이 된다."라고 칭찬해 마지않았다.

『성소부부고』의 설부에 실려 있는 『성수시화(惺叟詩話)』는 별도로 전하는 『학산초담(鶴山樵談)』과 함께 우리나라의 역대 시화 가운데 주목할 만한 것이다. 모두 85수의 시화를 수록하였다.

허균의 선시안(選詩眼)과 비평은 그 시대나 후대에도 익히 인정되었다. 그의 시대에는 복고의 풍조가 성행하여 송시에서 당시(唐詩)의 경향으로 옮아가던 시기였다. 그의 시에도 이러한 당시풍(唐詩風)은 그대로 반영되었고, 비평의 기준 또한 성당(盛唐)을 표준으로 하였다. 그는 우리나라의 시풍을 당시풍으로 옮겨놓는 데 커다란 기여를 하였다. 『성소부부고』는 허균이 스스로 편집하였고, 체재에 있어서의 참신성으로 후대 문집에 좋은 모범이 되었다.

현재 전해지는 북한 자료에 의하면, 아직까지도 평양에서 '선연동'의 흔적을 찾을 수 있다. 평양 선연동은 다른 지명으로 '고노골'이라 한다. '고노골'은 평양시 모란봉구역 개선동 모란봉의 북쪽에 있는 골짜기를 말하는데, 고노동의 중심마을이 위치해 있다. '선연'은 고울 '선(嬋)'자, 예쁠 '연(娟)'자로서 얼굴이 곱고 아름다운 여자를 가리킨다. 옛날 고노골에 여자들의 무덤만이 많았다는 사실과 관련시켜 볼 때, 본래는 '고운골'이였는데 그것이 와전되어 결국 '고노골'이 된 것으로 추정된다.

일설에 의하면, 옛날 고니새가 많이 날아들던 골짜기라 하여 고노골이라 하였다. 북한 자료에 의하면, 개선동은 평양시 모란봉구역 17

동의 하나로, 구역의 동쪽에 있는 동이다. 1960년에 모란봉구역의 모란동, 고노동과 기림동, 평화동의 각 일부 지역을 병합하여 모란봉구역에 신설한 동으로서 김일성 주석이 1945년 10월 14일 개선연설을 한 곳에 있는 동이므로 개선동이라 하였다. 1983년에 모란봉구역의 평화동을 흡수하였다. 이 지역에는 개선혁명사적지, 김일성경기장, 개선문, 용화사, 홍복사 6각 7층 석탑, 영명사불감 등이 있다.[140]

4) 선연동을 소재로 한 시화

'선연동'을 소재로 한 시화는 심수경(沈守慶)[141]의 『견한잡록(遣閑雜錄)』[142]에서부터 등장한다. 1546년(명종 1) 식년문과에 장원으로 급제, 사가독서(賜暇讀書)하였다. 이후 호당을 거쳐 1550년(명종 5) 이조좌랑 겸 춘추기사관으로 있을 때 중종실록과 인종실록의 편찬에 참여하였다.

1552년 검상(檢詳)을 거쳐 직제학을 지냈다. 1562년 정릉(靖陵 : 中宗陵)을 이장할 때 경기도관찰사로 대여(大輿)가 한강을 건너는 선창(船艙) 설치를 하지 않은 죄로 파직되었다. 뒤에 대사헌과 8도 관찰사를 역임하였으며, 청백리에 녹선되었다.

---

140 북한 지역 정보넷(www.cybernk.net) 2016년 1월 5일 참조.

141 1516(중종 11)~1599(선조 32). 조선 중기의 문신으로 본관은 풍산(豊山). 자는 희안(希顔), 호는 청천당(聽天堂). 좌의정 정(貞)의 증손으로, 할아버지는 적개공신 응(膺)이고, 아버지는 사손(思遜)이며, 어머니는 참의 이예장(李禮長)의 딸이다.

142 『聽天遣閑錄』이라고도 한다. 이 책은 『大東野乘』 13권에 수록되어 있다.

1583년에는 병조판서를 지냈고, 1590년(선조 23) 우의정에 오르고 기로소에 들어갔으나, 1592년 임진왜란이 일어나자 삼도체찰사가 되어 의병을 모집하였으며, 좌의정을 거쳐 1598년 나이가 80이 되어 영중추부사를 끝으로 벼슬길에서 물러나 금천에서 생을 마쳤다. 중종조 많은 선비들이 죽음을 당한 기묘사화 때 중심인물이었던 심정(沈貞)의 손자로 늘 선대의 허물을 알고 부끄러워하며 몸가짐을 삼가하였기 때문에 청현직을 두루 지낼 수 있었다고 한다. 문장과 글씨에 뛰어났으며, 저서로는 『청천당시집』과 『청천당유한록』이 있다. 학문이 해박하고 문장이 풍성하여, 우뚝하게 석유(碩儒)가 되었다고 평가받은 인물이다.[143]

(1) 견한잡록

『견한잡록(遣閑雜錄)』은 조선 중기의 문인 심수경(沈守慶)이 지은 잡록이다. 1책 분량. 심수경의 문집을 비롯하여 『대동야승』 권13과 홍만종(洪萬宗)이 편(編)한 『시화총림(詩話叢林)』 권2에도 실려 있다. 일명 '청천견한록(聽天遣閑錄)'이라고도 불린다. 심수경이 75세에 우의정 벼슬을 그만두고 물러난 뒤에 지었으리라 추정된다.

저자의 발문에 몸소 겪고 눈으로 보고 귀로 들은 것을 기록하여 한가한 것을 타파하고자 이 책을 지었다고 하였다. 자신에 관한 사소한

143 『燃藜室記述』 제18권 宣祖朝故事本末 선조조의 相臣. 심수경의 저술이 퍽 많았는데 兵火에 다 잃어버리고, 만년에 수집한 『喪祭雜儀』, 『遣閑雜錄』, 『歸田唱酬』 등의 글이 있다.

일로부터 나라·제도·풍속에 관한 일과 시화(詩話) 등을 다루고 있어서 이 책의 성격을 명확하게 규정하기 곤란하다.

대략 82항목에 달하는 다양한 이야깃거리를 수록하고 있다. 과거(科擧)에 관한 내용이 많아서 이에 대한 저자의 특별한 관심을 엿볼 수 있다. 과거에 급제한 사람, 과거 시행에 얽힌 내력, 과거를 치르는 데에 생긴 병폐, 자신이 치른 과거에 관한 보고 등을 다루고 있다.

자신의 개인사에 속하는 이야기도 상당한 분량을 차지하고 있다. 자신이 수학하고 급제한 이야기, 사귄 친구들, 관직생활, 집안 식구들에 관한 내용을 소개하고 있다. 정월 초하루에는 도소주(屠蘇酒)를 마신다는 것과 같은 우리나라 풍속에 관한 내용도 군데군데 보인다.

시를 창작하는 데에 얽힌 이야기를 다룬 시화들도 등장한다. 대상으로 삼은 시인들이 다양한 편이다. 송순(宋純)의 「면앙정가(俛仰亭歌)」 같은 국문시가에 관한 언급도 있어서 저자의 관심의 폭이 넓었음을 엿볼 수 있다. 그러나 그 내용이 소략하여 문학에 관한 저자의 분명한 생각을 짐작하기에는 미흡하다.

『견한잡록』에서 다루고 있는 내용은 신이(神異)한 이야기보다는 사실적인 이야기가 주류를 이루고 있다는 점에서 야담집과 다르고, 역사적인 사건보다는 개인적인 사실을 다루고 있다는 점에서 실기(實記)와도 다르며, 일정한 서술체계나 특정한 문학적 취향을 앞세우지 않았다는 점에서 시화집과도 다르다. 자유로운 서술방식으로 야담집·실기·시화집의 성격을 종합한 작품이라 하겠다.

이 책은 조선 중기의 상층문화의 동향을 가늠하는 데 중요한 기여를 할 수 있는 자료라고 판단된다.

그의 문집 『견한잡록』의 일부를 인용하면 다음과 같다.

○ 조정에서 사명(使命)을 받아 지방에 나가면 각 고을에서는 기생을 천침(薦枕, 침실을 같이하도록 천거하는 것)하는 예(例)가 있다. 감사(監司)는 풍헌관(風憲官)이라, 비록 본읍에서 천침하더라도 데리고 가지 못하는 것이 역시 예로부터 있는 전례였다. 진천(晉川) 강혼(姜渾)이 영남 지방의 관찰사로 있을 때 성주(星州)의 은대선(銀臺仙)이라는 기생에게 정을 쏟더니, 하루는 성주에서 떠나 열읍(列邑)을 순행할 때 점심 때가 되어 부상역(扶桑驛)에서 쉬게 되었는데, 부상역은 성주에서 가는 곳까지의 절반 길이나, 기생 또한 따라와서 저물어도 차마 서로 작별하지 못하여 부상역에서 묵게 되었다. 이튿날 아침에 시를 써서 기생에게 주었다.

부상역 여관에서 한바탕 기쁘게 보내려니
나그네 이불도 없고 촛불은 재만 남았네.
열두 무산 새벽 꿈에 어른거려
여관의 봄밤이 찬 줄도 몰랐노라.
扶桑館裏一場歡　宿客無衾燭燼殘
十二巫山迷曉夢　驛樓春夜不知寒

이는 침구를 이미 개령(開寧, 지금 김천의 면(面))에 보내어 미처 가져오지 못하였기로 이불이 없이 잔 것이다. 또 어떤 감사가 있었는데, 기생과 상방(上房)에서 자고 새벽이 되어 변소 간 틈에 따르던 사람이 와서 밀고(密告)하기를, "공이 나간 후에 연소자(年少者)가 갑자기 방으로 들어가 기생을 범하고 나갔으니, 참 해괴한 일입니다." 하니, 감사가 웃으며 말하기를, "너는 다시는 말하지 말라. 그 자의 아내를 내가 빌려 간통한 것이니, 본남편의 그러한 일이 무엇이 괴이할까 보냐." 하였다. 진천 강혼의 법을 준수함과 감사의 넓은 도량은 가히 헤아리기 어려운 일이다.

○ 가정(嘉靖) 신해년 가을 내가 이부랑(吏部郎)으로서 관서(關西) 지방에 사명(使命)을 띠고 갔을 때에 기성(箕城 평양)의 기생 동정춘(洞庭春)과 정을 나누었다가 조정에 돌아왔는데, 그 후 동정춘이 편지를 보내기를, "님을 사모하나 보지 못하니, 생이별의 고통을 견디지 못하겠소. 차라리 죽어서 함께 묻히기라도 바라니, 멀지 않아 선연동(嬋娟洞)으로 가겠나이다." 하였다. 선연동은 기성 칠성문(七星門) 밖에 있는 곳으로, 평양 기생이 죽으면 모두 여기에 장사지낸다. 내가 장난삼아 한 구를 지어 보냈으니,

종이 가득 쓴 글 모두 맹세한 말
나도 훗날 저승에서 만나기로 기약하네.
장부도 한번 죽음을 면하기 어려우니
마땅히 선연동 속의 혼이 되어 보리.
滿紙縱橫摠誓言　自期他日共泉原
丈夫一死終難免　當作嬋娟洞裏魂

하였다. 얼마 되지 않아 동정춘이 병으로 죽었는지라, 내가 장난삼아 다시 율시 한 수를 짓기를,

생이별에 길이 슬픔에 젖었으니
어찌 사별까지 생각했으리. 문득 목이 맺히네.
부음을 듣자마자 간장이 찢어지는 듯하여
가만히 목소리와 용모 생각하니 눈물이 흐르네.
편지 몇 번이고 패수에서 왔건마는
꿈에도 기성에는 가지 못했네.
선연동에 묻힌다는 장난말이 예언이 되었으니
저승에서 같이 지내자는 맹세 저버려 부끄럽소.
生別長含惻惻情　那知死別忽呑聲
乍聞凶訃腸如裂　細憶音容淚自傾
書札幾曾來浿水　夢魂無復到箕城
嬋娟戲語還成讖　愧我泉原負舊盟

하였더니, 벗들이 보고서 웃었다. 기미년 봄에 내가 호서(湖西) 지방 관찰사로 있을 때 참판 권응창(權應昌) 공이 홍주 목사(洪州牧使)로 있어서 그의 서제(庶弟) 송계(松溪) 권응인(權應仁)이 따라가 있었다. 내가 홍주에 가던 날 송계가 고을 사람에게 가르치던 가요율시(歌謠律詩) 두 수를 주었는데, 그 끝 구에,

인생은 뜻대로 남북이 없는 것이니

선연동의 혼만 되려 하지 마소.
人生適意無南北 莫作嬋娟洞裏魂

하였는데, 간절하고도 온당하여 의미가 있었으니, 그때 내가 홍주 기생 옥루선(玉樓仙)을 사랑하였으므로 송계의 시는 징험이 된다. 홍주를 순행할 때 옥루선에게 율시 한 수를 주었는데,

동풍 향해 앉았어도 남몰래 마음 쓰라려
창 앞에서 우는 새소리마저 차마 듣지 못하겠네.
이별은 많고 만나기는 드물고 봄은 어느새 저물고
길 멀어 편지마저 드문 채 날도 저물려 하네
못 믿겠네. 오작교에 까막까치 있단 말
무산에 구름마저 없다스랴
이 마음 표현하자니 도리어 슬퍼서
공연히 금로에 저녁 향불만 피우노라
坐向東風暗斷魂 窓前啼鳥不堪聞
離多會少春將晩 路遠書稀日欲曛
未信星橋曾有鵲 却疑巫峽更無雲
此情欲寫還惆悵 空對金爐換夕薰

하였다. 이어 다른 이로부터 많은 시를 받아 시축(詩軸)을 이루었다. 만력(萬曆) 계사년 봄에 공사로 말미암아 홍주에 가서 옥루선(玉樓仙)이 살아있는지 물으니, 시골 마을에 살아있으며 시

축도 간직하고 있다 하기에 가져다 보니, 수적(手跡)이 완연한지라, 약간의 발문(跋文 책 끝에 그 책의 내용과 관계 사항을 쓴 것)을 써서 돌려 주었다. 손꼽아 헤아려보니 기미년부터 금년 계사년까지는 35년이며, 나의 나이는 78살인데, 다시 옛날에 왔던 지방을 오게 되었으니, 가히 다행이라 하겠다.

○ 가정 경신년 겨울에 호남 지방 감사로 나갔다가 이듬해 신유년 봄에 병으로 전주에 머물며 조리하던 중에 기생 금개(今介)와 함께 산 지 한 달 남짓 되었다. 금개의 나이 겨우 20살인데, 성질이 약삭빠르고 영리하였다. 전주에서 돌아올 때 정오가 되어 우정(郵亭)에서 쉬고 있는데, 기생 또한 따라와 송별하기에 내가 시를 지어 주기를,

봄 내내 병중에서 보내다가
이별하기 어려운 것 넌들 어찌 하리
침상에서 몇 번이나 눈썹을 찡그렸고
술자리에서는 그저 애교의 눈웃음이었네
객사에 늘어진 버들 애타게 보며
참고 양관의 한 곡조 들어 주소
문 밖에 해가 져도 떠나지 못하겠으니
좌중에 누가 고민이 많음을 알아주랴
一春都向病中過　難思無端奈爾何
枕上幾回眉蹙黛　酒邊空復眼橫波

愁看客舍千絲柳　忍聽陽關一曲歌
門外日斜猶未發　座間誰是暗然多

하였다.

그 후 20여 년이 지나서 내가 첩(妾)을 잃었는데, 어떤 사람이 와서 말하기를, "전주 기생 금개가 일찍이 사람을 따라 상경했다가 그 사람이 죽어 과부로 지내는데, 마침 공의 첩을 잃었다는 말을 듣고 옛정을 사귀고자 한다." 하기에, 내가 허락하고자 하였으나 마침 사고가 있어서 이루지 못하였으니, 헤어졌다가 다시 합치는 것도 운수가 있는가 보다.

○ 가정 경술년 봄에 어떤 사건으로 벼슬을 잃고 백부의 임소(任所)인 대구(大邱)로 갔다가, 이어 성주(星州) 가야산(伽倻山)에 놀러가니, 성주 목사 조희(曹禧) 공은 나의 친척되시는 어른인지라, 수일을 머물게 하고 어린 기생으로 하여금 따라다니도록 하였다. 기생의 나이는 겨우 16살이었다. 대구로 돌아가게 되자 목사 조희가 그를 따라 보내서 몇 개월이나 같이 지냈는데, 장난으로 절구를 지어 주기를,

어여쁜 기생들 중에서도 제일로 아리따운 그대
나그네로 오늘 우연히 만났네.
다른 이의 금석 같은 굳은 맹세 믿지 말고
천 마디 만 마디 말하건대, 부디 따라가지 말게.

綽約梨園第一容　客中今日偶相逢
靡他信誓堅金石　萬語千言愼莫從

하였다. 다른 이의 시도 많이 받았다. 동료들 중에 사명을 받고 남쪽으로 내려간 이들이 이것을 보고 많이 화답하였다. 계해년 봄에 내가 본도(경기도) 감사로 있으면서 성주에 가서 기생의 안부를 물으니, 그는 경적(京籍)에 뽑혀 갔다고 하였다. 내가 갈리어 돌아오니, 그 기생은 또 고향으로 돌아갔다 한다. 기러기와 제비처럼 가는 길이 어긋나니, 가히 한탄할 뿐이다. 얼마 후에 그 기생이 병으로 죽으니, 권송계(權松溪)는 성주 사람이라, 그 부음(訃音)을 전하고 시로써 조상하거늘, 내가 그 시에 차운하기를,

늙어서 낙신부를 지을 마음 없으니
물결 위에 걷는 버선 먼지 나는 것 못 보노라
아직도 처음 만나던 모습만 생각나는데
오늘 죽었다는 소식 듣고 놀랐네
운우지락 있던 그때 꿈 희미하니
춤추고 노래하던 옷과 부채 누구에게 전했을꼬
성주는 이로부터 화려한 맛 감해져서
적막한 임풍루[144] 누각 이름 에 손님만 앉았으리.
老去無心賦洛神　凌波不見襪生塵

144 성산에 있는 누각이다.

當年謾憶初呈態　此日驚聞忽化身
暮雨朝雲迷舊夢　舞衫歌扇付何人
星山自此繁華滅　寂寞臨風樓名 座上賓

하였다.

청천당 심수경은 "가정(嘉靖) 신해년(1551) 가을 내가 이부랑(吏部郎)으로서 관서 지방에 사명을 띠고 갔을 때에 기성(箕城)[145]의 기생 동정춘(洞庭春)과 정을 나누었다가 조정에 돌아왔다."고 한다.[146]

평양 기생 동정춘과 정(情)을 나누었다는 것은 정사(情事)를 의미하기도 한다. 그 후 청천당은 기생 동정춘과 편지로 왕래하였으며, 기생 동정춘의 애절한 편지가 남아 있다.

"님을 사모하나 보지 못하니, 생이별의 고통을 견디지 못하겠소. 차라리 죽어서 함께 묻히기라도 바라니, 멀지 않아 선연동으로 가겠나이다."[147]

---

145 지금 평양의 옛 이름이다.

146 "嬋娟洞在箕城七星門外 妓死皆葬于此) 嘉靖辛亥秋 余以吏部郎奉使於關西 與箕城妓洞庭春有情 還朝之後"『遣閑雜錄』

147 "思君不見 未堪生別之苦 寧欲死而同穴 近將歸于嬋娟洞云"『遣閑雜錄』

그 후 문집이나 문헌 기록에서 심수경의 시화는 재인용되고 확대되어, 재생산된다. 임지에서 만난 기생과의 풍류는 한 순간이다. 그런데 이러한 편지를 왕래할 정도라면 그 만남이 지속된 것이다. 이에 심수경은 장난삼아 한 구를 지어 보낸다.

종이 가득 쓴 글 모두 맹세한 말
나도 훗날 저승에서 만나기로 기약하네.
장부도 한번 죽음을 면하기 어려우니
마땅히 선연동 속의 혼이 되어 보리.[148]
滿紙縱橫摠誓言　自期他日共泉原
丈夫一死終難免　當作嬋娟洞裏魂

예전에 시인은 풍부한 미사여구로 사랑의 밀어(密語)를 나누면서, 훗날 저승에서 만나기로 기약한다. 아무리 대장부로 태어났다하더라도 죽음을 피할 수 없는 법, 이왕이면 선연동 속의 혼이 되겠다는 풍류 섞인 마무리를 보여 준다. 문집에 남아있는 시편(詩篇)은 편찬자의 시선과 담론화의 과정을 거쳐 취사선택된다. 이 시도 '희작(戱作)'이라 하여 사대부의 위신에 누(累)가 될 만한 것은 한때 풍류라 여기게 만든다. 그 후 얼마 지나지 않아 동정춘이 병으로 죽으니, 심수경은 장난삼아 다시 율시 한 수를 짓는다. 후에 '當作嬋娟洞裏魂'의 '當'자가 '願', '歸' 등으로

148 "余戲作一絕送之曰"『遣閑雜錄』

바뀌어 전해지고 재생산되어, 조선 후기 문헌에는 거의 '願'자로 알려지게 된다.

생이별에 길이 슬픔에 젖었으니
어찌 사별까지 생각했으리. 문득 목이 맺히네.
부음을 듣자마자 간장이 찢어지는 듯하여
가만히 목소리와 용모 생각하니 눈물이 흐르네.
편지 몇 번이고 패수에서 왔건마는
꿈에도 기성에는 가지 못했네
선연동에 묻힌다는 장난말이 예언이 되었으니
저승에서 같이 지내자는 맹세 저버려 부끄럽소.[149]
生別長含惻惻情　那知死別忽呑聲
乍聞凶訃腸如裂　細憶音容淚自傾
書札幾曾來浿水　夢魂無復到箕城
嬋娟戲語還成讖　愧我泉原負舊盟

시인과 동정춘의 사랑과 이별은 가슴 아픔이 사별로 이어진다. 마치 예견한 듯 갑자기 들려온 부음에 문득 목이 맺혀 애절하다. 부음을 들은 시인은 기생 동정춘과의 옛 추억을 떠올리며 회상(回想)에 젖는다. 그 목소리와 용모를 생각하니 흐르는 눈물에 간장은 찢어지는 듯 아프다. 그 와중에 편지는 평양에서 몇 번이고 왔건마는 꿈에도 가지 못

149 "未幾春病死 余復戲作一律日"『遣閑雜錄』

하는 곳, 선연동에 묻힌다는 장난말이 예언이 되어 애통하다고 여긴다. 더구나 저승에서 같이 지내자는 맹세 저버려 부끄럽다 했다고까지 한다. 이 시를 보고 벗들이 보고서 웃었다[150]는 일화가 『견한잡록』에 수용되어 풍류로 언약한 것을 희화(戲畵)처럼 형상화하였다.

(2) 자해필담

『자해필담(紫海筆談)』은 조선 후기의 문신 김시양(金時讓, 1581~1643)의 잡록집이다. 불분권 1책이다. 당시의 정치나 정치인·현인·악인 등에 얽힌 기담(奇談) 및 이사(異事)에 속하는 내용이 실려 있다. 『대동야승』 권71에 수록되어 있다.

이 책에는 임진왜란 때의 이야기를 많이 기술하고 있지만, 이 밖에 정사에서 볼 수 없는 기이한 이야기 단편들이 많이 수록되어 있다. 그러나 이 책은 어느 신변잡사나 만담쇄언과는 달리 수록한 사건 자체에 중점을 두고 있다.

이것은 작자의 또다른 잡록집인 『부계문기(涪溪聞記)』에서 인물과 인물평에 주안을 두었던 것과는 대조적인 것이라고 하겠다.

내용은 『한서』 무제기(武帝紀)·지리지의 내용 가운데 우리나라에 대한 기록이 잘못된 점을 지적한 것, 조선 태조 때에 조반(趙胖)이 명나라의 고제를 탈탈(脫脫 : 원나라 말기의 승상)의 진중(陣中)에서 만난 일이 있다고 한 이야기가 근거 없음을 반박한 것, 중국 고대의 진시황을

150 "朋儕見而笑之" 『遣閑雜錄』

여불위(呂不韋)의 아들이라고 한 것이 거짓이라고 갈파한 것, 고려의 우왕·창왕은 신돈(辛旽)의 아들이라고 하는 것은 모함이라고 은연중 시사한 점 등 정사에서 바로 쓰지 못한 기록이나 정사의 잘못된 기록을 바로잡으려는 역사의식이 작용한 것이다.

이것은 다른 잡록처럼 조각조각으로 이루어진 단편적인 생각의 철습(掇拾)에 불과하나, 이 단편적인 조각의 이야기를 통하여 거리낌없는 예리한 비평과 나라를 근심하고 세상을 개탄하는 정열과 권선징악의 염원이 일관되게 담겨 있음을 감지할 수 있다.

이러한 선연동 일화를 『자해필담』에서도 재인용하고 있다. 『자해필담』은 조선 후기의 문신 김시양의 수필집이다.[151] 그의 문집 『자해필담』의 일부를 인용하면 다음과 같다.

> 청천(聽天) 심수경(沈守慶)이 젊었을 때에 평양의 기녀를 사랑하여 매우 정을 쏟았는데, 그가 병사(兵使)가 되었을 때는 기녀는 이미 죽었다. 공이 그 죽음을 슬퍼하는 시를 짓기를,
>
> **사람이 나서 한 번 죽는 것은 끝내 면할 수 없는 법이니**
> **원컨대 선연동 안의 혼이 되거라**
> **人生一死終難免　願作嬋娟洞裡魂**
>
> 하였다. 선연동(嬋娟洞)은 기녀들의 묘지이다.

151 『紫海筆談』에는 필사본 1책으로, 『大東野乘』 권71에도 실려 있다.

공이 뒤에 호서(湖西)의 관찰사가 되었을 때의 일이다. 송계(松溪) 권응인(權應仁)은 바로 참판 권응정(權應挺)의 서출 동생이었는데 문장에 능숙하였다. 홍주(洪州)의 기녀에게 지어준 시를 노래 부르기를,

인생이 뜻 얻으면 남북이 없나니
선연동의 혼일랑 되지 마소
人生得意無南北　莫作嬋娟洞裡魂

라고 하였다. 심공(沈公)이 듣고 크게 칭찬하며 누가 지었느냐고 물으니, 기녀는 권응인이라고 대답하였다.

공이 평소에 그의 이름을 들었으므로 맞아들여 서로 본 뒤에 술자리를 벌이고 시를 지었다. 권응인의 시에,

백설가(白雪歌) 전해 듣고 지음한 지 오래건만
청운에 길이 막혀 서로 낯 알기 더디었네.
歌傳白雪知音久　路阻青雲識面遲

라고 하니, 심공이 그의 손을 잡고 말하기를, "너의 재주가 이같이 높을 줄은 짐작하지 못하였다." 하고, 드디어 포의(布衣)의 교우(交友)로 정하였다고 한다.

명종 14년, 1559년 봄에 심수경은 호서 지방 관찰사로 있을

> 때 참판 권응창(權應昌)이 홍주목사로 있어서 그의 서제(庶弟) 송계(松溪) 권응인(權應仁)이 따라가 있었다. 『송계만록』[152]에서 권응인이 교방가요[153]로 짓기를, '人生適意無南北 莫作嬋姸洞裏魂'이라 '인생의 뜻 맞은 곳 남북 구별 없으니, 선연동 속 혼일랑 아예 되지 마오'라 하여 듣는 사람들을 몹시 웃게 하였다. 이 구절은 심수경의 칠언절구를 대구 형식으로 풍자하면서 희화화하고 있다. 또한 『송계만록』에서도 "평양성 서쪽에 嬋姸이라는 洞이 있다. 빽빽이 들어박힌 무덤은 모두 梨園弟子[154]들이 묻힌 곳이다. 이 때문에 생긴 이름이다. 청천 심수경이 정을 쏟았던 기생도 이 안에 묻혀 있다. 공이 한 절구를 지었다."[155]

고 하여 '선연동'을 소개한다.

여기서는 '娟'과 '姸'을 혼용하고 있다. 후대 다른 문헌에서도 '선연동'의 출전을 확인해 보면 혼용자(混用字)로 사용하고 있다.

---

152 『송계만록』은 상 · 하 2권으로, 이 책은 이긍익의 『연려실기술』 별집 野史目에 들어 있으며, 현재 널리 유통되고 있는 것은 『대동야승』본으로 권56에 들어 있다. 홍만종의 『詩話叢林』 하권, 그 밖에 『稗林』, 『野乘』 등에도 수록되어 있다.

153 教坊歌謠는 지방에 관원이 부임할 때에 教坊에서 새 노래를 지어 영접하기도 한다.

154 梨園弟子는 唐明皇이 음악하는 사람 양성하는 곳을 梨園이라 하였는데, 여기서는 기생을 가리킨 것이다.

155 "平壤城西有洞曰嬋姸 累累叢塚 摠是梨園弟子所藏 由是有此言 聽天沈相公鍾情者 亦瘞此中 公作一絕 其三四句云 丈夫一死終難免 願作嬋姸洞裡魂" 『松溪漫錄』 上

(3) 송계만록

『송계만록(松溪漫錄)』은 조선 중기에 권응인(權應仁)이 지은 시화 및 일화집이다. 상·하 2권이다. 권응인은 이황(李滉)의 제자로 시문에 능하여 당시에 그를 상대할 이가 드물 정도였으나, 출신이 서자였던 관계로 변변한 벼슬에도 오르지 못한 채 불우한 생애를 마쳤다. 생몰연대도 확실하지 않아 16세기 초에서 임진왜란 직전까지 활약한 것으로 추정될 뿐이다.

확실한 저작연대는 알려져 있지 않으나, 이 책 하권의 기록 가운데 "중종 이후 재상으로 큰 복을 누려 높은 벼슬에 오른 사람은 얼마 되지 않는다. 재상 송흠(宋欽)은 나이 90여 세에 벼슬이 1품에 이르고, 재상 홍섬(洪暹)은 82세에 벼슬이 삼공에 이르고, 재상 원혼(元混)은 89세에 벼슬이 1품에 이르러 아직도 병 없이 지낸다. 원재상(元宰相)은 나이 92세에 죽었다."는 구절이 있는 것으로 미루어, 원혼이 89세이면 1585년이니 이때 이 책을 지었을 것이며, 주석을 저자 자신이 한 것이라면 1588년 이후에 완성되었을 것으로 보인다.

이 책에 대하여 심수경(沈守慶)의 『견한잡록(遣閑雜錄)』 자발(自跋)에는 "고금 문인들이 저술한 잡기가 그 중에는 간행하지 않은 것도 또한 많다. 오래 되면 모두 없어질 것을 두려워하여 여기 적어 참고에 이바지하게 한다[卷七 經書部 三 著述條]."라고 하였다. 이 책은 이긍익(李肯翊)의 『연려실기술(燃藜室記述)』 별집(別集) 야사목(野史目)에도 올라 있다.

현재 가장 널리 유통되고 있는 것은 『대동야승』본으로 권56에 들어 있다. 홍만종(洪萬宗)이 편찬한 『시화총림(詩話叢林)』 하권(夏卷)에 수록되어 있는 것은 분권(分卷)이 되어 있지 않으며, 대체로 2권본의 상권에 해당되는 부분만이 초록되어 있다.

그 밖에 『패림(稗林)』(陶南本·靜嘉堂本의 양본 모두에 들어 있음)·『한고관외사(寒皐觀外史)』·『야승(野乘)』·『광사(廣史)』 등의 총서에도 수록되어 있으나, 이 중 광사본은 동경대지진 때 소실되어 전하지 않는다. 이 책의 내용은 대부분 고금 명문장들의 시화를 연대의 순서 없이 기록한 것이며, 하권에는 조야(朝野)로부터 견문한 설화들도 채록되어 있다.

『대동야승』과 『시화총림』본의 처음에 실려 있는 내용을 보면, 탁영(濯纓) 김일손(金馹孫)은 문장으로 이름이 나, 남곤(南袞)이 일찍이 말하기를, '박은(朴誾)의 시와 김일손의 문장이 제일'이라 하였을 정도였으나, 세상에 전하는 탁영의 문집에는 시가 매우 드물다는 점을 지적하고, 삼가현(三嘉縣)의 관수루(觀水樓)에 전하는 율시 한 편을 소개하고 있다.

이어 함자예(咸子乂)의 「촉석루시(矗石樓詩)」, 어떤 부인(음부로 이름난 어우동이 지은 것이라고도 함)의 「부여회고시(扶餘懷古詩)」 등이 차례로 소개되고 있다.

그의 문집 『송계만록』 상(上)의 일부를 인용하면 다음과 같다.

> ○ 평양성(平壤城) 서쪽에 선연(嬋姸)이라는 동(洞)이 있다. 빽빽이 들어박힌 무덤은 모두 이원제자(梨園弟子)들이 묻힌 곳이다. 이 때문에 생긴 이름이다. 청천(聽天) 심 상공(沈相公)이 정을 쏟았던 기생도 이 안에 묻혀 있다. 공이 한 절구를 지었으니, 그 삼구와 사구에,

장부의 한 죽음을 끝내 면치 못할 바엔
원하노니 선연동 속의 혼이 되었으면
丈夫一死終難免 願作嬋姸洞裏魂

하였다. 내가 홍양(洪陽)에 가서 놀았는데, 그때 공은 호서 절도사(湖西節度使)로 장차 이 읍에 부임하려 할 때 내가 교방가요(教坊歌謠)를 짓기를,

인생의 뜻 맞은 곳 남북 구별없으니
선연동 속 혼일랑 아예 되지 마오
人生適意無南北 莫作嬋姸洞裏魂

하였다. 듣는 사람들이 몹시 웃었다.

○ 심 상공(沈相公)의 시는 평담(平澹)하고 난숙(爛熟)하여 조탁(雕琢)한 흔적이 없고, 백향산(白香山 백거이 〈百居易〉)의 기풍이 있어 세상에 풍화(風花)를 숭상하는 사람들은 중시하지 않았으나, 나 혼자 애완(愛玩)하여 버리지 못하니, 비록 영인(郢人)의 도끼 바탕[郢質]이라 하여도 좋다.

고금 중국 사신의 시를 고하(高下)에 대해 평한 이가 없었다. 내가 호음(湖陰)에게 품평을 청하니, '기순(祈順)이 제일이요, 예겸(倪謙)·동월(董越)이 다음이요, 김식(金湜)은 칠언 율시(七言律詩)가 극히 좋고, 장영(張寧)은 좀 미숙한 것 같다.' 하였다. 공은

일찍이 동규봉(董圭峯 동월 〈董越〉)의,

강 비 추위를 빚어 나무 끝에 오고
재 구름 어둠을 나누어 바위 언덕에 떨어진다.
江雨釀寒來樹抄　嶺雲分暝落巖阿

라는 구를 읊으면서 찬양한 적이 한번만이 아니었다.

4

'선연동'을 수용한 한시와 시조의 형상화 양상

1) '선연동'의 객이 되고자 하는 풍류 지향

시는 개별적이고 고립된 창작 행위이라 할 수 있다. '선연동'을 소재로 한 시를 남긴 시인들은 그곳의 시간과 공간에 접속되어 있다. 이처럼 접속되었기에 무수한 담론들이 생겨나고 그에 따라 시문(詩文)이 지어졌다. 이 글의 논의 대상인 시화는 '선연동'과의 절묘한 만남이다. '선연동'을 소재로 한 시는 시화에 수록될만한 풍부한 일화를 가진 뛰어난 풍류가 있기에 때문이다.

그 밖에 소품서(小品書)에서도 '선연동' 기사 부분이 풍부하다. 뒤에 논의될 소품서에 등장하는 18개 문집의 '선연동' 기사 부분 출전 색인은 한국고전번역원의 고전번역DB 검색을 통해서 기본 자료를 찾아 11편의 문집에서 확인하였다. 나머지 7편은 관련 논문을 읽으면서 출전을 찾아내거나, 우연하게 문헌을 찾아낸 것도 있다. 『경재집(敬齋集)』, 『경정집(敬亭集)』, 『벽오유고(碧梧遺稿)』, 『석북집(石北集)』, 『석주집(石洲集)』, 『영재집(泠齋集)』, 『일송집(一松集)』, 『임백호집(林白湖集)』, 『저촌유고(樗村遺稿)』, 『죽음집(竹陰集)』, 『추재집(秋齋集)』, 『해석유고(海石遺稿)』, 『현주집(玄洲集)』, 『소화시평(小話詩評)』, 『휴옹집(休翁集)』, 『정유집(貞蕤集)』, 『서경잡절(西京雜絶)』, 『녹파잡기(綠波雜記)』 등을 들 수 있다. 앞으로도 관심있게 선연동 관련 출전 색인을 보충할 생각이다.

(1) 속조천록

『속조천록(續朝天錄)』은 『지봉유설』 제16권에 들어 있다. 『지봉유설』은 총 3,435조목을 25부문 182항목으로 나누고 있다. 그리고 반드시 그 출처를 밝혔다. 그러나 간혹 빠진 것은 망의(忘意)에 의한 것이다. 인용한 서적은 육경(六經)을 비롯하여 근세 소설과 여러 문집에 이르기까지 348가(家)의 글을 참고하였다. 기록한 사람의 성명은 상고(上古)에서 본조(本朝)까지 2,265명이다. 별권에 기록하였다. 그 중에 간혹 성(姓)만을 적은 것은 저자 이수광이 의도적으로 한 듯하다.

『지봉유설』은 권1 천문·시령(時令)·재이(災異), 권2 지리·제국(諸國), 권3 군도(君道)·병정, 권4 관직, 권5~7 유도(儒道)·경서·문자, 권8~14 문장, 권15 인물·성행(性行)·신형(身形), 권16 어언(語言), 권17 인사·잡사, 권18 기예(技藝)·외도(外道), 권19 궁실(宮室)·복용(服用)·식물, 권20 훼목(卉木)·금충(禽蟲)의 25부문으로 분류되어 있다.

『지봉유설』에서 가장 두드러진 내용은 서구 문명을 소개한 것이다. 서양 문물에 대한 견문과 새로운 문화에 대한 이수광의 관심이 나타나 있다. 이는 조선 중기 실학의 선구자로서 이수광의 면모를 나타내 준다. 이수광은 『천주실의(天主實義)』 2권을 소개하면서 천주교의 교리와 교황에 관하여도 기술하고 있다.

『지봉유설』을 언어학적인 측면에서 보면 비교언어학적인 시도와 어원의 해석, 어휘의 수집, 언어원리의 지적(指摘), 한글 자형의 범자모방설(梵字模倣說) 등의 내용들이 있다.

『지봉유설』 권8에서 14까지의 문장부(文章部)에 문·문체·문평(文評)·고문·사부·동문(東文)·문예·시·시법·시평·어제시(御製詩)·고악부(古樂府)·고시(古詩)·당시(唐詩)·오대시(五代詩)·송시(宋詩)·원시(元詩)·명시(明詩)·동시(東詩)·방류시(旁流詩)·규수시(閨秀詩)·창첩시(倡妾詩)·가사(歌詞)·여정(麗情)·애사(哀詞)·창화(唱和)·대구(對句)·시화(詩禍)·시참(詩讖)·시예(詩藝)에 대한 그의 다양한 비평문학적 견해들이 피력되어 있다.

풍류지향의 이미지는 선연동을 수용한 연행록의 시에서 뚜렷하다. 조천록으로 유명한 조선 중기의 문인 이수광(李睟光)[156]의 『속조천록(續朝天錄)』에 선연동을 주제로 한시가 있다.

이수광은 1597년 성균관대사성이 되었으며, 정유재란이 일어나고 명나라 서울에서 중극전(中極殿)과 건극전(建極殿) 등 궁전이 불타게

---

156 1563년(명종 18)~1628년(인조 6). 조선 중기의 문신·학자로 본관은 전주(全州). 자는 윤경(潤卿), 호는 지봉(芝峯). 아버지는 병조판서희검(希儉)이며, 어머니는 문화유씨(文化柳氏)이다. 조선사회가 전기에서 후기로 변화하는 사회적 변동기에 새로운 사상적 전개 방향을 탐색하고 개척한 학자이자, 사회변화와 더불어 발생하게 된 실학파의 선구적 인물로, 사상사·철학사에서 중요한 위치를 가진다.

되자 진위사(陳慰使)로서 명나라를 다녀왔다. 이때 명나라 서울에서 안남(安南 : 베트남)의 사신을 만나 화답하면서 교유했다. 1601년 부제학이 되어 『고경주역(古經周易)』을 교정했고, 이듬해 『주역언해(周易諺解)』를 교정했으며, 1603년 『사기(史記)』를 교정하였다.

이수광[157]은 일찍이 관직에 나아가 중요한 관직을 모두 지냈으며, 세 차례나 명나라에 사신으로 다녀올 정도로 관료로서의 역할을 충분히 하였다. 특히 임진왜란과 정묘호란을 치르고, 광해군 때의 정치적 갈등과 인조 때의 이괄(李适)의 반란을 겪었던 어려운 정국에서도 당쟁에 휩쓸리지 않았다. 언제나 강직하면서도 온화한 입장을 유지하여 그 시대의 성실하고 양식 있는 관료이자 선비로서의 자세를 지켰다.

그가 활동했던 17세기 초기는 이미 16세기 후반 이황(李滉)과 이이

157 이수광은 1578년(선조 11) 초시에 합격하고, 1582년 진사가 되었다. 1585년(선조 18) 승문원부정자가 되었으며, 1589년 성균관전적을 거쳐 이듬해호조좌랑·병조좌랑을 지냈고, 성절사(聖節使)의 서장관으로 명나라를 다녀왔다. 1592년 임진왜란이 일어나자 경상도방어사조경(趙儆)의 종사관이 되어 종군하였으나, 아군의 패배 소식을 듣고 의주로 돌아가 북도선유어사(北道宣諭御史)가 되어 함경도 지방의 선무 활동에 공을 세웠다. 1605년 조정 관료들과 뜻이 맞지 않아 안변부사로 나갔다가 이듬해 병으로 사직하고 돌아왔으며, 1607년 겨울 홍주목사로 부임하였다가 1609년(광해군 1) 돌아왔다. 1611년 왕세자의 관복(冠服)을 주청하는 사절의 부사로 다시 명나라를 다녀왔다. 이때 유구(琉球) 사신과 섬라(暹羅 : 타이) 사신을 만나 그들의 풍속을 듣고 기록하였다. 정국이 혼란해지자 1616년 순천부사가 되어 지방관으로 나가 지방행정에 전념하였다. 1619년 임기를 마치고 돌아와서는 수원에 살면서 모든 관직을 사양하고 나아가지 않다가, 1623년 인조반정이 일어나자 도승지 겸 홍문관제학으로 임명되고, 대사간·이조참판·공조참판을 역임하였다. 1625년(인조 3) 대사헌으로서 왕의 구언(求言)에 응해 열두 조목에 걸친 「조진무실차자(條陳懋實箚子)」를 올려 시무를 논하여 당시 가장 뛰어난 소장(疏章)이라는 평가를 받았다. 1628년 7월 이조판서에 임명되었으나 그 해 12월에 세상을 떠났다.

(李珥)를 정점으로 하여 성리학의 이론이 성숙되었던 다음 시대로서 김장생(金長生)·정구(鄭逑) 등에 의해 예학(禮學)이 융성하게 일어났던 시기였다. 한편 비록 도학(道學)의 정통성은 확립되었지만 임진왜란의 충격 속에 사회질서의 변화가 진행되고, 사상적으로도 정통적 도학의 성리학적 관심에서 벗어난 새로운 요구가 대두되었던 시기이기도 하였다.

이는 한백겸(韓百謙)이 『기전유제설(箕田遺制說)』에서 실증적 고증을 통해 고대의 전제(田制)에 관한 주자의 견해도 추측에서 나온 것에 지나지 않음을 밝혔던 사실이나, 남언경(南彦經)·이요(李瑤) 등 양명학에 호의를 가지는 태도가 출현했던 사실에서 드러난다.

이때 이수광은 주자학을 존중하는 입장에 있으면서도 당시 주자학의 기본 문제인 태극·이기·사단·칠정 등의 성리학 이론에 뛰어들지 않고, 심성(心性)의 존양(存養)에 치중하는 수양론을 학문적 중추 문제로 삼은 사상적 특징을 보여주었다. 비록 성리학의 이론적 분석과 논변이 조선 후기를 통해 지속적으로 발전하였지만, 그는 이러한 전통적 성리학파의 입장으로부터 벗어나려는 새로운 방향을 탐색하고 있었다.

그의 철학적 기본 문제가 심성의 이기론적 개념 분석이 아니라 수양론적 실천 방법의 탐색이라는 것은, 그만큼 그의 철학이 관념철학을 벗어나 실천철학적 성격을 지니는 것임을 말해 준다. 그가 『지봉유설』 '유도부(儒道部)'에서, 학문·심학(心學)·과욕(寡慾)·초학(初學)·격언의 5항목으로 분류하고 있는 것도 주자학에서 존중되는 도체(道體)의 문제나 성리학적 과제를 제쳐두고, 심성의 수양론적 관심 속에서 유학을 분류하고 있음을 보여준다.

그는 「조진무실차자」에서 정치의 효과를 이루지 못하고 사회가 어지러워지는 것은 모두 부실한 병 때문이라 지적하였다. 또한 모든 일을 처리하는 관건은 성(誠)에 있으며 성이 곧 실(實)임을 밝히고, 실심(實心)으로 실정(實政)을 행하고 실공(實功)으로 실효(實效)를 거둘 것을 주장하면서, 생각마다 모두 실하고 일마다 실할 것을 요구하는 무실(懋實)을 강조하였다. 그의 무실론은 구체적 현실의 성이면서 동시에 도덕적 성실성의 요구이며, 성을 모든 것에 일관하는 원리로 삼고, 이 성의 현실적 실현을 추구하는 것은 실학정신의 근원적 사유 방법을 보여준다.

그가 학(學)은 활쏘기와 같아서 과녁을 지향하는 것이라 밝히면서, 학문은 입지(立志)와 지향하는 바[所向]가 중요함을 강조하는 것은 진리의 기준에 대한 끊임없는 요구를 가지고 있음을 보여 준다. 또한 그의 학문적 개방 정신과 더불어 학문의 수양론적 기능에 대한 요구에서, 학문은 습(習)을 귀하게 여기며 습을 통하여 숙(熟)이 이루어진다는 사실을 강조하는 학습론(學習論)을 볼 수 있다. 이에 따르면 함양성찰(涵養省察)하는 수양의 과정이 곧 학습이고, 살아 움직이는 마음의 배양이 곧 성숙인 것이다.

이러한 사상적 성격을 통해 그의 철학적 특성이 도학의 정통성을 발판으로 하면서도 성리학의 이론적 천착으로 나아가는 것이 아니라, 인격의 구체적 실현을 추구하는 실학정신의 발휘를 지향하고 있음을 확인할 수 있다. 저서로는 『지봉선생집』이 있다.

『속조천록』은 이수광의 시문집 『지봉선생집』[158]에 16권에 편찬된 것으로 신해년(1611) 팔월에서 임자년 오월까지의 연행록이다.

> 한바탕 화려한 꿈은 떠나 돌아오지 않고
> 마치 웃는 듯한 들꽃이 얼굴에 활짝 피네.
> 향을 찾아 무수한 나비가 날아들고
> 응당 봄의 혼령이 되어 다가오네.[159]
> 一夢姸華去不回　野花猶似笑顏開
> 尋香蛺蝶飛無數　應有春魂幻化來

시인은 들꽃을 보며 여인의 활짝 핀 얼굴을 떠올리지만, 이미 화려한 꿈으로 떠난 이는 돌아오지 않는다 하였다. 그래도 생전에 뛰어난 가무와 시서화로 뭇 사내들을 휘감았던 향기는 아직도 남아있다. 그 향을 찾아 옛날처럼 무수한 나비가 날아든다. 여기서 '나비'가 바로 '춘혼(春魂)', 즉 잠들어 있던 겨울을 깨우는 봄의 혼령이다. 마찬가지로 시인은 잠든 기생의 영혼을 깨우는 나비 같은 혼령이 된다.

(2) 노가재연행일기

『노가재연행일기(老歌齋燕行日記)』는 조선 숙종 때 김창업(金昌業)[160]

---

158 목판본 34권 10책으로 규장각 도서로 1633년(인조 11) 아들 聖求·敏求 형제가 편집, 간행하였다. 16권은 續朝天錄으로 대부분이 시집이다.

159 『芝峯先生集』 卷之十六 續朝天錄起辛亥八月 止壬子五月 嬋娟洞.

160 1658(효종 9)~1721(경종 1). 조선 후기의 문인·화가로 본관은 안동(安東). 자는 대유

이 청나라를 다녀온 사행(使行)일기를 말한다. 찬자의 호를 따서 '노가재연행록(老稼齋燕行錄)'이라고도 한다. 9권 6책이며 필사본이다. 저자가 동지 겸 사은정사(冬至兼謝恩正使) 김창집(金昌集)의 군관으로 부사(副使) 윤지인(尹趾仁), 서장관(書狀官) 노세하(盧世夏)와 함께 청나라에 다녀오면서 1712년(숙종 38) 11월 3일부터 이듬해 3월 30일까지 5개월 동안의 일기를 기록한 것이다. 표지명은 '老稼齋燕行錄(노가재연행록)'이다.

체재는 권두의 별록(別錄)과 일기로 구분된다. 별록에는 일행의 인마(人馬) 수, 방물(方物)·세폐(歲幣) 목록, 예단(禮單 : 세폐의 품목 명세서)과 인정(人情), 입경(入京)해 하정(下程 : 사신에게 일상 수요 물품을 내림)하는 예식, 표문(表文 : 감회를 진술해 왕에게 올리는 글)·자문(咨文 : 중국과 주고받던 문서)을 바치는 예식, 중국 조회에 참여하는 예식, 가지고 오는 물목(物目), 상마연(上馬宴), 산천·풍속, 오갈 때 경치의 총록 등이 실려 있다.

산천·풍속에 대한 기록은 내용이나 양에서 가장 비중이 크다. 일기 가운데서 중요한 부분만 요약한 것으로 청나라의 진기한 풍속, 한인과 청인의 차이, 청 지배 하에서 한인의 제도 변화와 청인의 변모 등이 주요 내용이다.

일기는 모두 5권이다. 권1은 영원위(寧遠衛)에서 북경에 도착하기까지, 권2는 신년 조하(朝賀)를 하는 일로부터 북경 유람까지, 권3은 사

(大有), 호는 가재(稼齋) 또는 노가재(老稼齋). 17세기에 활약한 노론의 정치가이며 유학자인 수항(壽恒)의 넷째 아들이다.

행을 마치고 북경을 떠나기까지, 권4는 북경을 떠나 돌아오는 길에 따로 의무려산(醫巫閭山) 유람길에 오르기까지, 권5는 의무려산과 천산(千山)을 유람하고 다시 일행과 합류해 의주를 거쳐 서울로 돌아오기까지의 내용이 담겨 있다.

이 사행의 목적은 조·청 간에 이뤄진 네 가지 일에 대한 사은과 정례적인 동지사를 겸한 것이었다. 1644년(인조 22) 이후부터 1년에 네 차례 보내던 정기 사행을 단일화해 삼절 겸 연공사(三節兼年貢使 : 일명 節使)라 하여 동지에 보내도록 했는데, 바로 이 사행부터이다.

네 가지 사은이란 1712년 국경을 확정한 백두산정계비의 건립, 예단을 줄여 방물로 바꾸도록 한 일, 금의 세공(歲貢)을 없애고 표피(豹皮)를 줄인 일, 국경을 넘어 청에 들어간 조선인에 대한 조사를 면제한 데 대한 것이었다.

저자는 55세의 적지 않은 나이로 주위 사람의 만류도 뿌리치고 사행에 동행했는데, 평소 저자가 청의 문화를 접하고 싶어했기 때문이다. 일기에는 저자가 일찍이 본 연행록을 인용하거나 그와 다른 점을 소개하면서, 많은 지역을 홀로 여행하면서 보고 느낀 것을 기록하였다.

내용이나 문체·짜임새에서 홍대용(洪大容)의 『담헌일기(湛軒日記)』, 박지원(朴趾源)의 『열하일기(熱河日記)』, 김경선(金景善)의 『연원직지(燕轅直指)』와 더불어 연행록의 대표작으로 꼽힌다.

그가 맡은 임무는 타각(打角)이었다. 타각은 원래 사신 행차의 모든 기구를 감수하는 책임을 맡았으나, 자벽군관(自辟軍官) 또는 자제군관(子弟軍官)이라 하여 정사나 부사가 자제나 친지를 뽑아 정부의 승인을 얻어 수행하는 것으로, 특별한 임무를 가진 것이 아니라 견문을 넓히려는 것이었다.

따라서 이들은 자유로이 여행하며 폭넓은 기록을 할 수 있었으며, 홍대용·박지원 등의 연행기록은 그 대표적 예이다. 기록에 이따금 할주를 달아 명나라 때의 통례를 적어 청과 다른 점을 드러냈다. 이로써 오랑캐로 변해 가는 중국을 시종일관 낮춰 보려는 태도를 보이고 있다.

또한 이 책은 숭명배청에서 북학파(北學派) 사상으로 이어지는 시기를 대표한다. 그리하여 당시 강희(康熙)의 치세로 융성해 가는 중국 사회나 사상의 변화를 보는 대로 씀으로써 문학작품뿐 아니라 중국 관련 사료로서도 가치가 높다. 이 사신 행차의 다른 기록으로 최덕중(崔德中)의 『연행록』이 있다.

연행록 가운데 『노가재연행일기』에는 선연동에 대한 재미있는 일화가 전해진다. 조선 숙종 때의 문인 노가재(老稼齋) 김창업의 『연행일기(燕行日記)』[161], 즉 『노가재연행일기』에 선연동을 역사적 소재로 수용해서 시로 형상화하고 있다.[162] 그의 문집 『연행일기』(제9권)의 일부를 인용하면 다음과 같다.

---

161 이 책의 필사본에 의거하면, 표지 서명은 『稼齋燕行錄』으로, 每册 卷頭書名은 『老稼齋燕行日記』로 되어 있다. 分卷의 표시는 그리 명확하지 않으나, 흔히 있는 우리나라 재래의 문집 체제로 9권 6책으로 나뉘어 있다.

162 『연행일기』는 숙종 38년 1712년 동지사겸사은사 김창집(金昌集)의 타각(打角), 즉 자벽군관(自辟軍官)으로 북경에 다녀온 김창집의 아우 노가재 김창업의 연행 기록이나. 1713년 3월 24일(신축) 비가 내릴 평양을 출발하여 중화(中和)에 도착하여 잤다고 한다. "癸巳 三月 二十四日 辛丑 雨 自平壤行 至中和宿" 『燕行日記』 제9권 癸巳年(1713, 숙종 39) 3월.

24일(신축)

비가 내렸다. 평양을 출발하여 중화(中和)에 도착하여 잤다.

밥을 먹은 후 출발하여 배를 타고 부벽루(浮碧樓)에 이르렀다. 그때 마침 보슬비가 내리며 절벽 아래로 맑은 물이 흐르고 있었다. 일대의 강 버들은 모두 푸르러 그 광경이 마치 한 폭의 그림과 같았다. 기생들이 강 언덕을 오르면서 다투어 버들강아지를 따서 먹는다고 하였는데, 그 맛은 마치 비름[莧]맛 같았다. 내가 따서 한 번 맛을 보고는 곧 웃으면서 말하기를,

"버들강아지는 기생의 혼이 화하여 된 물건이니, 너희들이 먹는 것은 마땅한 일이다."

하니, 계한매(桂寒梅)가 대답하기를,

"일찍이 듣건대, 진사께서는 기생을 가까이하지 않으셨다 하였는데, 지금 기생의 혼백이 변하여 된 물건을 입에 넣으시니 듣던 바와는 매우 다르옵니다."

하였다. 나는 웃으면서 말하기를,

"기생을 사랑하지 않은 것이 아니라 다만 마음에 맞는 기생을 만나지 못하였을 따름이다. 이 버들강아지는 용렬한 기생이 변한 것이므로 씹다가 도로 뱉었다."

하니, 계한매가 말하기를,

"이 버들은 선연동(嬋娟洞) 근처에 있었으니, 어찌 용렬한 기생의 혼이 변한 것이겠습니까?"

하였다. 선연동은 성 밖 수 리에 있는 곳으로 옛날부터 기생을

> 장사 지내는 곳이라 그녀의 말은 재치가 있었다. 그리하여 문답했던 말을 가지고 칠언율시(七言律詩)를 지었다.
>
> 문무정(文武井)과 기린굴(猉獜窟)을 구경하였는데, 모두 부벽루 뒤로 있었다. 기린굴은 동명왕(東明王) 때 인마(獜馬)가 그곳에서 나와 왕이 그 말을 타고 승천을 한 곳이며, 문무정도 그때에 판 것이라 하나 모두 허물어지고 메워져 있었고 돌언저리[石甃]만은 아직 남아 있었다. 다시 강 연변을 따라 재송정(栽松亭) 위 언덕에 이르렀다. 드디어 비를 맞으며 중화(中和)에 도착하였다. 백씨는 생양관(生陽館)으로 들어갔고 나는 향청(鄕廳)에서 잤다. 저녁에 주수(主守) 이하정(李夏禎)이 와서 인사를 했다. 황순승(黃順升)은 이곳에 와서 작별하고 돌아갔다.

김창업은 어려서부터 창협(昌協)·창흡(昌翕) 등 형들과 함께 학문을 익혔다. 특히 시에 뛰어나 후에 김만중(金萬重)으로부터 칭찬을 받았다. 1681년 진사시에 합격했으나, 벼슬길에 나아가지 않고 한양의 동교송계(東郊松溪: 지금의 성북구 장위동)에 은거하였다. 1689년에 기사사화가 일어나자 포천에 있는 영평산(永平山) 속에 들어가 숨어살다가 1694년 정국이 노론파에 유리하게 되자 다시 송계로 나왔다.

이때 나라에서 내시교관(內侍敎官)이라는 벼슬자리를 주려고 하였다. 그러나 응하지 아니하고 스스로 노가재라 부르며 세상일을 멀리하였다. 그리고 향리에 사창(社倉)을 설치하고 거문고와 시 짓기를 즐기면서 사냥으로 낙을 삼았다.

중국 산천을 보지 못한 것을 늘 아쉽게 여기다가 1712년 연행정사

(燕行正使)인 창집(昌集)을 따라 북경(北京)에 다녀왔다. 이때 보고 들은 것을 모아 『가재연행록(稼齋燕行錄)』을 펴내었다. 이 책은 중국의 산천과 풍속, 문물제도와 이때 만난 중국의 유생, 도류(道流: 도교를 믿고 그 도를 닦는 사람)들과의 대화를 상세히 기록하여 역대 연행록 중에서 가장 좋은 책 중의 하나로 손꼽힌다. 어려서부터 그림에 재주가 있어 젊어서도 그림 그리기를 즐겼으므로 아버지로부터 그림에 마음을 빼앗겨 학업에 방해가 될까 걱정이니 손을 떼라는 충고를 받았다. 현존하는 그의 그림인 「추강만박도(秋江晩泊圖)」(간송미술관 소장)나 후인이 모사한 「송시열 초상」(국립중앙박물관 소장) 같은 작품으로 보아 그림 솜씨가 상당한 수준이었던 것을 알 수 있다. 그의 그림에 대한 취향은 서자인 윤겸(允謙)에게 이어져 조선 후기에 유행한 실경산수화(實景山水畵)에 크게 영향을 미쳤다.

이처럼 당대 뛰어난 문장가 김창업은 대동강에 배를 타고 주유하면서 부벽루(浮碧樓)에 이르러 절경을 즐겼다. 여기서 평양 대동강의 뱃놀이에는 기생의 기악(妓樂)이 단연 빠질 수 없다. 마침 보슬비는 내리고 기생들과 함께 강 언덕을 오르면서 버들강아지를 따서 먹었다 한다. 그 맛은 마치 비름 맛 같아, 기생 계한매(桂寒梅)에게 "버들강아지는 기생의 혼이 화하여 된 물건이니, 너희들 기생이 먹는 것은 마땅하다"[163] 한다. 이 부분은 성호 이익의 『성호사설(星湖僿說)』 양수척(揚水尺)에서 기인한 내용이다.[164]

163 "飯後發行 乘舟至浮碧樓 時微雨 淸流壁下 江柳一帶盡綠 景色如畫 妓輩登岸 競摘柳花啖之 云味似莧 余取而一嘗 乃笑謂曰 柳花 妓魄所化之物 宜爲汝輩食也."『燕行日記』 제9권 癸巳年(1713, 숙종 39) 3월.

이처럼 노가재 김창업의 희롱하는 듯한 짓궂은 표현에, 계한매는 통쾌하게 맞받아친다. "당신은 기생을 가까이하지 않으셨다 하였는데, 지금 기생의 혼백이 변하여 된 물건을 입에 넣으시니 듣던 바와는 매우 다르다" 한 것이다. 김창업은 웃으면서 "기생을 사랑하지 않은 것이 아니라 다만 마음에 맞는 기생을 만나지 못하여, 이 버들강아지는 용렬한 기생이 변한 것이므로 씹지 않고 도로 뱉었다" 한다. 이에 계한매는 "이 버들은 선연동 근처에 있었으니, 어찌 용렬한 기생의 혼이 변한 것이겠습니까?[165] 하여 재치있는 반박을 보여준다. 이 대목에서 당대의 문장가를 능숙한 언변으로 상대하는 기생의 당당한 기개를 엿볼 수 있다. 여기서도 '선연동'은 단순한 묘지가 아니라, 용렬한 기생의 혼은 머물 수 없는 장지(葬地) 이상의 공간 이미지를 지닌다.

(3) 심전고

『심전고(心田稿)』는 조선 순조 때 박사호(朴思浩)가 청나라에 다녀오면서 쓴 사행일기(使行日記)를 말한다. 4권 4책이며 필사본이다.

저자는 당시 강원감영의 막비(幕裨 : 裨將)로 1828년(순조 28) 사은 겸동지사(謝恩兼冬至使)의 정사(正使) 홍기섭(洪起燮)의 부름으로 부사(副

---

164 "我國之妓種 本出於楊水尺 楊水尺者 柳器匠也 麗祖攻百濟時 所難制之遺種也 素無貫籍賦役 好逐水草 遷徙無常 惟事田獵 編柳爲器 販粥爲業." 李瀷 撰『星湖僿說』卷23·經史門 官妓.

165 "桂寒梅對曰 曾聞進士未嘗近妓 今以妓魂所化之物入口 殊異所聞 余笑曰 未嘗不愛妓 特未遇可意者耳 此花乃庸妓所化 故嚼而還吐矣 桂寒梅曰 此柳在於嬋娟洞近處 豈庸妓魂所化也."『燕行日記』제9권 癸巳年(1713, 숙종 39) 3월.

使) 유정양(柳正養), 서장관(書狀官) 박종길(朴宗吉)과 함께 청나라에 다녀오면서 같은 해 10월 말부터 이듬해 4월 초까지 약 5개월간의 일기를 기록하였다. 이 책은 권차가 적혀 있지 않고, 다른 사행록과는 달리 서명에 저자의 호를 붙여 일반 문집처럼 한 것이 특이하다.

첫째 권은 '연계기정(燕薊紀程)'이라는 제목 아래 사행 도중에 보고 느낀 것을 적은 일기이다. 먼저 날짜를 적고 날씨·지명·이수(里數)·역참(驛站)·숙참(宿站)을 기본적으로 썼다. 다음에 그 지방의 연혁·고사·고적·인심·풍속·인물·관방(關防)·산천·승경(勝景) 등을 전거를 들어 자세히 기술한 다음 자기의 의견을 첨가하였다.

둘째 권은 약 200여 수의 시로서 산천·고적을 읊은 것과 종유하던 중국 사대부와 수창(酬唱)한 것이다. 당시 중국에서도 명성을 날리던 정태(丁泰)·장월(蔣鉞) 등과도 종유하였다.

셋째 권은 '유관잡록(留館雜錄)'이라는 제목 아래 중국 서적을 보고 느낀 점을 적은 것인데 주로 명·청대의 명인(名人)·달사(達士) 등에 대한 기담이문(奇談異聞)이다. 「태화전기(太和殿記)」는 궁성 안의 고적·건물에 대해 적은 것이다. 「대수암야화(大樹菴野話)」는 대수암의 증명대사(證明大師)와 필담한 내용이다. 「차등만록(車燈漫錄)」은 연경을 왕래하며 산천·풍물을, 「제국(諸國)」은 몽고나 회회국(回回國)에 대한 위치·연혁·풍속·산물을 적은 것이다.

넷째 권의 「응구만록(應求漫錄)」은 유관(留館)하는 동안 중국 사대부들과 종유하며 경의(經義)를 토론하거나 읊은 시를 기록하였다. 그리고 「춘수청담(春樹淸譚)」은 정태의 별장인 춘수재(春樹齋)에서 중국의 명사 10여인과 조선 고금의 학문의 경향 및 풍물을 필담으로 되어 있다.

또 「유서관기(楡西館記)」는 장월의 별장인 유서관에서 장방 등과 주고받은 필담을 모은 것이며, 「난설시감(蘭雪詩龕)」은 오숭량(吳崇梁)의 시감에서 정태·웅운객(熊雲客) 및 주인과 담론한 필담을 모은 것이다. 맨 끝의 '옥하간첩(玉河簡帖)'은 옥하관에 있을 적에 사귄 중국 사대부들과 오간 서찰 16건을 모은 것인데, 그 중에는 저자가 귀국한 다음에 주고받은 것도 있다. 이 서찰의 내용으로 보아 저자는 학문적으로 중국 사대부들에게 높이 평가받았음을 엿볼 수 있다.

> 1828년 11월 5일 선연동(嬋姸洞)이 길가에 있는데 예부터 고을 기생을 장사지내는 곳이다. 올망졸망한 무덤들이 인가도 드문 쓸쓸한 들풀 속에 묻혀 있다. 꽃 지고 성긴 비 뿌릴 제, 넋들이여! 노래 부르는 집, 춤추는 대 안에서 생장한 몸이 어찌 훗날 시인 묵객들이 비 그치고 구름 남은 사이에서 술 따르고 시 읊음을 볼 줄 알았으리요.[166] 신광한(申光漢)의 시에 '願作嬋姸洞裏魂' 하였으니, '죽은 말뼈라도 사는' 뜻이 있으므로 시로써 한 음행(淫行)이라는 조롱을 받은 것이다.[167]

위 내용은 『심전고(心田稿)』에서 보이는데, 이 책은 심전(心田) 박사호(朴思浩)가 동지사 홍기섭(洪起燮)의 수행원으로 1828년(순조 28) 10월

166 "嬋姸洞在路邊 自古邑妓所葬處也 纍纍衆墳 埋沒於野草荒烟落花疏雨之際 魂兮魂兮生長於歌榭舞抬之中 安知異日得見騷人韻士酹酒記咏於斷雨殘雲之間乎" 『心田稿』[一] 十一月 初五日.

167 "申光漢詩云 願作嬋姸洞裏魂 有買死馬骨之意 故得詩淫之嘲也"

청나라에 갔다가 이듬해 4월에 돌아와 그 동안에 겪은 일과 보고들은 바를 적어 간행하였다.[168]

그의 문집 『심전고』(제1권)의 일부를 인용하면 다음과 같다.

연계기정(燕薊紀程) ○ 무자년(1828, 순조 28) 11월

기자묘(箕子墓)는 칠성문(七星門) 밖에 있는데, 소나무와 전나무가 우거지고 홍살문이 있으며, 무덤 앞에 비석이 서 있는데, '기자묘(箕子墓)' 세 글자가 새겨져 있다. 무덤의 모양은 모가 나서 둥글지 않고 꼭대기가 조금 뾰족하며, 높이가 두어 길쯤 된다. 정자각(丁字閣) 안 좌우에 종걸이[鐘簴]가 세워져 있는데 제향의 기구로 쓰는 것이다.

선연동(嬋姸洞)이 길가에 있는데 예부터 고을 기생을 장사지내는 곳이다. 올망졸망한 무덤들이 인가도 드문 쓸쓸한 들풀 속에 묻혀 있다. 꽃 지고 성긴 비 뿌릴 제, 넋들이여! 노래 부르는 집, 춤추는 대 안에서 생장한 몸이 어찌 훗날 시인 묵객들이 비 그치고 구름 남은 사이에서 술 따르고 시 읊음을 볼 줄 알았으리요. 신광한(申光漢)의 시에,

원컨대 선연동 속의 넋이 되었으면
願作嬋姸洞裏魂

168 활자본으로 3권 1책으로, 권1은 여행 중의 일기를 기록한 「燕記程」이다.

> 하였으니, 죽은 말뼈라도 사는[買死馬骨] 뜻이 있으므로 시음(詩淫 시로써 한 음행)이라는 조롱을 받은 것이다.
>
> 포정문(布政門) 안에 또한 오순정(五旬亭), 다경루(多景樓)의 여러 명승이 있다. 무릇 금수강산에는 아름답지 않은 곳이 없다.
>
> 저녁에 함자승(咸子承)이 거문고와 노래와 술과 안주를 마련해 놓고 나를 맞아 전별의 잔치를 베풀었다. 심문(沈文)은 장에 담가 말린 포육, 소금에 절여 말린 포육, 새우, 고기, 간장 등을 많이 보내어 왔다. 북경 길을 내왕할 적에 반찬거리가 매우 마련하기 어려움을 그 자신이 일찍이 경험하였기 때문에 나를 위하여 그런 말을 해 주고, 이렇게 푸짐히 여러 가지를 보내 주니 감사하다.

여기서 매사마골(買死馬骨)은 전국시대 때 곽외(郭隗)가 연(燕)나라 소왕(昭王)에게 한 말이다. 천금으로 천리마를 사러 갔던 궁인이 천리마가 죽고 없어 500금을 주고 죽은 그 말뼈를 사왔더니, 1년 안에 천리마가 세 마리나 얻었다는 고사이다. 바로 훌륭한 선비를 초치하려면 그만 못한 선비부터 후대하여 초치해야 한다는 비유이다. 여기서는 "사내가 한번 죽는 것은 면할 수 없으니 죽은 영혼이라도 기생들 틈에서 놀자." 한 것이, 죽은 말뼈라도 사들이는 의사와 같다는 뜻이다.[169] 말의 뼈까지 샀으니 살아있는 말은 말할 것도 없이 산다는 것이다. 이는 죽어서도 기생의 영혼과 놀겠다고 말하였으니 살아있는 기

169 『心田稿』 제1권 燕薊紀程 무자년(1828, 순조 28) 11월 5일.

생과 노는 것은 말할 것도 없다. 그렇기에 시에 음행(淫行)한 행동을 담았다는 조롱을 얻게 된 것을 말하였다.

이 시구는 앞서 언급한 『견한잡록』에 청천당 심수경의 시를 신광한의 시구로 오기(誤記)하고 있다. 후대에 잘못 전해진 경우이다. 그 밖에 문집에는 선연동을 소재로 한 시들이 작품군을 이룰 정도로 많이 발견된다.[170]

(4) 녹파잡기

『녹파잡기(綠波雜記)』는 조선 후기의 문인 한재락(韓在洛)[171]이 지은 평양 기생들에 대한 기록이다. 전2권 1책, 17장으로 되어 있다.

『녹파잡기』의 제목인 '녹파(綠波)'는 고려 중기의 시인이자 평양 출신이었던 정지상(鄭知常)이 대동강(大同江)을 보며 읊은 한시 송인(送人)의 마지막 구절인 '해마다 이별의 눈물만을 푸른 물결에 더할 뿐[別淚年年添綠波]'에서 따온 것으로 평양을 지칭하는 말이었다. 평양은 옛

---

170 이덕무의 『청비록』에서는 손곡(蓀谷) 이달(李達)과 선연동을 소재로 한 일화와 한시가 전해준다. 또한 박제가(朴齊家, 1750~1805)의 시문집 『정유집(貞蕤集)』에는 「평양잡절송이무관(平壤雜絕送李懋官)」 6수 중에 선연동의 시를 수록되어 있다. 『한객건연집(韓客巾衍集)』에도 실려 있다. 그밖에 『心田稿』[一] 十一月 初五日 등에서도 선연동에 대한 시화가 남아 있다.

171 한재락은 자가 정원(鼎元)이며 호는 우천(藕泉), 우방(藕舫), 우화노인(藕花老人)이다. 개성 명문가 출신으로 자하(紫霞) 신위(申緯)를 비롯한 서울의 경화세족(京華世族)과 어울리며 창작활동을 한 시인이다. 『고려고도징(高麗古都徵)』을 쓴 순조 연간의 저명한 학자 한재렴(韓在濂, 1775~1818)이 그의 친형이다. 안대회, 「평양기생의 인생을 묘사한 소품서 녹파잡기 연구」, 『한문학보』 14집, 2006, 205~232쪽 참조.

고도인 동시에 색향(色鄕)으로 불릴 정도로 기생들로 유명한 고을이었다. 성립 시기는 『녹파잡기』의 발문을 지은 신위(申緯)가 지은 7언 한시 발문인 "제우화노인녹파잡기(題藕花老人綠波雜記)" 8수가 실린 『경수당전고(警修堂全藁)』 제15책 강도록(江都錄)의 작품들이 수록된 시기인 조선 순조(純祖) 28년(1828) 9월부터 30년(1830) 4월, 이상적(李尙迪)이 변려문 형식으로 지은 녹파잡기서가 작성된 계사년(1833, 순조 33)의 두 시점 사이로 짐작된다.

『녹파잡기』 구성은 권1 - 평양 기생 65인(서경잡기본에는 66인)의 이야기, 권2 - 평양의 기방 주변 남성 5인의 이야기 등으로 되어 있다.

저자 한재락은 호가 우화노인으로, 개성에 인삼밭을 소유한 부유한 집안의 자제였다. 그의 아버지 한석호(韓錫祜, 1750~1808)는 문장으로 이름이 높아, 연암 박지원(朴趾源)이 개성 연암협(燕巖峽)에 머물 때 그에게 찾아가 수학했고, 손윗형 재렴(在濂)은 순조 4년(1804)에 진사에 합격해(『사마방목』) 박지원의 처남 이재성(李在誠)에게 배우고 서대문 밖의 자택 우화당(藕花堂)을 거점으로 북학파(北學派)와 교류하였다. 한재락은 사마시에 낙방한 뒤 벼슬에 나가지 않고 순조 20년(1820) 9월 이전을 즈음해 신위의 시사(詩社)에 참여하여 시문이나 짓고 기생들과 즐기며 여생을 보냈다. 녹파잡기는 한재락이 당시 만나고 교유했던 평양의 기생 66인의 이름과 용모, 인상, 특징과 기예에 대한 이야기를 간결한 문장으로 서술하였다. 단순히 인적 정보의 전달에 그치지 않고, 거의 대부분의 기생들을 일부러 찾아가 그들의 노래를 듣고 춤을 보면서 한 사람 한 사람의 특징을 포착해 그것을 애정어린 문장으로 전달하고 있다.

『녹파잡기』의 간본은 이가원(李家源)이 소장했던 삼산이수당(三山二水堂) 정정본(단국대학교 도서관 소장)과, 박제가의 친척으로써 『연계기정(燕薊紀程)』의 저자로 알려진 심전 박사호(朴思浩)의 『서경잡기(西京雜記)』에 실린 것(고려대학교 육당문고 소장) 두 가지가 있다. 이름은 알려지지 않고 삼산이수당이라는 호만 확인된 인물이 원본 또는 다른 필사본을 저본으로 틀린 글자를 정정해가며 필사한 이 사본은 신위의 발문(칠언고시 8수)과 이상적의 서문, 동산(東山, 필사자는 청나라 초기의 문인 여회로 착각했지만 실은 명 초기의 시인 고계)이라는 호를 지닌 인물이 지은 매화라는 한시가 수록되어 있고, 곳곳에 작은 글씨로 비평을 적어 놓았다. 필사 시기는 임인년으로 이는 헌종(憲宗) 8년(1842) 또는 고종(高宗) 광무(光武) 6년(1902) 가운데 하나로 추정되고 있다. 서경잡기본은 삼산이수당 정정본과 비교해 오자가 많지만, 삼산이수당 정정본에는 없는 패옥(佩玉)의 이야기를 수록하고 있다.

『녹파잡기』는 한국에서 기생에 대해서는 처음으로 체계적 연구를 행한 이능화의 『조선해어화사(朝鮮解語花史)』에서조차 다루지 않은 희귀 자료이다. 『녹파잡기』는 그 구성이나 편찬 동기에서 중국의 『판교잡기(板橋雜記)』에 영향을 받은 것으로 알려져 있다. 『녹파잡기』의 서문을 지은 이상적과 발문을 지은 신위 모두 『녹파잡기』와 『판교잡기』의 관계를 언급하고 두 책이 서로 관련되었음을 언급하였다. 『판교잡기』는 청 왕조 초기의 문인인 여회(余懷, 1616~1696)가 강희(康熙) 32년(1693) 명 말기에서 청 초기에 이르는 시기 판교 즉 난징(南京)의 기방과 이름난 기생들의 풍정을 묘사한 소품서로, 만주족 청 왕조의 침략으로 몰락해가던 재자가인들의 이야기를 비탄과 애상에 젖은 눈으로 기록했다는 평가를 받는다.

한재락의 『녹파잡기』에서도 한재락 자신이 마음에 두었던 기생들의 후일담이 많이 기록되어 있는데, 고관이나 부유한 상인의 첩이 되거나 늙어 주막집 술할미로 물러난 경우들에서는 한재락의 아쉬움 또는 인생에 대한 연민이 드러나고 있다는 평가를 받는다. 『판교잡기』가 화려했던 지난날의 모습을 회상하면서 비탄에 잠겨있다면 『녹파잡기』는 태평 시절의 기방 풍속을 절실하게 묘사하고 있다는 점에서 차이를 보인다. 평양과 난징 모두 한 나라의 도읍지였다가 권력은 사라지고 재화와 여색만이 남아 유흥의 고장으로 이름이 나게 되었다는 점에서 공통점이 있었다. 18세기에서 19세기 조선의 문인들은 출셋길에서 멀어진 뒤 이 『판교잡기』 등의 책들을 읽으며 기생에 관한 기록들을 남기기 시작했고, 대부분은 단편적이었다.

19세기 전반 개성출신의 낙방거사 한재락이 쓴 『녹파잡기』에 선연동을 소재로 한 한시가 보인다. 그것을 머리말에도 인용하고 있다. 그중에서도 안일개(安一個)의 일화[172]는 선연동을 어떻게 수용해서 시로 형상화하였는지를 살펴볼 수 있다.

> 안일개는 예전의 풍류를 아는 선비이다. 내가 평양에 도착해 이 고을 사람들에게 물었다.
>
> "평양의 아름다움은 전당(錢塘)이나 금릉(金陵)에 비교되니, 아

172 『綠波雜記』 綠波雜記 二, 한재락(이가원·허경진 역), 『녹파잡기』, 김영사, 2007 참조.

마도 장자야(張子野)와 당자외(唐子畏)의 뒤를 넘어설 만한 호방한 선비가 있겠지요?"

"안일개라는 사람이 있습니다. 예전에 명기 일고여덟 명이 각기 마음에 둔 애인을 선택해 영명사에 함께 모여 잔치를 벌이기로 약속을 했더랍니다. 약속한 시간에 기녀들이 다 모였는데 데리고 온 사람이 안일개 한 사람뿐이었습니다. 이곳 사람들이 지금까지 부러워하며 얘기합니다."

어떤 사람이 그의 옛집을 지나다가 시를 지었다.[173]

옛 성곽 동쪽 끝머리 적막한 마을에
겨울 까마귀 울며 황혼의 달을 가로지르네.
그때 풍류 빚을 다 갚지 못했으니
돌아가 선연동 혼이 되리라.[174]
古郭東頭寂寞村 寒鴉嘶斷月黃昏
當時未了風流債 歸作嬋娟洞裏魂

여기서 장자야(張子野)는 시와 악부(樂府)를 잘 지었는데 늙을 때까지 솜씨가 시들지 않았으며, 전당(錢塘)에 살며 여든이 넘을 때까지 집

173 "安一個 古風流土地 余至浿上 間於都人曰 西京佳麗 比之錢塘金陵 亦豈有豪士 可以蹈張子野唐子畏之後者乎 曰 有安一個者 當時名嬉七八人 約各選其會心情人 合宴於永明寺 及其會也 諸嬉擧集所携者 惟安一個一人而已 都人至今艷稱之 或過其舊居有詩曰"

174 韓在洛, 『綠波雜記』 綠波雜記 二. 안대회, 「평양기생의 인생을 묘사한 소품서 녹파잡기 연구」, 『한문학보』 14집, 2006, 205~232쪽 참고.

에 노래하는 기생을 두었다고 한다. 소동파가 앵앵연연(鶯鶯燕燕)이라는 말을 써서 시를 지어주었는데, 모두 장씨의 고사를 써서 놀린 것이었다. 당자외(唐子畏)는 당인(唐寅)의 자(字)이다. 1498년 향시(鄕試)에 합격하였으나 관리로서는 불운하였다. 벼슬에서 물러난 후 소주(蘇州)에 은거하여 시와 술을 벗 삼고 서화를 팔아 생활하였다.

시인은 옛 평양 칠성문 동쪽 끝머리 적막한 마을에, 겨울 까마귀가 울며 황혼의 달을 가로지른 어느 날에 회상에 젖게 된다. 그때 이승에서 평양 기생과의 풍류 빚을 다 갚지 못했으니, 저승에서 예전으로 돌아가 선연동의 객으로 혼이 되리라 한다. 옛 문구 심수경의 한시에서 '當'과 '願'을 '歸'로 치환시키고 있다. '선연동'의 혼은 '마땅히' 당연해야 하고, 간절하게 '원하는' 대상으로 바뀐다. 이것은 마침내 저승의 선연동으로 '돌아가려고' 하였다.

조희룡의 『호산외기(壺山外記)』에도 안일개의 이야기가 나온다.

> "김억(金檍)이 사랑하던 기생이 여덟이나 있었는데, 서로 알지 못하게 했다. 하루는 저녁에 여덟 기생을 불러다 술을 마셨는데, 모두들 김억이 사랑하는 여자는 하나뿐이라고 생각했다. 사랑하는 여자가 여덟이나 한자리에 앉아서도 질투하지 않았으니, 그 권모술수가 대개 이와 같았다." 기억은 영조 때에 양금(洋琴)을 잘 탔던 풍류객이다. 안일개같이 여러 기생들에게 인기가 많은 풍류객 이야기가 여러 곳에 전한다.

조선 후기 시조의 가집에서도 선연동을 소재로 한 시조를 찾을 수 있다. 송계연월옹(松桂煙月翁)이 편찬한 『고금가곡(古今歌曲)』 자작(自作) 시조 14수 중에 '선연동'의 시조 한 수가 확인된다.

> 嬋娟洞 깁흔 골의 众塚이 纍纍ᄒᆞ니
> 千古香魂이 누고누고 무쳣는다
> 人生이 죽을 작시면 예와 뭇쳐 엇더ᄒᆞ리[175]

선연동은 깊은 골짜기에 무덤더미가 촘촘히 쌓여 오랜 세월동안 봄의 혼령이 누워 묻혔다고 여긴다. 사람이 죽게 되면 여기에 묻히는 것은 어떻겠는가 하면서 노래한다. 이 시조는 이승에 못 다한 풍류를 선연동에 객이 되어 풍류를 함께 누리고자 한다. 시인들은 기생의 찬란했던 생전의 춤과 노래를 다시금 보고 듣고 싶어, 비록 '선연동'에 묻혔지만 다시 찾아 아쉬웠던 미진한 풍류를 즐기고 싶다는 것을 시로 표현한다.

'송계연월옹'이 어떠한 인물인지에 대해서는 『고금가곡』의 권말에 수록한 자작 시조 14수를 통해서 어렴풋하게 그릴 수 있다. 자작 시조는 편자가 나이 70에 자신의 삶을 회고하면서 쓴 것으로 30년 벼슬생활을 그만두고 고산(故山)으로 물러나 노래와 거문고에 흥(興)을 붙여 소일(消日)하고자 고금의 가곡 모아 책으로 엮었음을 밝히고 있다. 특히 선연동(嬋娟洞), 마천령(摩天領) 등 작품 속 지명으로 미루어 편자는 북방 체험을 했던 인물로 판단된다.[176] 이처럼 시인들은 선연동의

---

175 『고금가곡(古今歌曲)』 299.

객이 되고자 하는 풍류 지향적 모습을 숨김없이 표현한다.

시인들은 풍류를 즐길 줄 아는 사대부였다. 시에서 '풍류(風流)'는 다양한 용례가 있을뿐더러 널리 일반화된 용어라 하겠다. '풍류운산(風流雲散)'의 경우처럼 '바다의 흐름'이 풍류의 기본적인 뜻이고, 여기서 인신(引伸)하여 '기풍(氣風)이나 유풍(遺風)'의 의미로도 사용된다. 그러다가 인물을 품평하는 가치 준거로서 '풍채(風采) 또는 풍신(風神)'으로 용어의 의미가 확장되고, 나아가 '호색(好色)의 기질이나 여성의 성적 매력'을 지칭하기도 한다. 유아(儒雅)한 기품을 가리키던 것에서 질탕한 정사를 미화하는 데까지 풍류 개념의 역사적 편폭은 매우 크다.[177] 이러한 '풍류'의 개념은 조선조에 이르면 거의 대부분이 종교성이나 선풍적(仙風的) 의미는 상실한 채 향락적(享樂的) 풍류로 일반화된다. 그러나 의미 종교성이나 형이상학적 의미가 크게 약화되었다 할지라도 거기에 부정적이거나 퇴폐적인 의미가 개입되지 않았다고 본다. 그러던 것이 점점 '한량들의 잡스런 놀이'라는 의미로 타락해가는 것을 보게 된다. 특히 풍류가 남녀가 정사(情事)를 의미하는 경우가 각종 문헌이나 기록에서 보인다. 이 당시 조선 사대부의 풍류는 좋은 경치를 완상(玩賞)하고 술을 마시면서 시문(詩文)을 음영(吟詠)하는 것이었다. 그 다음이 가악(歌樂) 혹은 가무(歌舞), 이런 경우는 대개 기생이 동석하여 미색을 즐기는 것도 풍류요건의 하나가 되는 것이 일반적

176 권순희, 「〈古今歌曲〉의 원본 발굴과 轉寫 경로」, 『우리어문연구』 34집, 우리어문학회, 2009, 144쪽.

177 박종우, 「16세기 호남 한시의 풍류론적 고찰」, 『민족문화연구』 48, 고려대 민족문화연구원, 2008, 44쪽.

이다.[178]

사대부들은 선연동과 같이 기생과 관련된 시를 지을 때, 희작(戱作)이라 여긴다. 사대부의 시 창작 대상으로는 잡스럽다 여겼기 때문이 아닐까. 사대부 입장에서는 기생을 조선조 후대 풍류의 개념처럼 한량들의 호방함과 향락적 대상으로만 본 것이다. '선연동'을 수용한 시조의 형상상하는 양상은 앞서 한시와 마찬가지로 지향하는 바가 풍류라고 할 수 있다.

2) 아름다움도 속절없는 무상의 추모 지향

'선연동'을 소재로 한 시 중에는 '선연동'의 묻혀 있는 기생들을 추모하면서 속절없는 인생의 무상함을 보여주는 작품도 존재한다. 이는 역사적 소재로서의 무덤이 시인에게는 애도하는 마음으로 감정 이입되어 창작된 경우라 할 수 있다. 이를 잘 표현한 시인이 바로 조선 중기 선조 때의 석주(石洲) 권필(權韠)[179]이다. 권필은 정철(鄭澈)의 문인으로, 성격이 자유분방하고 구속받기 싫어하여 벼슬하지 않은 채 야인으로

---

178 "이때 書畵가 포함되며, 그 다음으로 뱃놀이·낚시·사냥·활쏘기 등 잡기적 취미까지 포괄하는 경우이다." 신은경, 『풍류-동아시아 미학의 근원』, 보고사, 1999, 52~53쪽. 이러한 논의를 동의하면서 본 논의에서도 전제되어 根幹이 된다. 조선조 후대에 풍류의 개념은 '風流房', '風流亭', '風流處' 등은 곧 '妓生房'이나 '한량들이 모여 노는 곳'과 거의 같은 개념으로 쓰이기까지 하는 것이다.

179 1569(선조 2)~1612(광해군 4). 조선 중기의 시인. 본관은 안동(安東). 자는 여장(汝章), 호는 석주(石洲). 승지 기(祺)의 손자이며, 벽(擘)의 다섯째아들이다.

일생을 마쳤다. 술로 낙을 삼아, 부인이 금주를 권하니 시 「관금독작(觀禁獨酌)」을 지었다. 젊었을 때 강계에서 귀양살이 하던 정철을 이안눌(李安訥)과 함께 찾아가기도 했다. 동료문인들의 추천으로 제술관(製述官)이 되고, 또 동몽교관(童蒙教官)에 임명되었으나 끝내 나아가지 않았으며, 강화에서 많은 유생을 가르쳤다. 임진왜란 때는 구용(具容)과 함께 강경한 주전론을 주장했다. 광해군 초에 권신 이이첨(李爾瞻)이 교제를 청했으나 거절했다. 유희분(柳希奮) 등의 방종을 임숙영(任叔英)이 「책문(策文)」에서 공격하다가 광해군의 뜻에 거슬려 삭과(削科)된 사실을 듣고 분함을 참지 못하여 「궁류시(宮柳詩)」를 지어서 풍자, 비방하였다. 이에 광해군이 대노하여 시의 출처를 찾던 중, 1612년 김직재(金直哉)의 무옥(誣獄)에 연루된 조수륜(趙守倫)의 집을 수색하다가 연좌되어 해남으로 귀양가다가 동대문 밖에서 행인들이 동정으로 주는 술을 폭음하고는 이튿날 44세로 죽었다. 시재가 뛰어나 자기성찰을 통한 울분과 갈등을 토로하고, 잘못된 사회상을 비판 풍자하는 데 주목할 만한 성과를 거두었다. 인조반정 이후 사헌부지평에 추증되었고, 광주(光州) 운암사(雲巖祠)에 배향되었다. 묘는 경기도 고양시 위양리에 있고, 묘갈은 송시열(宋時烈)이 찬하였다. 『석주집(石洲集)』과 한문소설 『주생전(周生傳)』이 현전한다.

(1) 석주집

『석주집(石洲集)』은 조선 중기의 시인 권필(權韠)의 시문집이다. 1631년(인조 9) 이식(李植)이 문인 심기원(沈器遠)이 간직하고 있던 구본과 이안눌(李安訥)의 숙부집에서 발견된 신본, 그리고 집에 보관되어 있던 난고(亂藁)를 추려 편집하였다. 외집 1권은 그 밖의 잡문을 모은 것으로 1632년 그의 문하인 홍보(洪寶)가 본집과 함께 간행하였다. 별집 2권은 1674년 이동직(李東稷)이 남은 원고 가운데서 시 100여 수와 문 9편을 뽑아 간행한 것이다. 1권 4책. 목판본. 본집은 8권으로 되어 있다.

권두에 이정구(李廷龜)·홍보·장유(張維)의 서문이 있고, 별집 뒤에 송시열(宋時烈)이 쓴 발문이 있다. 판본에 따라서는 아들 항(伉)의 『송암유고(松菴遺稿)』를 첨부한 것도 있다. 규장각에 소장되어 있다.

권1은 오언고시 58수, 권2는 칠언고시 45수, 권3은 오언율시 131수, 권4는 칠언율시 87수, 권5는 오언배율 8수, 권6은 오언절구 31수, 권7은 칠언절구 209수, 권8은 잡체시 32수를 수록하였다. 외집에는 소 1편, 잡술 1편, 설 2편, 제발 2편, 기 2편, 행장 1편, 제문 1편, 전(傳) 2편, 명 4편, 잠 2편 등을 실었다. 또, 별집 권1은 각 체별로 모두 235수의 시를 실었고, 별집 권2는 서(書) 2편, 발 1편, 제문 2편, 서(序) 2편, 기 1편 사우록(師友錄) 1편 등을 실었다.

조선 중기의 대표적인 시인으로 손꼽히는 권필의 시작품은 모두 836수 남아 있다. 이 밖에 별집을 편찬하면서 풍자가 너무 심한 것과 승려들과 주고받은 시 500수가 송시열에 의하여 산삭당하여 전하지 않는다.

그의 시는 허균(許筠)을 비롯하여 김만중(金萬重)·양경우(梁慶遇)·남용익(南龍翼)·홍만종(洪萬宗) 등 국조제가(國朝諸家)들이 높이 평가하였다.

남용익은 그의 『호곡시화(壺谷詩話)』에서 역대의 뛰어난 시인 79명을 가려 뽑았다. 그 중에서도 고려조와 조선조에서 가장 뛰어난 시인 각 세 사람씩을 꼽으면서 권필의 시가 '정경(情境)'의 어울림에서 가장 으뜸이 된다고 높였다. 또 허균은 그의 시를 "절대미인이 화장도 하지 않고 구름도 가던 길을 멈출 듯 아름다운 목소리로 등불 아래에서 우조(羽調)·계면조(界面調)를 부르다가 곡조가 아직 끝나지 않았는데 일어나 가버리는 것과 같다."고 하여 시사(詩思)의 아름다움과 긴 여운을 높이 평가하였다.

그밖에 제가(諸家)의 시평을 종합하여보면 천기(天機)의 묘한 이치를 갖춘 시인으로 평가되었음을 알 수 있다. 그의 시는 아름다우면서도 부드러우며 정(情)의 표현에 뛰어나다. 그리고 한번 읽으면 마음을 울려 쉽게 잊혀지지 않는 여운을 남긴다. 그는 각 체에 능하였다. 특히 장편고시에 뛰어나 「천하창창취중주필(天何蒼蒼醉中走筆)」 등과 같은 작품은 구상의 웅대함이나 표현의 절묘함이 다른 이가 능히 미치지 못할 바이다.

권8에 실린 여러 형식의 잡체시들은 그의 다양한 실험정신과 언어구사의 탁월한 능력을 잘 보여주고 있다. 시에는 임진왜란을 전후하여 나라의 안위와 전쟁의 참화를 강개하는 내용이 많고, 시대를 향한 날카로운 풍자를 담은 작품도 적지 않다.

그리고 외집에 실린 전 가운데 「곽삭전(郭索傳)」은 게를 의인화한 가전체 한문단편이고, 「주사장인전(酒肆丈人傳)」은 탁전(托傳)으로 그의 젊은날의 강개와 학문적 태도를 잘 알 수 있는 작품이다.

『석주집(石洲集)』에는 걸출한 시인에 걸맞게 선연동을 소재로 뛰어난 시가 창작되어 있다. 홍만종이 『순오지(旬五志)』에서 "그의 시명은 일시를 풍미하여 아이들까지 그 이름을 알았다"고 평할 정도로 석주는 시에 일가견이 있었다.[180] 선연동을 지나면서 글깨나 짓고 풍류를 아는 사람들은 꽃다운 넋을 추모하며 시를 지었다. 그중에서도 석주 권필의 시는 압권이다.

> 거친 무덤에도 해마다 봄빛은 찾아와
> 꽃으로 단장하고 풀로 치마 둘렀네.
> 이 많은 꽃다운 혼들 아직 흩어지지 않고
> 오늘도 비 되고 구름이 되네.[181]
> 年年春色到荒墳　花似新粧草似裙
> 無限芳魂飛不散　至今爲雨更爲雲

석주는 거친 무덤에도 해마다 봄빛은 찾아와 꽃으로 단장하고 풀로 치마 둘렀다고 아름다웠던 생전의 기생의 모습으로 선연동을 묘사한다. 그러면서 이 많은 꽃다운 혼들이 아직 흩어지지 않았으며, 다시 살아난 선연동의 그녀들은 오늘도 비 되고 구름이 된다하였다. 이처럼 남다른 표현으로 무산지몽(巫山之夢)에서 조운모우(朝雲暮雨)의 무산신녀(巫山神女)와 초(楚) 양왕(襄王)을 이끌어 낸다. '선연동'을 수용한 한시 중에 가장 뛰어나게 형상화된 시가 바로 석주의 이 시라고

180 『석주집』에 시문의 비중이 절대적이며, 상소문 · 전 등의 문장이 외집에 수록되어 있으나 그 분량은 적다.

181 『石洲集』 卷之七 嬋娟洞.

할 수 있다.

(2) 청비록

『청비록(淸脾錄)』[182]은 조선 후기에 이덕무(李德懋, 1741~1793)가 지은 시평집으로 4권 2책, 필사본이다.

이 책의 명칭을 『청비록』이라 한 것은 당나라 중 관휴(貫休)의 시작품 “천지 사이의 맑은 기운, 시인들 비장에 스며든다.”라는 구절에서 유래하였다.

이덕무가 이러한 맑은 기운을 찾아내어 변증·소해(疏解)·품평·기사를 붙인 것이 이 책의 내용이다.

『청비록』의 제1권에는 이덕무의 소서(小序)가 먼저 보인다. 이어서 「사십쌍(四十雙)」에 대한 변증에서부터 「중주집에서 고려에 대하여 읊은 시(中州集咏高麗)」까지 모두 58칙(則)이 있다. 제2권에는 「이용촌(李容村)」에 대한 시의 소개에서부터 「유취설(柳醉雪)」의 소개까지 모두 41칙, 제3권에는 「조선시선(朝鮮詩選)」에서부터 「가을날의 시(秋日詩)」까지 모두 40칙, 제4권에는 「농암과 삼연이 중국을 그리워하다(農巖三淵慕中國)」에서부터 「청령국시선」까지 모두 37칙 등이 들어 있다. 책 첫머리에 실려 있는 서문은 유득공(柳得恭)이 지었다.

『청비록』은 역대 고금의 명시를 중심으로 이에 대한 시화와 시평을 시도한 것이다 중국과 우리나라의 시인·작품을 우선적으로 다루고

182 『청비록』은 이덕무(李德懋, 1741~1793)의 『靑莊館全書』 권32~35에 들어 있다.

일본인의 것까지 언급하고 있는 점이 특색이다. 이것은 그가 여러 차례 중국에 다녀온 경험이 있어서 가까운 거리에서 세계정세를 조망할 수 있는 안목을 소유할 수 있었기 때문이다. 개화되어 발전된 일본인에 대한 인식태도도 전통적인 사대부들이 고수하였던 종래의 화이관(華夷觀)에서 탈피하여 객관적으로 현실상황을 인식하려고 하였던 주체적 사유방식에서 연유한 것이다.

조선 후기 영·정조시대에는 본격적인 시화류(詩畫類)의 출현은 흔하지 않았다. 『청비록』은 이와 관련하여 당대 동양 삼국의 문화교류의 단면을 알아볼 수 있다는 점에서 평가를 받을 만하다.

이덕무의 비평양상은 실증주의적 공정성에 입각한 비평정신, 즉 실학정신을 소유하여, 시 자체가 갖는 자율적이고 독자적인 세계에 우선 주목하여 비평하고 도덕적 효용론이나 시인의 인간성과 시작품과를 연결, 평가하려는 방식들은 지양하고 있다. 특히, 당대 인물인 박지원(朴趾源)·박제가(朴齊家)·유득공(柳得恭)·이서구(李書九) 등과 중국의 문인·학사, 일본의 시인 등에 대한 적극적 평가는 주목할 만하다. 『청비록』은 『청장관전서(青莊館全書)』 권32~35에 수록되어 있었다.

조선 정조 때의 문신 아정(雅亭) 이덕무의 『청비록』에는 선조 때의 삼당파 시인으로 알려진 손곡(蓀谷) 이달(李達, 1539~1618)의 일화와 아울러 '선연동'을 역사적 소재로 한 시들을 소개하고 있다.[183]

그 시에서 시인은 선연동의 누워있는 미인은 말이 없는데, 풀만 절

183 "牧丹峯下嬋娟洞 洞裏埋香草自春 若爲借得仙翁術 喚起當年第一人" 『青莊館全書』 卷32~35, 『淸脾錄』

로 봄이라고 운을 놓는다. 그러면서 시적 화자가 된 손곡은 만일 신선의 술법을 빌 수 있다면, 누워있는 미인들을 다시 깨워 소생시키고 싶다 여긴다. 시인은 이렇게 '선연동'을 역사적 소재로 한 시를 읊으며, 술에 취하여 여관에서 잔다. 그런데 꿈속에서 많은 기생들이 아름다운 옷으로 예쁘게 단장하고, 부드럽게 걸어와서 머리를 매만지며 "첩들은 곧 선연동 사람들인데 어제 좋은 시를 저희들에게 주시어 저희들의 유골(幽骨)이 빛났으므로 느낀 바가 있어 감사드립니다."[184]는 뜻을 전한다.

(3) 청장관전서

『청장관전서(靑莊館全書)』는 조선 후기의 학자 이덕무(李德懋)의 저술 총서를 말한다. '청장관'은 저자의 호이다. 아들 이광규(光葵)가 편집, 이완수가 교정한 것으로 모두 33책 71권이었다. 현재는 결본을 포함한 전서(사본)가 오직 두 군데에 소장되어 있다.

하나는 규장각 소장본으로 모두 25책(8책 결)에 불과하고, 다른 하나는 일본인 아사미(淺見倫太郎)의 수집본으로 미국 캘리포니아대학교의 '아사미문고'에 소장되어 있다. 이 문고 서목 해제(영문)에는 결본이 14권 6책이라 하고, 그 내용은 권13·14(제5책) 아정유고(雅亭遺稿), 권17·18(제7책) 아정유고(雅亭遺稿), 권32~39(제15·16책) 청비록(淸脾錄), 권

184 "妾乃嬋娟洞裏人也 昨蒙惠然瓊章煒燦 幽骨增輝 鳴感珍重" 『靑莊館全書』 卷32~35, 『淸脾錄』

40~47(제17·18책) 뇌뢰낙락서(磊磊落落書), 권64·65(제30책) 청정국지(蜻蜓國志) 등이 있다.

결본이 14권이라 한 것은 맞으나 책 수를 6이라 한 것은 7의 잘못이거나, 아니면 제본 편차의 차가 아닌가 싶다. 실존 수는 57권 26책이라고 하였는데, 이를 규장각본과 대조하면 결본 중에 권23·24(제10책, 編書雜稿)가 빠져 있는 것으로 보아 이 책이 아사미문고에는 들어 있는 것을 알 수 있다.

또, 아사미문고본에는 교정자 이완수의 도장이 찍혀 있고 매 책의 표제도 그의 글씨라고 했는데, 이것이 사실이라면 그 당시의 필사본은 두 벌로서 하나는 이완수의 것이고, 하나는 이광규의 것이었을 것이다. 추측컨대, 규장각본은 아사미의 것을 전사(轉寫)한 것 같으나, 단 그 중의 「편서잡고」만 규장각본에 들어 있지 않는 것을 보면, 이는 아마도 아사미가 후일에 얻어서 넣은 것 같다.

그런데 전서 가운데 「사소절(士小節)」·「앙엽기(盎葉記)」·「청비록(淸脾錄)」·「편서잡고」 등 몇 부분은 항간에 더러 사본으로 전해지고 있었다. 민족문화추진회에서는 1978년에 규장각본을 주로 하고, 약간의 결본은 다른 곳의 것을 복사해 『청장관전서』 13책을 간행했으나, 아직도 결본 가운데 서목만 알고 내용을 모르는 것이 있다.

존결(存缺)을 포함한 전체의 구성 서목은 다음과 같다. 권1·2에 영처시고(嬰處詩稿), 권3~5에 영처문고(嬰處文稿), 권6~8에 영처잡고(嬰處雜稿)·예기억(禮記臆), 권9~20에 아정유고(권13·14·17·18은 결본), 권21~24에 편서잡고, 권25·26에 기년아람(紀年兒覽), 권27~31에 사소절, 권32~35에 청비록, 권36~47에 뇌뇌낙락서(권36~41은 결본)가 수록되어 있다.

권48~53에 이목구심서(耳目口心書), 권54~61에 앙엽기, 권62에 서해여언(西海旅言)·윤회매십전(輪回梅十箋)·산해경보(山海經補), 권63에 열상방언(洌上方言)·천애지기서(天涯知己書)·선귤당농소(蟬橘堂濃笑)·병정표(丙丁表), 권64·65에 청정국지, 권66·67에 입연기(入燕記), 권68·69에 한죽당섭필(寒竹堂涉筆), 권70·71에 부록이 수록되어 있다.

이 가운데 「영처시고」·「영처문고」·「영처잡고」 등은 소년 시절에 지은 시문을 모은 것이다. 영처(嬰處)는 영아(嬰兒)·처자(處子)의 뜻이나, 저자 자신의 자호(自號)처럼 제명한 것이다. 「예기억」은 『예기』에 대한 연구로, 제가주설(諸家註說) 내지 자의(字義)를 고증, 비판한 것이다.

「아정유고」는 일명 「청장관고(靑莊館稿)」라고도 한다. 저자가 직접 시문 등을 가려 모은 것으로, 왕명에 의해 간행된 『아정유고』와는 내용과 분량이 다른 것에 주의해야 한다.

「편서잡고」는 편찬 관계의 문자를 수록한 것으로, 그 가운데 송사보전(宋史補傳)이 중요하다. 즉, 정조가 일찍이 『송사(宋史)』가 조잡하게 편찬된 것을 유감으로 여겨 신하들에게 산정(刪定)을 명해 40책을 만들고, 그 보전(補傳)을 이덕무에게 명해 찬하게 한 것이다.

「기년아람」은 원래 이만운(李萬運)이 편저한 것인데, 그 편차와 내용이 미비한 점을 이덕무가 대폭 수정, 보완한 것이다. 「사소절」은 선비·부녀자·아동들의 일상생활에 있어서의 예절과 수신에 관한 규범을 적은 것이다. 「청비록」은 고금의 시화(詩話)를 수록한 것이다. 「뇌뢰낙락서」는 일종의 중국 인물지(人物志)로서, 특히 명나라 말기 유민

(遺民)에 관해 여러 기사(記事)를 토대로 발췌하고 일일이 인용 서목을 부기하였다.

「이목구심서」는 글자 그대로 귀로 들은 것, 눈으로 본 것, 입으로 말한 것, 마음으로 생각한 것을 적은 것으로, 삼관기(三官記)와 같은 유의 것이다. 「앙엽기」는 일종의 소논문집·자료집 또는 소백과사전이라 할 수 있는 것으로, 흥미 있고 참고할 거리가 많이 실려 있다.

「청정국지」는 일본의 세계(世系)·지도·풍속·언어·물산 등을 적은 것이며, 「입연기」는 연행록(燕行錄)이며, 「한죽당섭필」은 사근역(沙斤驛 : 경상남도 함양) 찰방시절의 견문기다. 부록에는 「선고연보(先考年譜)」가 수록되어 있다. 이 밖에도 중국 문사와 주고받은 서간을 수록한 「천애지기서」가 있고, 경기 지방의 속담을 모은 「열상방언」이 있다.

『청장관전서(靑莊館全書)』는 저자의 다채로운 학식과 많은 자료를 제공하고 있는데, 특히 당대 실학 중심의 학풍과 취향 가운데도 박학·계몽적인 사조가 있음을 보여 주고 있다.

이덕무(李德懋)의 문집 『청장관전서(靑莊館全書)』의 일부를 인용하면 다음과 같다.

선연동(嬋娟洞)[185]

선연동 고운 풀빛, 비단치마와 다투는데
남은 분(粉) 향기가 고분(古墳)을 감도네.
오늘의 아가씨들 아름다움을 자랑마라

---

185 『靑莊館全書』 卷10(『雅亭遺稿』 卷2), 5b에 실려 있다.

무덤 속 무수한 이들도 전에는 너희처럼 고왔단다.
嬋娟洞草賽羅裙 剩粉殘香暗古墳
現在紅娘休詑艶 此中無數舊如君

선연동은 평양성 밖에 있는데 관기들이 묻힌 곳이다. 이 시를 읽는 사람들은 자기도 모르게 탄복하여 한 때 널리 전송되었다.[186]

그의 문집 『청장관전서』의 일부를 인용하면 다음과 같다.

선연동(嬋娟洞)[187]

선연동은 평양부(平壤府) 북쪽에 있는데 예부터 기생의 무덤이 총총히 있다. 옛사람의 다음과 같은 시구(詩句)가 있다.

선연동 속의 혼이 되기 바라네
願作嬋娟洞裏魂

손곡(蓀谷) 이달(李達)이 서경(西京)을 유람할 적에 선연동을 지나는데 이때 마침 산꽃은 바람에 나부끼어 떨어지고 비를 실은 구름은 대낮을 침침하게 하였다. 손곡은 선연동의 무덤 가를 맴

186 "洞在平壤城外, 官妓所葬之地. 覽此詩者, 不覺啓齒, 傳誦一時." 『青莊館全書』 卷10(『雅亭遺稿』 卷2), 5b.
187 『青莊館全書』 卷32(『淸脾錄』 卷1)

돌며 슬퍼하다가 시 1수(首)를 읊기를,

모란봉 밑 선연동에
미인은 말 없는데 풀만 절로 봄일세.
만일 신선 술법 빌 수 있다면
당년의 미인들 다시 소생시키리.[188]
牧丹峯下嬋娟洞　洞裏埋香草自春
若爲借得仙翁術　喚起當年第一人

하고서 술에 취하여 여관에서 자는데, 많은 기생들이 아름다운 옷으로 예쁘게 단장하고 부드러운 모양으로 걸어와서 머리를 매만지며 말하기를, “첩(妾)들은 곧 선연동 사람들인데 어제 좋은 시(詩)를 저희들에게 주시어 저희들의 유골(幽骨)이 빛났으므로 느낀 바가 있어 감사드립니다.” 하였다. 이때 마침 새벽을 알리는 종소리가 은은히 들려오므로 깨어보니 꿈이었다. 다음날 다시 선연동으로 가서 차와 술로 전(奠) 드리고 시로써 유식(侑食)을 하였는데 그 시는 다음과 같다.

내 시가 추생의 율과 같이
유곡에 봄이 다시 오게는 못하지만
향혼을 꿈에서 보니

188 『靑莊館全書』 卷32~35, 『淸脾錄』

이 부인을 다시 보는 듯했네
不是鄒生律　能回幽谷春
香魂猶髣髴　重見李夫人

국포(菊圃) 강박(姜樸)이 평안 도사(平安都事)가 되었을 적에 제문(祭文)과 술을 가져가서 선연동의 무덤에 제사를 지냈는데, 뒤에 대간(臺諫)의 탄핵을 받았다. 나도 선연동을 유람하고 다음과 같은 시를 지었다.

선연동 풀은 비단 치마 같으니
고분에는 아직도 향기가 나네
오늘날 홍랑들아 어여쁨 자랑 말라
무수한 무덤 주인 그대들과 같았다네
嬋娟洞草賽羅裙　壞粉猶香暗古墳
現在紅娘休詫艶　此中無數舊如君

근래에 『서사가집(徐四佳集)』을 열람해 보니, "근래에 나의 친구가 사랑하는 사람과 용천(龍川)에서 이별할 적에, '물은 오열하여 흐느끼는 듯한데, 솟는 아침 해도 처량하네.[泉鳴咽而如泣兮 旭朝暾之凄涼]' 하는 부(賦)를 지어 주었다." 하였다.

옛사람들은 어떤 일로서 그 고장의 이름을 짓는 것이 많아서 지금은 용천이란 이름을 바꾸어 오열탄(嗚咽灘)이라 한다. 나도 희롱삼아 다음과 같은 절구(絶句) 1수를 지었다.

황공탄 앞에는 황공의 뜻이고
희환산 밑에는 희환의 정일세
어찌하여 오열하는 용천의 물은
이별하는 사람의 곡성과 같나
皇恐灘前皇恐意　喜歡山下喜歡情
如何嗚咽龍泉水　却似情人哭別聲

선연동과 오열탄은 좋은 대(對)가 된다고 할 만하다.

이때 마침 새벽을 알리는 종소리가 은은히 들려오므로 깨어보니 꿈이었다. 다음날 다시 선연동으로 가서 차와 술로 제사를 지내고 시로써 제사 때 삼헌작(三獻酌)과 삽시(揷匙)한 후에 제관들이 문 밖에 나와 문을 닫고 잠시 기다리는 일을 하였다.

손곡 이달(李達)[189]은 당시의 유행에 따라 송시(宋詩)를 배우고 정사룡(鄭士龍)으로부터 두보(杜甫)의 시를 배웠다. 그러나 박순(朴淳)은 그에게 시를 가르치면서 "시도(詩道)는 마땅히 당시(唐詩)로써 으뜸을 삼아야 한다. 소식(蘇軾)이 비록 호방하기는 하지만, 이류로 떨어진 것이

189 1539년(중종 34)~1612년(광해군 4) 본관은 신평(新平). 자는 익지(益之), 호는 손곡(蓀谷)·서담(西潭)·동리(東里). 원주 손곡(蓀谷)에 묻혀 살았기에 호를 손곡이라고 하였다. 제자 허균(許筠)이 그의 전기 「손곡산인전(蓀谷山人傳)」을 지으면서 "손곡산인 이달의 자는 익지이니, 쌍매당이첨(李詹)의 후손이다."라고 밝혀 본관이 신평(新平 : 충청남도 당진)인 것이 확인되었지만, 서얼이어서 더 이상의 가계는 확실하지 않다. 충청남도 홍성군청 앞과 강원도 원주시 부론면 손곡리 손곡초등학교 입구에 그의 시비(詩碑)가 세워져 있다.

다."라고 깨우쳤다. 그리고 이백(李白)의 악부(樂府)·가(歌)·음(吟)과 왕유(王維)·맹호연(孟浩然)의 근체시(近體詩)를 보여주었다.

이에 그는 이백·왕유·맹호연의 시를 보고 시의 오묘한 이치가 그들의 작품에 있음을 깨닫고, 집으로 돌아와 당시를 열심히 익혔다. 『이태백집(李太白集)』과 성당십이가(盛唐十二家 : 당나라 때의 유명한 열두 명의 시인)의 글, 유우석(劉禹錫)과 위응물(韋應物)의 시, 양백겸(楊伯謙)의 『당음(唐音)』 등을 모두 외웠다고 전한다. 이렇게 5년 동안 열심히 당시를 배우자, 시풍이 예전과 달라졌다는 평가를 받았다.

비슷한 품격의 시를 쓰던 최경창(崔慶昌)·백광훈(白光勳)과 어울려 시사(詩社)를 맺어, 문단에서는 이들을 삼당시인(三唐詩人)이라고 불렀다. 이들은 봉은사(奉恩寺)를 중심으로 하여 여러 지방을 찾아다니며 시를 지었는데, 주로 지방에서 많이 모였다. 임제(林悌)·허봉(許篈)·양대박(梁大樸)·고경명(高敬命) 등과도 자주 어울려 시를 지었다.

이달의 시는 신분 제한에서 생기는 울적한 심정과 가슴 속에 간직한 상처를 기본정조로 하면서도, 따뜻한 느낌의 시어를 맛깔나게 사용했다. 근체시 가운데서도 절구(絶句)에 뛰어났다. 김만중(金萬重)은 『서포만필』에서 조선시대의 오언절구 가운데에 이달이 지은 「별이예장(別李禮長)」을 대표작으로 꼽았다. 그만큼 그의 오언절구는 유명했다.

허균은 「손곡산인전」에서, "이달의 시는 맑고도 새로웠고, 아담하고도 고왔다(淸新雅麗). 그 가운데에 높은 경지에 오른 시는 왕유·맹호연·고적(高適)·잠삼(岑參)의 경지에 드나들면서, 유우석·전기(錢起)의 기풍을 잃지 않았다. 신라·고려 때부터 당나라의 시를 배운 이들이 모두 그를 따르지 못했다."고 높이 평가했다.

시집으로 제자 허균이 엮은 『손곡집』 6권 1책이 있다. 이 밖에 최경창의 외당질 유형(柳珩)이 엮은 『서담집(西潭集)』이 있다고 전하나 현재 확인되지 않고 있다. 1623년(광해군 15, 인조 1) 이수광(李睟光)이 쓴 『서담집』의 서문(序文)만이 전하고 있다.

이달은 서자였기 때문에 일찍부터 문과에 응시할 생각을 포기했지만 또 다른 서얼들처럼 잡과(雜科)에 응시하여 기술직으로 나가지도 않았다. 특별한 직업을 가지지도 않았고, 온 나라 안을 떠돌아다니면서 시를 지었을 뿐이다. 그러나 성격이 자유분방했기에 세상 사람들에게 소외당하기도 했다. 한때 한리학관(漢吏學官)이 됐지만, 마음에 들지 않는 일이 생겨서 벼슬을 버리고 떠났다. 한편 잠시 동안 중국 사신을 맞는 접빈사의 종사관으로 일하기도 했다. 그는 일흔이 넘도록 자식도 없이 평양의 한 여관에 얹혀 살다가 죽었다. 무덤은 전하지 않는다. 아마도 선연동을 자주 찾았다고 짐작된다.

이러한 일이 알려진 후, 영조 때 문인 국포(菊圃) 강박(姜樸)[190]이 평안도사가 되었을 적에 제문(祭文)과 술을 가져가서 손곡처럼 선연동의 무덤에 제사를 지냈다고 한다. 이 일로 인해 뒤에 대간(臺諫)의 탄핵을 받았다.[191]

강박(姜樸)은 1714년(숙종 40) 절일제(節日製)에 장원, 이듬해 식년문

---

190 1690(숙종 16)~1742(영조 18). 조선 후기의 문신으로 본관은 진주(晉州). 자는 자순(子淳), 호는 국포(菊圃). 홍익(弘益)의 증손으로, 할아버지는 언(琂)이고, 아버지는 석훈(碩勛)이며, 어머니는 이서우(李瑞雨)의 딸이다. 큰아버지인 석번(碩蕃)에게 입양되었다.

191 "姜菊圃樸爲平安都事 操文澆酒於洞墳 後爲臺臣所彈" 『青莊館全書』 卷之十.

과에 을과로 급제하여 홍문관정자가 되었으나 척신(戚臣) 민진원(閔鎭遠)과 어유구(魚有龜) 등을 탄핵하다가 안주(安州)에 유배되었다. 곧 풀려나 1723년(경종 3) 홍문록(弘文錄)에 뽑히고 수찬이 되었으며, 이듬해 부수찬이 되었다. 1727년 부교리를 거쳐 다시 수찬이 되어 경연(經筵)에서 윤지술(尹志述)을 탄핵하다가 파직 당하였다. 그해 정미환국으로 소론이 집권하자 기용되어 수찬·부교리·교리·필선·함종부사(咸從府使)·장례원판결사 등을 역임하였다.

당대의 이름난 문장가로서, 특히 오상렴(吳尙濂)·채팽윤(蔡彭胤) 등의 시맥(詩脈)을 계승한 시인으로 잘 알려졌다. 저서로 『국포집』·『국포쇄록(菊圃瑣錄)』 등이 있다.

이덕무도 선연동을 유람하고 시를 지었다.[192] 이처럼 「청비록」에 '선연동'을 소재로 한 시화가 풍부하다. 이것은 역사적 소재들이 역사적 사실로서의 의미보다 시적(詩的) 제재로서 의미를 지니는 경우이다. 시에 동원되는 역사적 사실은 역사적 문맥 속에서 지니는 의미보다 시인의 시상을 드러내는 데 필요한 도구적 역할에 머문다.[193] '선연동'을 소재로 한 시에서 시인은 회상적 정서로, 아름다운 여자의 죽은 영혼을 위로한다. 이들 작품들은 특정한 계급에 속했던 기생들을 추모하고 있다는 점에서 더 애절함을 드러낸다.

풍류시인들은 이곳을 기생들의 생전의 모습과 죽은 뒤의 모습을 대

192 『靑莊館全書』 卷之十 「完山李德懋懋官著男光葵奉杲編輯德水李畹秀蕙隣校訂」 雅亭遺稿[二]○詩[二] 嬋娟洞 "嬋娟洞艸賽羅裙。剩粉殘香暗古墳。現在紅娘休詑豔。此中無數舊如君。"

193 김창식, 『林白湖詩 一考』, 『한양어문』 3집, 한국언어문화학회, 1985, 95~96쪽.

비하면서 북망산의 관점에서 보고 있다. 그런 까닭에 여기서 창작된 시 작품들의 경향은 그 아름다운 영혼을 위로하는 회상적 정서를 드러낸다. 결국 시인들에 의해 평양의 기생에게 북망산 '선연동'은 다른 지역의 유사한 '궁인야'보다 보편성을 가지게 된다.

(4) 임백호집

『임백호집(林白湖集)』은 조선 중기의 문인 임제(林悌)[194]의 시문집으로 4권 2책, 목판본이다. 본래 『백호집(白湖集)』이다. 『백호집』은 원래 아우인 환(懽)이 출간하려고 이항복(李恒福)이 선정(選定), 편차(編次)하여 서문까지 썼으나 뜻대로 안 되었다. 임제의 종제(從弟)인 서(惰)가 1621년(광해군 13) 함양군수로 있을 때 간행하였다. 신흠(申欽)의 서문과 이항복의 구찬서문(舊撰序文), 서의 발문이 있다.

『임백호집』은 1759년(영조 35) 서의 현손(玄孫) 상원(象元)이 본가 소장의 판목(板木)의 결락분(缺落分)을 보궐하여 자신의 발문을 붙였다. 구한말 10수부를 활판으로 3간한 바 있다. 1958년 저자의 12대손 종필(鍾弼) 등이 석판으로 4간하였으며, 종필이 발문을 썼다.

『임백호집』 권1에는 오언절구 65수, 오언근체시 127수, 오언장률(五言長律) 4수, 오언고시(五言古詩) 33수, 권2에는 칠언절구 232수, 권3에는 칠언절구 58수, 칠언근체시 179수, 칠언장률 6수, 칠언고시

194 1549(명종 4)~1587(선조 20). 조선 전기의 문인. 본관은 나주(羅州). 자는 자순(子順), 호는 백호(白湖)·풍강(楓江)·소치(嘯癡)·벽산(碧山)·겸재(謙齋). 아버지는 절도사를 지낸 임진(林晉)이다.

165수가 수록되어 있다. 권4에는 부(賦) 3편, 전(箋) 1편, 문(文) 3편, 지(志) 1편이 있다.

『임백호집』 중간본에서 「원생몽유록(元生夢遊錄)」이 부록으로 첨가되었다. 4간에서 「남명소승(南溟小乘)」과 「화사(花史)」가 별책부록으로, 「청등론사(靑燈論史)」와 「부벽루상영록(浮碧樓觴詠錄)」이 별책습유(別冊拾遺)로 첨가되어 총 4책이 되었다.

『임백호집』 권1에는 「만취정십영(晩翠亭十詠))」·「영사당팔영(永思堂八詠)」 등 서경시가 뛰어난 경지를 이루고 있다. 제가 성운(成運)에게 수학했던 법주사에 있으면서 이달(李達)에 차운한 시, 허성(許筬)을 애도한 만시(輓詩)가 다정다감한 그의 내면세계를 표출하고 있다.

『임백호집』 권2에 실린 「과한명회묘(過韓明澮墓)」는 한명회(韓明澮)의 묘를 지나면서 지은 시이다. 의리와 권도(權道)에 대해 풍자적으로 시사하고 있다. 현실의 무상함과 공명의 허망함을 노래한 시로는 「송도(松都)」·「차강(次江)」 등이 있다.

『임백호집』 권3에는 탐라 여행에서 지은 것과 호남지방을 여행하고 쓴 기행시가 많다. 특히, 이달(李達)·백광훈(白光勳) 등과 화답한 시도 있다.

『임백호집』 권4의 「제대곡선생문(祭大谷先生文)」은 스승인 성운에게 바치는 제문이다. 지(志)는 「수성지(愁城志)」로서 형이상학적 세계를 고도의 은유적 수법으로 형상화한 가전체 소설이다.

그가 북평사(北平事)에서 서평사(西平事)로 올 적에 이를 사직하고 지은 것으로, 우원(迂遠)한 비유로 자신의 불우함을 탄식하고 있다.

조선중기 시인 백호(白湖) 임제의 시에도 '선연동'을 소재로 한 시가 빠지지 않는다. 임제는 어려서부터 지나치게 자유분방해 스승이 없었다. 20세가 넘어서야 성운(成運)에게 배웠다. 1570(선조 3) 22세 되던 겨울날 충청도를 거쳐 서울로 가는 길에 쓴 시가 성운에게 전해진 것이 계기가 되어 성운을 스승으로 모셨다고 한다.

젊어서는 얽매임을 싫어하여 기녀와 술자리를 즐기며 살았다. 1571(선조 4) 23세에 어머니를 여의었고 이때에 잠시 동안 술을 끊고 글공부에 뜻을 두었다. 과거에 몇 번 응시했으나 번번이 떨어졌다. 그로부터 계속 학업에 정진했으며 『중용』을 800번이나 읽은 일은 유명한 일화이다.

1576년(선조 9) 28세에 속리산에서 성운을 하직하고, 생원·진사에 합격했다. 이듬해에 알성시에 급제한 뒤 흥양현감(興陽縣監)·서북도병마평사(西北道兵馬評事)·관서 도사(關西都事)·예조정랑(禮曹正郎)을 거쳐 홍문관지제교(弘文館知製教)를 지냈다. 그러나 성격이 호방하고 얽매임을 싫어해 벼슬길에 대한 마음이 차차 없어졌으며 관리들이 서로를 비방 질시하며 편을 가르는 현실에 깊은 환멸을 느꼈다고 한다.

그는 관직에 뜻을 잃은 이후에 이리저리 유람하다 고향인 회진리에서 1587년(선조 20) 39세로 세상을 떠났다. 죽기 전 여러 아들에게 "천하의 여러 나라가 제왕을 일컫지 않은 나라가 없었다. 오직 우리나라만은 끝내 제왕을 일컫지 못하였다. 이와 같이 못난 나라에 태어나서 죽는 것이 무엇이 아깝겠느냐! 너희들은 조금도 슬퍼할 것이 없느니라."고 한 뒤에 "내가 죽거든 곡을 하지 마라."는 유언을 남겼다. 검(劍)과 피리를 좋아했고 술 마시고 방랑하며 여인과 친구를 사귄 짧은 삶이었다.

임제는 벼슬에 환멸을 느껴 유람을 시작했으며 가는 곳마다 많은 일화를 남겼다. 서북도 병마평사로 임명되어 임지로 부임하는 길에 황진이의 무덤을 찾아가 시조 한 수를 짓고 제사지냈다가 부임도 하기 전에 파직당한 일과 기생 한우(寒雨)와 시조를 주고받은 일, 평양기생과 평양감사에 얽힌 일화도 유명하다. 이러한 일화로 인해 사람들은 그를 평가하길 기이한 인물이라고 했으며 또 한편에서는 법도에 어긋난 사람이라 했다. 그러나 당시의 상반된 평가와는 상관없이 그의 글은 높이 평가됐다. 저서로는 「수성지(愁城誌)」·「화사(花史)」·「원생몽유록(元生夢遊錄)」 등 3편의 한문소설을 남겼으며 문집으로는 『임백호집(林白湖集)』 4권이 있다.

임제는 자신의 복잡다단한 내면세계를 수많은 시로 형상화한 시인이었다.[195] 특히 시 창작에 있어서 술과 기생은 빠질 수 없는 소재였다. 임제의 기생들과의 로맨스나 그들의 삶에 대한 관심은 작자의 호색 취미나 호기에 찬 여성 편력의 자취라는 견지에서만 볼 수 없다[196]는 주장에는 다소 이견이 있다. 한시의 입장에서는 작품론 관점에서 접근하기 때문이다. 반면에 한시 작가론은 생애에 따라 다양한 층위의 작품 논의가 가능하다. 한시의 작품군에서 임백호의 시 작품들은 호색기질로 수응(酬應)한 한시를 지은 사대부 작가로 볼 수 있다. 임제의 시 제목처럼, 「을밀대를 올라 선연동을 바라보며[登隱密臺 望嬋娟

195 김창식, 『林白湖詩 一考』, 『한양어문』 3집, 한국언어문화학회, 1985, 108쪽.
196 윤채근, 「林悌의 시문학 : 일상과 초일상의 분열」, 『한문학논집』 19, 근역한문학회, 2001, 127~129쪽.

洞」는 기생의 처연함과 영웅의 흥망을 대비하고 있다.

꽃과 새에 마음 상하며 몇 봄을 지냈나
비에 씻진 지분기가 누런 흙을 물들였네.
만고의 흥망 속에 영웅들 사라졌으니
하물며 그때 춤추고 노래하던 그대들에랴.[197]
花鳥傷心度幾春　雨沾脂粉染黃塵
興亡萬古英雄盡　何況當時歌舞人

시인은 화조(花鳥)에 상심하며 몇 해를 지내다 보니, 비에 씻진 지분기가 물들인 황진(黃塵)에도 의미를 두게 된다. 이 황진은 선연동에 누워있는 기생들의 혼(魂)이며 한(恨)이다. 그러면서 회상한다. 이제는 만고의 흥망 속에 영웅들도 사라졌다. 하물며 그때 춤추고 노래하던 기생은 이제 누런 먼지가 되어 흩어져 버렸다.[198]

(5) 계산기정

『계산기정(薊山紀程)』[199]은 조선 순조 3년(1803) 음(陰) 10월 21일에

197 『林白湖集』卷之三 七言絕句. 登隱密臺 望嬋娟洞.

198 "이처럼 이 시에서 선연동에 묻힌 기생들은 만고의 영웅들과 더불어 사라진 존재, 한 때의 빛나는 영화를 상징하는 추억들이다. 즉 영웅과 기녀의 영상이 이 시에선 우연히 한 지점에 모아진다. 이 우발적인 겹침을 통해 우리는 기녀의 삶과 영웅의 삶이 임제에게 있어선 어떤 사태에 대한 동일한 은유일 수 있다는 깨달음에 봉착한다." 윤채근, 앞의 논문, 2001, 127~129쪽.

임금을 하직하고 길을 떠난 동지사(冬至使)를 수행한 한 무명씨(無名氏)의 선비가 연경(燕京)을 왕복한 노정(路程)에서의 견문(見聞)과 감회를 적은 한시(漢詩)를 일기체로 편차한 것이다.

『계산기정』은 전 5권이다. 1권부터 3권까지는 왕로(往路)의 기행시(紀行詩)이고 제 4권은 복로(復路)의 그것이다. 제 5권은 부록으로 사행의 제반 절목(節目)을 비롯, 저자가 목격 또는 조사한 당시 청(淸)의 문물제도·풍속·습관·산천(山川)·도리(道里) 등을 21항으로 요약 정리한 것이다. 원본은 필사본이고, 지금 통행하는 것은 대동문화연구원(大東文化硏究院)의 『연행록선집』 제19편으로 수록된 영인본인데 원문은 물론 한문이다.

순조 계해년 동지사의 사행은 정사(正使) 민태혁(閔台爀), 부사(副使) 권 선(權襈), 서장관(書狀官) 서장보(徐長輔)이며, 부록에 보이는 입책시(入柵時)의 보단(報單)에 따르면 사행의 수종(隨從) 인원은 도합 2백 53인이고, 마필(馬匹)은 1백 96두였다. 이러한 동지사 일행이 전후 1백 52일을 소비하여 1천 1백 83리나 되는 연경을 다녀온 것이다.

무명씨는 연경에서 그의 자술(自述)에 따르면, 영조(英祖) 51년(1775)생으로 자를 성서(聖瑞), 호(號)를 동화(東華)라고 했는데, 서장관이었던 서장보의 친구였던 관계로 서장관의 수행원 한 사람으로 동지사의 사행을 따라 연경을 다녀온 것 같다. 서장관을 수종하는 인원도 11명이나 있었으니, 저자는 그의 별배행(別陪行)으로 따라가지 않았나 생

199 계산기정(薊山紀程)에서 '계산'은 계구(薊丘)의 별칭으로 곧 연경(燕京)을 이르는 말로 쓴 것이다. 따라서 계산기정은 연행록이라는 말과 같은 뜻으로 쓰인 것이다.

각되는데, 그는 말을 타고 여행을 했고 사행 가운데서 상객(上客)에 속하는 대우를 받았으며 행동도 비교적 자유스러웠던 점을 들 수 있다.

정사 민태혁(閔台爀, 1746~1806)은 자는 자삼(子三), 여흥인(麗興人)으로 정조 3년(1779)에 문과(文科)에 장원급제하고 여러 직을 거쳐 우참찬(右參贊)까지 지냈고, 정조 14년(1790)에 동지겸사은부사(冬至兼謝恩副使)로 이미 연경을 다녀온 경험이 있었고, 동지진하정사(冬至進賀正使)로 떠나기 직전에도 예조 판서로 원접사(遠接使)가 되어 청사(淸使)를 영접해 들이기도 했다.

부사 권 선(생졸미상)은 호는 경암(絅菴), 안동인(安東人)으로 진사(進士) 장원을 했고, 정조 9년(1785)에 문과에 급제했다. 서장관 서장보(1767~?)는 자는 공서(公瑞), 호는 장계(長溪) 또는 추양(秋陽), 달성인(達城人)으로 순조 1년(1801)에 문과에 장원급제하여 예조 판서까지 지냈다. 『계산기정』은 서장보가 보관하고 있던 것이 전해졌는데, 일부에서는 그것을 바로 서장보의 저술로 다루기도 하지만 발정일(發程日)의 이가시서(離家詩序)에 '추양(秋陽) 서 학사(徐學士)가 세폐 서장관(歲幣書狀官)에 충임되어 나에게 같이 가기를 의논해 왔다' 한 것만을 보아도 그것이 서장보의 저술이 아님을 곧 알 수 있다.

『계산기정』으로 불리는 동지사 수행원의 기행시집(紀行詩集)은 출성(出城)·만도(灣渡)·도만(渡灣)·유관(留館)·복로(復路) 등 도합 5부로 이루어져 있다.[200]

200 그 5부의 내용은 다음과 같다.

1. 출성 : 발정일인 계해년(1803) 10월 22일부터 동 11월 22일까지 41일 동안의 일기인데 지은 시는 99수. 서울을 출발하여 의주(義州)에 도착 용만관(龍灣館)에 체류

일기의 체재는, 먼저 날짜·날씨·출발지·오찬(午餐) 지점·숙박지 등을 간략하게 적고 그 끝에 가서(家書)의 수발 사항을 쌍행(雙行)으로 주기(注記)한 것이 나오고, 그 다음부터 줄을 바꿔 2격을 떼고 시제(詩題)를 적고 다시 줄을 바꿔 역시 2격을 떼고 시서(詩序)를 쓴 후에 줄을 바꿔 시를 적는 식으로 되어 있다. 시는 도합 4백 45수이므로, 여행 일수 1백 52일을 가지고 보면, 매일 거의 3수씩을 지은 셈이 된다. 탁월한 작시(作詩) 기량을 발휘했다고 하겠다.

시서는 그 장단이 일정하지 않으나 1천 자를 돌파하는 예는 적지 않고, 연경 체류중인 11월 20일의 '柘庭酒席輿引泉劉紹叔共賦詩序'는 무려 3천 9백 16자의 장문으로 되어 있다. 연경 체류 중의 시서는 대부분 장문으로 견문과 사건의 경과를 적은 것이어서 일종의 기행문의 구실을 할 수 있다. 사행이 의주까지 가는 동안에는 국내의 땅이어서 자연 마음의 여유가 있고, 도강(渡江)하면 행격의 고초가 심하므로 구태여 다급하게 월경(越境)할 것까지 없다는 심리가 작용하여 유람 기분을 내는 듯한 느낌을 갖게 하는 일면을 보여주기도 한다. 세 사신이 사행의 점검인 이른바 사대(査對)를 끝내고는 연광정(練光亭) 같은 누

하는 동안까지를 다룬 것이다.

2. 만도 : 11월 24일부터 12월 3일까지 10일 동안의 일기로 시는 59수. 의주의 용만관을 떠나 압록강을 건너 십리하보(十里河堡)까지 가는 동안의 일을 다룬 것이다.
3. 도만 : 12월 4일부터 동 24일까지 21일 동안의 일기로 시는 1백 24수. 심양(瀋陽)을 거쳐 연경의 옥하관(玉河館)에 들게 되는 동안의 일을 다룬 것이다.
4. 유관 : 12월 25일부터 익년(1804) 2월 1일까지 36일 동안의 일기로 시는 1백 85수. 연경의 옥하관에 머무르면서 활동한 일을 다룬 것이다.
5. 복로 : 2월 2일부터 3월 25일까지 53일 동안의 일기로 시는 78수. 연경의 옥하관을 떠나 서울에 돌아와 귀가하기까지의 일을 다룬 것이다.

정(樓亭)에서 기악(妓樂)을 펼치는 등 즐긴 일이 몇 차례 있었고, 또 연도의 수령들이 베푸는 향응을 받기도 했다.

저자는 젊은 나이인 탓도 있었겠지만 좋은 기회에 견문을 넓히자는 의욕이 왕성하여, 명승고적은 두루 답사하고 그 결과를 정력적으로 시문에 옮기기도 했다. 이를테면 그가 평양에 당도하여 대동관(大同館)에서 3일을 체류하는 동안에 연광정·구주단(九疇壇)·한사정(閑似亭)·인현서원(仁賢書院)·충무사(忠武祠)·무열사(武烈祠)·부벽루(浮碧樓)·청류벽(淸流壁) 등을 두루 찾아다녔고, 평양을 떠나는 날에는 서행로(西行路)로 연결되는 보통문(普通門)으로 나가지 않고 칠성문(七星門)으로 나가 기자암(箕子菴)과 선연동(嬋姸洞)을 구경했다. 그리고 의주에 도달해서는 용만관(龍灣館)에서 11일이나 체류했는데 그 동안 전문영(箭門營)·내훈문(來薰門)·통군정(統軍亭)·취승당(聚勝堂)·이의정(二宜亭)·청음유적비(淸陰遺蹟碑)·구룡정(九龍亭)·망진루(望震樓)·응향당(凝香堂)·내선각(來宣閣) 등 많은 곳을 탐방하였고, 당시의 의주 특유의 통군거화(統軍擧火)와 기녀치마(妓女馳馬)도 구경했다. 사행이 의주(義州)를 떠날 때는 다들 긴장하여 그야말로 임전태세를 취하고 나서는 것이었다.

문집 『계산기정』의 일부를 인용하면 다음과 같다.

> 3일(갑오)[201]
>
> 흐림. 순안(順安) 50리를 가서, 안정관(安定館)에서 묵었다. 파

201 『薊山紀程』 卷1, 출성(出城) ○ 계해년(1803, 순조 3) 11월[1일-22일]

발마 편에 가서를 올리고 또 편지를 받았다.

기자묘(箕子墓)

아침에 떠나 칠성문(七星門)으로 해서 나갔다. 서행(西行) 길은 본래 보통문(普通門)으로 나가는데 지금은 기자묘를 찾아가기 위해 그렇게 간 것이다. 소나무와 삼나무가 묶은 듯이 서 있고 네모난 담이 사방을 둘러 있는데 그 가운데에 기자묘가 있었다. 묘는 네모나고 위가 뾰족한데 높이가 여러 길이며 앞에 작은 비석이 있는데 '기자묘(箕子墓)'란 세 글자가 새겨져 있다. 또 비석이 하나가 있어 가운데가 부러지고 다만 '묘(墓)' 자 하나가 남아 있는데, 쇠못으로 붙여 놓았다. 옛날 임진왜란 때 왜적이 비석을 부러뜨리니 후세 사람이 고쳐 세우고서, 새로움을 꾀하면서 옛 모습을 남기자는 뜻에 붙여, 그대로 다시 돌을 합쳤다는 것이다. 정자각(丁字閣) 안에 시판(詩板) 1, 2개가 걸려 있다.

기자성 성 북쪽 길에
돌말이 황량한 평원 가운데 있네.
높은 봉우리는 천 겹의 형세요
소나무 삼나무는 만고의 기풍이라.
끊어진 비석엔 이끼가 글자를 침식하고
네모난 묘소엔 풀이 무성하게 자랐네.
토속으로 향불 받드나
공의 신령 땅속의 물과 같으리.

箕城城北路　石馬荒原中
巘嶂千重勢　松杉萬古風
斷碑苔蝕字　方墓艸成叢
土俗修香火　公靈地水同

선연동(嬋姸洞)

선연동 안에는 분묘가 다닥다닥 늘어서 있는데 이는 읍의 기생들을 장사한 곳으로 선연(嬋姸)이라는 이름은 이 때문에 생긴 것이다. 길에는 큰 돌이 마주 보고 있는데 높이가 여러 길이 된다. 정말로 풍수가가 일컫는 '배가 가는 형상'이다. 그래서 돌을 세워 2개의 노를 본떠서 배가 가는 형상을 만든 것이다.

선연동 안에는 풀이 연기 같은데
무수한 저 황폐한 무덤 다 한 평생 살았던 이들이라.
아깝게도 봄철은 흘러가고 멎지 않아서
뭇 향기 꽃도 지기 전에 묻혀 버렸네.
嬋姸洞裡艸如煙　無數荒墳摠百年
可惜春光流不住　衆香埋沒落花前

이처럼 기생들의 한(恨)과 그것을 위로하는 시인의 마음을 드러내고 있다. 선연동은 한때 화려한 풍류의 중심이었던 '기생'의 찬란한 아름다움과 이승의 한이 서린 진토가 된 '죽음'의 두 가지 이미지를 지녔다. 또한 시인들은 그녀들에 대해 회상적 정서로 소통하고자 하였다.

선연동의 기생들을 추도의 시를 지은 시인들과 다시 시로 정서를 교환한다. 추모의 감정을 담긴 시어들은 시인들에 의해 선연동에 고운 넋들을 잠들게 하는 역할을 한 것이다.

5

운초 김부용의 시에 나타난 선연동 연구

1) 운초 김부용의 한시

운초(雲楚) 김부용(金芙蓉)[202]은 황진이, 이매창과 함께 조선 시대 3대 여류 기생 시인 중 한 명으로 손꼽힌다. 운초는 평안도 성천의 관기 시절, 연천(淵泉) 김이양(金履陽)[203]을 만나 인연을 맺었다. 김이양은 안동 김씨 세도가의 일원으로서 각 조의 판서·한성부판윤·함경도관찰사 등의 고위관직을 두루 거쳤다. 치사한 뒤에는 봉조하(奉朝賀)[204]의

---

202 1805년~1854?년. "운초 김부용은 생몰연대가 추정할 수밖에 없다. 다만 여러 연구에 있어서 가장 설득력이 있는 것은 1805~1806년 출생하고 1851년 11월 이후에도 생존한 것으로 알려져 있다. 김부용이 연천 김이양을 평양에서 만난 시기는 대략 19세가 되던 해, 1824년쯤으로 김이양의 나이 70세이었다." 김여주, 「김운초의 한시 연구」, 성균관대학교 박사학위논문, 1991, 13쪽 참조.

203 1755년(영조 31)~1845년(헌종 11). 사후에 영중추부사(領中樞府事)에 추증되었다. 『국조방목(國朝榜目)』

204 조선시대 공신·공신적장(功臣嫡長)·동서반 당상관 등이 치사(致仕)한 뒤에 임명되

지위를 누렸다. 운초는 김이양이 치사한 뒤 그의 소실이 되어 한양을 중심으로 생활하다가 세상을 떠난 뒤에는 태화산에 있는 연천 가문의 선산에 묻혔다.[205] 운초는 어린 시절부터 시기(詩妓)로 널리 알려져 다른 여류 기생 시인에 비하여 운초는 상대적으로 많은 350여 수의 시[206]를 남겼기에 이에 대한 연구가 활발하다.[207] 한시는 일제강점기에 발간

는 관직이다. 이 제도는 전직 고급관료를 대우하던 일종의 훈호(勳號)로서 직사(職事)는 없다. 다만 정조(正朝)·동지(冬至)·탄일(誕日) 등의 하례식에만 참석하고, 재직시의 품계에 따라 소정의 녹(祿)이 지급되는 은급제도(恩給制度)이다. 『경국대전(經國大典)』

205 김이양 대감과 사별 후 정절을 지키며 살다 유언에 따라 그의 묘 근처에 묻혔다. 1974년 이후 매년 4월 말 천안문화원 주최로 천안문인협회 천안향토사연구소, 천안차인회 그리고 뜻을 함께 하는 사람들이 추모행사를 갖고 있다. 『천안』, 『평안남도지(平安南道誌)』, 「성천도호부(成川都護府)」, 인물조(人物條).

206 유고집(遺稿集)으로는 『운초당시고(雲楚堂詩稿)』(규장각 소장), 『운초기완(雲楚奇玩)』(필사본, 국립중앙도서관 소장본)이 있고, 일제강점기 때 김호신(金鎬信)이 편찬한 『부용집(芙蓉集)』이 있다. 이 외에도 『陳錤洪本 雲楚堂詩稿』, 『장서각 소장본 雲楚集』, 『淵民本 芙蓉集』, 『玉板宣紙錦譜에 실린 운초의 시』도 있다.

207 김용숙, 「조선조 여류문학의 특질」, 『아세아여성연구』 14집, 아세아여성문제연구소, 1975; 김지용, 「삼호정시단의 특성과 작품」, 『아세아여성연구』 16집, 아세아여성문제연구소, 1977; 박종수, 「운초 시가에 대하여」, 『우리문학연구』 6.7집, 1987; 김여주, 「김운초의 한시연구」, 성균관대학교 박사학위논문, 1991; 김미란, 「19세기 전반기 기녀, 서얼시인들의 문학사적 위치」, 『문학과 사회집단, 집문당, 1995; 이혜순, 『한국고전여성작가연구』, 태학사, 1999; 김경미, 「조선후기의 새로운 여성문화공간 삼호정 시사」, 『여성이론』 5호, 여성문화이론연구소, 2001; 김명희, 「최초의 조선 여성 문단인-운초시의 특질」, 『여성문학연구』 11, 한국여성문학학회, 2004; 박영민, 「운초, 관기와 기생첩의 경계에 선 하위주체」, 『한국고전여성문학연구』 11권, 한국고전여성문학회, 2005; 박영민, 「관기의 연회와 시회」, 『코기토』 62, 부산대학교 인문학연구소, 2007; 박영민, 「기생의 한시, 사회적 정체성과 섹슈얼리티의 서사」, 『동방한문학』 33, 2007; 박영민, 「19세기 여성화가 운초의 회화활동과 그 성격」, 한국고전여성문학연구』 17권, 한국고전여성문학회, 2008; 이화형, 「기생시조에 나타난 윤리의식 고찰」, 『시조학논총』 39, 한국시조학회, 2013; 하경숙, 「스토리텔링을 통한 여

(1934)된 『삼천리』에서 언급될 정도로 이른 시기부터 관심을 받았다.[208]

지금까지 기생 김부용의 한시 연구는 조선 정조 때에 시인으로 유명했던 연천 김이양의 소실(小室)된 전후의 작품 중심이었다. 그러나 기생 시절에 운초 김부용의 한시 연구는 새로운 접근이 필요하다. 운초와 연천의 애정을 중심으로 사대부와의 교류에 편중되어 있기 때문이다.

더구나 운초시(雲楚詩)에 대한 한계는 대부분 불평등한 신분 차이의 치열한 갈등을 드러내 보이지 않는다[209]는 지적이 있다. 그렇다면 성천 관기로서 기생 김부용의 처연(悽然)한 신세를 드러내는 한시를 찾을 수 있지 않을까 하는 의문점에서 논의를 진행하고자 한다. 바로 연구자들이 거의 거론하지 않는 운초의 작품 「고분(孤墳)」 3편이 재인식의 추론 대상이다.[210] 구체적으로 「고분」 3편은 평양 칠성문 밖에 기생

성 인물의 가치와 의미-운초 김부용의 문화콘텐츠를 중심으로-」, 『온지논총』 41, 온지학회, 2014.

208 "金芙蓉은 號를 秋水과 하야 260년 전 成川名妓로서 書畵詩賦를 잘 하야 漢詩 문단에 盛名을 날이든 분이다. 더구나 「相思」의 此一篇은 自由詩型을 본떠 그 暢達한 詩想을 마음대로 담은데 더욱 뜻이 깁다. 本誌는 매월 계속하야 이 名妓의 詩歌를 연재코저 하노라."(미상, 「사상」, 삼천리, 제6권 제5호, 1934년 5월 1일, 132~134쪽 참조.)

209 김여주, 「김운초의 한시연구」, 성균관대학교 박사학위논문, 1991, 154~155쪽.

210 「고분(孤墳)」은 『운초당시고(雲楚堂詩稿)』(규장각 소장) 및 『부용집(芙蓉集)』을 토대로 한 허경진, 「운초 김부용 시선」, 『한국의 한시』 37, 평민사, 1993에서 출전되어 있다. 그밖에 『운초기완(雲楚奇玩)』(필사본, 국립중앙도서관 소장본), 『운초집(雲楚集)』, 『풍요삼선(風謠三選)』에서는 시 제목이 「고분(孤憤)」으로 되어 있다. '고분(孤憤)'이라는 뜻은 "홀로 충성을 다하였으나 세상에 용납되지 않음을 분개한다"라 할 수 있다. 시의 내용에서 고분(孤憤)으로 보기에는 다소 어긋나 있다. 세상에 용납되지 않아 분개한다는 것이 찾기가 어렵다. 과연 연작시로 담을만한 고분(孤憤)의 내용은 아니다. 반면에 '고분(孤墳)'은 외로운 무덤이다. 이 경우에는 시의 내용과 시

들의 무덤을 일컫는 '선연동'을 노래한 시라고 재인식하고자 한다.

당시 조선의 기생들은 공물(公物) 혹은 관물(官物)이라 하여 관청에 예속되어 있는 노비에 지나지 않았다. 관노비로서 자유로이 움직일 수도 없는 이들은 흔히 변방의 군인들의 시중을 들거나, 관아 행사의 연예, 사신의 접대 등에 동원되었다. 그들은 때로는 병사나 관리들의 수청까지 들어야 했고, 30세가 넘으면 퇴기(退妓)로 물러나야 했다. 인격이나 자존심을 거론하기 힘들 만큼 그들의 천한 삶은 기록으로 남기도 쉽지 않았다.[211]

기생 김부용도 여기에서 자유롭지 못하였다. 아무리 시재(詩才)가 뛰어나더라도 천한 기생은 분명한 한계가 있는 것이다. 더구나 관기들이 연(宴)에서 시를 지을 때는 지켜야 할 규칙이 있었다. 즉 연회에서의 관기의 행위는 '어떤 기예를 하던 연회의 흥(興)을 돕는 것이어야 한다'[212]는 것이다. 성천 관기이었던 기생 김부용은 평양과 성천에 열리는 연회에서 개성을 발휘해야만 했기에 미천한 신분의 차이에 대한

어, 배경 등이 고분(孤墳)과 부합하다. 따라서 「고분(孤墳)」은 『운초당시고(雲楚堂詩稿)』(규장각 소장), 『부용집(芙蓉集)』에 수록되고, 후에 『운초기완(雲楚奇玩)』(필사본, 국립중앙도서관 소장본), 『운초집(雲楚集)』, 『풍요삼선(風謠三選)』 등에 「고분(孤憤)」으로 오기(誤記) 또는 전의(轉義)된 경우로 판단된다. 본 논문에서는 「고분(孤墳)」을 시 제목으로 삼겠다. 이러한 표기의 일관성을 논의의 전제로 삼고자 한다.

211 이화형, 「기생시가에 나타난 자의식 양상 고찰」, 『우리문학연구』 34, 우리문학회, 2011, 129쪽.

212 "그래서 우리는 관기가 지은 작품을 살펴볼 때 연회에서 지은 작품인지 아닌지를 먼저 판별해야 한다. 때로 우리는 연회에서 흥을 돕는 데에 기여해야 한다는 詩의 規則에 충실히 지은 작품을 쉽게 가려낼 수도 있다." 박영민, 「관기의 연회와 시회」, 『코기토』 62, 부산대학교 인문학연구소, 2007, 45쪽.

갈등은 있었다고 보인다. 관기로서의 정체성에 대한 고민이 묻어 있으며 그 신분적 갈등에 맨 끝에는 '선연동'이 자리잡고 있지 않았나 한다. 왜냐하면 선연동은 기생의 북망산이기에 누구나 예외없이 가야 할 곳이며, 관기의 정체성을 드러내는 공간이었기 때문이다.

2) 성천(成川) 관기(官妓)로서의 정체성 갈등

운초 부용[213]이 태어난 곳은 평안남도 성천군(成川郡)이다. 성천군[214]은 평안남도 동남부에 위치한 군으로 성천면 서쪽의 흘골산(紇骨山)에는 흘골산성이 있다. 주위가 약 1km나 되는데 비류왕국의 송양왕이 축성했다고 전한다. 산성 밑 비류강가에는 동명왕궁의 터가 있었다고 하나 폐허가 되었다. 『세종지리지(世宗地理志)』 성천도호부(成川都護府)의 기록을 보면 다음과 같다.

> 본래 沸流王 松讓의 옛 도읍인데, 고려 太祖 14년 신묘에 비

---

213 "叔父가 本代文章이라, 부용은 그 숙부에게 글을 배워 일찍 詩鋒을 노출하여 成川郡 백일장에서 詩로 壯元하든 때가 겨우 十六歲이었으며 그는 성천부사 金履陽의 문학에 심취하여 당시 白髮紅顔의 老少差異가 아주 현저함에 불구하고 김이양의 妾이 되어 15년간을 함께 同居하다가 김이양이 죽으매 부용이 三年喪을 마친 후에 다시 다른 사람에게 가지 아니하고 束身하더니, 死後에는 그 遺言에 따라 金履陽墓옆에 埋葬하였다." 문일평, 『湖岩全集』 第三卷, 조광사, 1940, 330쪽.

214 조선시대 초기에는 서북면(西北面)의 한 주로 군정이 실시되었으나, 1413년(태종 13)에 서북지방을 평안도로 하고 관찰사를 파견하게 되었을 때 성천은 도호부가 되어 도호부사가 주류하게 되었다.

> 로소 剛德鎭을 두었고, 顯宗 9년 무오에 成州防禦使로 일컫다가, 뒤에 知郡事로 고쳤다. 본조 太宗 13년 계사에 例에 의하여 成川郡으로 고쳤다가, 15년 을미에 例에 따라 都護府로 승격시켰다. 別號는 松讓이다. 劒山 사방 경계는 동쪽으로 황해도 谷山에 이르기 13리, 서쪽으로 殷山에 이르기 30리, 남쪽으로 江東에 이르기 31리, 북쪽으로 陽德에 이르기 11리이다. 호수가 1천 68호, 인구가 2천 9백 99명이며, 軍丁은 侍衛軍이 1백 87명, 翼軍이 3백 92명, 船軍이 1백 55명, 守城軍이 21명이다. 山城은 府 서남쪽 屹骨山에 있으며, 溫泉이 府 서쪽 溫水里에 있고, 降仙樓가 客舍 서쪽 모퉁이에 있다.[215]

도호부(都護府)는 군사적 성향이 강한 행정구역이기에 기생의 역(役)에서 해야 될 일들이 많은 지역이다. 변방에서 근무하는 군관들을 위해 해당 군현에 소속된 방직기녀(房直妓女)[216]가 이에 해당한다. 이러한 지역적 정서가 다분하던 곳이 성천군이었다. 여기서 나고 자란 성천 기생 김부용은 꿈꾸던 이상과 냉엄한 현실은 너무나 달랐다. 시재(詩

---

215 成川: 都護府使一人, 兼寧邊道左翼兵馬。本沸流王松讓之故都。高麗 太祖十四年辛卯, 始置剛德鎭, 顯宗九年戊午, 稱成州防禦使, 後改爲知郡事。本朝太宗十三年癸巳, 例改成川郡, 越十五年乙未, 例陞爲都護府, 別號松讓。劒山。四境, 東距黃海道谷山十三里, 西距殷山三十里, 南距江東三十一里, 北距陽德十一里。戶一千六十八, 口二千九百九十九。軍丁, 侍衛軍一百八十七, 翼軍三百九十二, 船軍一百五十五, 守城軍二十一。山城在府西南屹骨山。溫泉在府西溫水里。降仙樓, 在客舍西隅。『世宗實錄』「世宗地理志」地理志 平安道 安州牧 成川都護府.

216 房直妓女는 국경을 지키는 병사들을 위로하고 격려하기 위해 배치된 기생을 말한다.

才)가 있는 기생일지라도 예외가 없었다.

관기 김부용이 활동하던 시절의 성천에는 강선루(降仙樓)·반선루(伴仙樓)·통선관 등 12루를 비롯해 총 337칸에 달하는 10여 채의 웅대한 건물이 맞붙어 있었다. 관서팔경(關西八景)의 하나로 꼽혔다. 특히 강선루는 1617년에 개축한 누각으로 규모가 장대해 조선시대 누각건축을 대표한다.

등강선루(登降仙樓)

단풍진 무산(巫山)에 늦가을 보내며
잔 잡고 십이루에서 바람을 맞네.
만 섬이나 되는 시름 모두 눈으로 씻어내니
물빛 같은 푸른 하늘에 구름만 떠 있네.[217]

巫山黃葉送殘秋　把酒臨風十二樓
萬斛閒愁都潑雪　碧天如水楚雲浮

「등강선루(登降仙樓)」 작품은 자연 앞에 서서 자신의 순수한 감정을 그대로 드러낸다. 시인은 자신을 무산(巫山)에 내려온 선녀로 인식하지만 시름과 외로움을 감추지 못한다. 흐르는 시간 속에 머물러 있는 시인은 상대적으로 위축된 느낌을 갖기 때문이다. 강선루에 오른 시인은 선녀가 된 듯하지만, 어느새 구름이 되어 정처없이 떠도는 신세가 되는 것이다.[218]

---

217 「登降仙樓」, 『雲楚奇玩』(筆寫本), 국립중앙도서관 소장본.

'강선루(降仙樓)'란 말은 이곳 경치가 아름다워 하늘에서 선녀들이 내려와 비류강 맑은 물에 미역을 감고 성천 12봉에 뿌리박은 오색무지개를 타고 오르내렸다는 전설에서 비롯되었다. 동명관(東明館)은 원래 객사의 중심건물의 이름인데, 객사 누정(樓亭)들 가운데서 다른 나라 사신들을 맞는 연회장으로 이용한 누각(樓閣)으로서 건축미와 건축수법이 뛰어나고 우람한 강선루의 이름을 따서 전체 이름을 대신하기도 했다.[219] '강선루'를 소재로 수용해서 시로 형상화가 바로 「관악(觀樂)」이다. 그 연회에서 춤을 추던 기생 부용은 스스로 선녀(仙女)라는 모습으로 비유한다. 그리고 강선루에서 성천 기생들은 추었던 황학무와 금사무는 사신들을 맞이하는 공식 행사의 공연물로 유명했다.[220]

관악(觀樂)

성천의 고운 기녀 푸른 치마를 입었는데
치마폭마다 봄바람에 걸음마다 향기로구나.
누런 학이며 금사자며 맞아서 춤을 추는데
강선루 위에 선녀들이 내려왔구나.[221]
成都紅妓碧羅裳　幅幅春風步步香
黃鶴金獅迎起舞　降仙樓上降仙娘

218 김근태·백승명, 『국역 운초기완』, 성환문화원, 2010, 39~40쪽.
219 "강선루는 고려시기인 1343년에 세웠고 조선시대(1618, 1768~1778)에 다시 지어졌다." 『조선향토대백과』, (사)평화문제연구소, 2008.
220 김근태·백승명, 『국역 운초기완』, 성환문화원, 2010, 29쪽.
221 「觀樂」, 『雲楚奇玩』(筆寫本), 국립중앙도서관 소장본.

'관악(觀樂)'은 본래 임금이 음악을 관람하는 것을 말하며, 팔관회나 위로연을 베풀 때 주로 행하여졌다는 뜻이다. 김부용의 「관악(觀樂)」은 강선루 누정에서 연회를 그린 칠언절구 한시다.

「패성연유(浿城宴遊)」는 대동강에서 뱃놀이를 말한다.[222] 운초는 기녀로서의 현실세계와 자신의 정신세계를 변별할 수 있을 만큼 지적 면모를 갖춘 여성이었다. 연희의 분위기에 휩쓸리거나 끝난 뒤의 허망함에 자신의 감정을 내맡기지 않고 자신의 누릴 맑은 정신세계가 따로 있음을 인식한다. 이러한 고도한 정신세계에의 추구는 자신의 불우한 삶에 대한 적극적인 극복 의지를 표출한 것이다. 운초의 삶에서 변화와 갈등의 요소로서 그녀의 지적 질량에 영향을 끼쳐 시세계를 넓히고 승화시키는데 일정한 구실을 한 것은 대개 연천 김이양과의 만남이었다.[223]

패성연유(浿城宴遊)

화려한 문 단청한 난간 저무도록 흥청대니
성 가득 노래 소리 밝은 달 아래 들리네.
강 하늘에는 따로 맑은 정신세계 있으니
푸른 휘장 친 孤舟에 젓대소리 바람에 들려오네.[224]
繡戶紅欄夕未空　滿城歌吹月明中

222 패강(浿江)은 평양에 흐르는 대동강(大同江)을 말하는데, 열수(洌水), 패수(浿水), 왕성강(王城江) 등으로 불린다.

223 김여주, 「운초 시의 특징」, 『한국한문학연구』 15, 한국한문학회, 1992, 393쪽.

224 「浿城宴遊」, 『雲楚奇玩』(筆寫本), 국립중앙도서관 소장본.

江天別有醒神界　靑慢孤舟一笛風

기생은 의료나 침선의 기술 또는 가무의 기예를 배우고 익혀서 국사의 필요한 일에 참여하던 여성들이었다. 그러나 기생은 조선시대 팔천 중의 하나로 불릴 만큼 신분상으로 천한 계층이었다. 특히 그들에게는 적어도 사대부들의 술자리 시중을 드는 것이 기본이었다. 따라서 의식 있는 기생들이 신분에 대해 불만을 갖는 것은 자연스러운 일이며 더구나 지적인 기생의 경우는 자신들의 정체성과 더불어 주체성을 드러내는 측면이 두드러졌다.[225]

하지만 연천 김이양은 부용을 기생으로 대하지 않고 손녀처럼 귀여워하면서 한 사람의 시인으로 대해 주었다. 평양감사와 성천부사를 따라 대동강과 능라도, 부벽루, 연광정, 모란봉, 을밀대를 두루 돌면서 시를 읊고 노래를 부르며 즐기던 꿈같은 며칠을 지냈다.

연광정(練光亭)

긴 성을 감돌아 대동강이 질펀하게 흐르는데
난간에 기대었더니 흡사 고깃배 탄 듯하네.
한조각 눈발이라도 어디에서 떨어지듯
물 빠진 모래밭에 흰 갈매기만 내려앉네.[226]

---

225 이화형, 「기생시조에 나타난 윤리의식 고찰」, 『시조학논총』 39, 한국시조학회, 2013, 202쪽.

226 「練光亭」, 『雲楚奇玩』(筆寫本), 국립중앙도서관 소장본.

一面長城溱浿流　憑欄恍若座漁舟
不知片雪從向落　潮退平沙下白鷗

본래 연광정은 평양시 중구역 대동문동에 있는 고구려 시기 누정이다. 고구려 시기 평양성을 건설할 때 함께 세우고 그 후에 고쳐 지었다.[227]

부용은 「연광정(練光亭)」 작품에서 평양성을 감돌아 대동강이 질펀하게 흐르는 연광정 난간에 마치 고깃배 탄 듯 기대된다고 한다. 연광정에서 바로 본 대동강에는 한 조각 눈발이 떨어지듯이 썰물의 모래밭에 흰 갈매기만 내려앉았다고 노래한다. 조선시대 평양의 연광정을 노래한 다른 시인들[228]의 한시들 중에서도 부용의 한시는 뛰어나다. 대동강은 일찍부터 문학의 소재로서, 또 문학적 발상의 계기로서 역대의 문학작품 가운데 두루 나타난다. 문학의 원초적 형태라고 할 신화에서 이미 대동강은 그 배경으로 설정되어 있다.

운초는 관아의 연회에 참석하여 노래·춤·악기·시를 행할 때 심지어 술을 따르고 흥을 돋우는 일까지 모든 자신의 일이 역(役)을 지는

227 "현재 연광정이 서있는 자리는 고구려시기 평양성 내성의 동쪽 장대터이다. 고려시대 평양성을 보수하여 서경으로 하면서 1111년 이 자리에 다시 누정을 세우고 이름을 '산수정'이라고 하였다. 그 후 보수도 하고 다시 세우기도 하면서 그 이름을 연광정이라고 고쳐 부르게 되었다. 연광정은 경치가 좋아 옛날부터 관서팔경의 하나로 알려졌다. 연광정은 '제일루대', '만화루' 등으로도 불렸다. 현재의 연광정은 1670년에 다시 지은 것이다." 『조선향토대백과』, (사)평화문제연구소, 2008.

228 예컨대 김창업(金昌業)의 「연광정(練光亭)」, 최경창(崔慶昌)의 「연광정(練光亭)」, 고경명(高敬命)의 「연광정(練光亭)」 등의 한시이다.

공적 행위임을 의식하고 자신이 기예를 펼치는 공간을 연(宴)이라고 표현했다. 기생들에게 연(宴)은 직업 공간, 공적 의무를 행하는 공간이었다. 그래서 운초는 연회가 파하고 난 뒤의 피로를 자주 호소하였다. 관기의 연회 참석은 노동 강도가 매우 센 공적 노역이었다.[229]

많은 학자들은 운초가 소실된 후의 시들에 비해, 성천 관기의 시세계가 다양하지 못한다고 지적한다. 이러한 기녀시절의 시가 보여주는 한계라는 지적에 다른 의견을 제시하고자 한다. 기생 김부용은 성천 부사와 평양 감사 등과 어울러 대동강에 배를 타고 주유하면서 대동강의 부벽루에 이르러 절경을 즐겼다. 평양 대동강의 뱃놀이에는 기생의 기악(妓樂)이 빠질 수 없다. 연회에서만 화려한 관기 시절에는 평소 천민으로서 기생의 삶을 드러내기가 부담되었을 것이다. 왜냐하면 성천이라는 관서지방의 관기로서 지역을 벗어나 자유롭게 다닐 수 있는 양민이 아니었기 때문이다. 그럼에도 불구하고 기생으로서의 생활과 그 당시 풍속의 일면을 살펴볼 수 있게 표현한 운초 김부용의 시는 소중하다. 성천과 평양의 관서 지방의 명소를 소재로 한 기생의 작품은 거의 드물다. 앞서 논의 작품들은 관서지방 성천과 평양의 명승지를 소재로 삼아 창작된 시들이다. 시의 내용은 성천부사, 평양감사에 이끌려 연회에서의 기악(妓樂)이기에 관기로서의 정체성에 대한 고민이 묻어 있다.

운초는 고민에 대한 결과를 시로서 표현하게 되었다. 바로 서도기

229 박영민, 「운초－관기와 기생첩의 경계에 선 하위주체」, 『한국고전여성문학연구』 11, 2005.

생, 즉 평양기생들에게는 그녀들만의 북망산(北邙山)을 소재로 한 시를 지어 그 끝을 노래하였다. 여기서 북망산은 평양성 칠성문 밖에 기자묘 근처의 공동묘지, 즉 선연동(嬋娟洞)을 말한다.

3) 선연동을 소재로 한 「고분(孤墳)」

(1) 「고분」 1 – 진흙 속에 묻히길 바라고

'고분(孤墳)'은 '외로운 무덤'이지만 누구의 무덤인지 알지 못한다. 「고분(孤墳)」은 더구나 1편이 아니라 연작시로 3편이다. 한 명의 무덤이 아니라 여러 명의 무덤인 셈이다. 따라서 '선연동(嬋娟洞)'과 같은 외로운 기생들의 무덤을 소재로 삼은 시라고 할 수 있겠다. 시 작품의 창작 계기 중에는 특정 인물과 관계된 무덤을 소재로 한 작품들이 많다.[230] 주로 역사적 소재를 특정 인물과 관계된 고택, 묘지, 사당 등을 지나거나 접했을 때, 시인의 감성은 풍부하게 작품을 남기게 되었다. 자주 등장하는 시어 중에도 기생과 관련된 것들이 많다.[231] 기생이 직접 지은 시들은 문집으로 남지 못한 채 대부분 회자되면서 전해졌다.

---

230 鄭道傳의 「廉義之墓」, 成三問의 「夷齊廟」, 李達의 「魯山墓」, 崔慶昌의 「過忠壯公楊照之墓」, 李玉峰의 「過魯山君墓」, 權韠의 「過松江墓」, 鄭斗卿의 「箕子廟」, 趙秀三의 「趙松山墓」 등을 들 수 있다.

231 예컨대 해어화(解語花), 선연(嬋娟), 선연(嬋妍), 염기(艶妓), 동기(童妓), 무기(舞妓), 성기(聲妓), 가인(佳人), 가기(歌妓), 현기(弦妓), 예기(藝妓), 미기(美妓), 가기(佳妓), 애기(愛妓), 압기(狎妓), 장기(壯妓), 의기(義妓), 도기(都妓), 창기(娼妓), 천기(賤妓), 퇴기(退妓) 등을 들 수 있다.

주변 인물을 통해 회자되다가 시화집, 시선집, 야담, 소총 등으로 정착된 작품들은 오늘날까지도 남아있다. 시화집, 시선집 등에 실려 있는 기생의 한시는 대부분 사대부 편저자의 시선과 담론화의 과정을 거쳐 취사선택된 것이다.[232] 운초 김부용의 경우는 개인 문집이 남아있다는 것만으로도 소중하다. 조선시대 여류 작품 수에서도 귀하기 때문이다.

지금까지의 운초 연구에서는 운초와 연천의 애정을 강조하며 운초의 기생, 첩이라는 계층적 성격과 그 그림자를 배제하려는 의도가 보인다. 운초가 기생과 첩이었다는 사실을 접어두고, 그가 독자적인 작가의식으로 남성 사대부와 대등하게 창작 행위를 하였다는 점을 강조하기도 한다. 물론 대부분 연구자들은 운초에 대해 남성 사대부와 교류한 부분에 주목하여 사대부들에게 인정받고 함께 어울려 시작 활동을 하였다고 볼 수 있다. 사대부와 교류하는 관기와 첩의 관계는 종속관계이기에 작시 능력을 인정하더라도 한계가 있다. 이 때문에 우리가 중세 여성의 존재 양태를 이해하고자 할 때, 관기나 첩이라는 사회적 신분을 제거하는 것은 위험한 접근 방법[233]이라는 지적에 전적으로 동의한다. 이에 반해 김부용은 기생으로서 신분 차별에 대한 갈등을 처연하게 표현한 「고분(孤墳)」에서 찾을 수 있다. 바로 선연동으로 돌

232 "기생 한시의 전래는 조선시대의 기생 제도가 사대부의 지배 담론에서 벗어날 수 없었던 현실과 궤를 함께 한다"는 의견에 동의한다. 박영민, 「기생의 한시, 사회적 정체성과 섹슈얼리티의 서사」, 『동방한문학』 제33집, 2007, 169~170쪽.

233 박영민, 「운초-관기와 기생첩의 경계에 선 하위주체」, 『한국고전여성문학연구』 11, 2005, 239~240쪽.

아갈 수밖에 없는 평양 기생의 처지를 사실적으로 시로 표현한다.

'선연동'은 평양 기생의 북망산(北邙山)으로 알려진 평양부 북쪽 칠성문(七星門)에 있었던 기생의 장지(葬地)를 말한다. 고려 후기부터 조성된 기생의 무덤이 총총히 있었던 곳이다.[234]

> 1828년 11월 5일 선연동(嬋姸洞)이 길가에 있는데 예부터 고을 기생을 장사지내는 곳이다. 올망졸망한 무덤들이 인가도 드문 쓸쓸한 들풀 속에 묻혀 있다.[235]

당시 평양기생이 죽으면 모두 여기에서 장사를 지냈다고 한다. 하지만 단순히 선연동은 기생들의 무덤이 아니다. 처연한 삶을 살아간 기생이 이승을 떠나 저승으로 가는 공간이다. 선연동은 인간의 죽음을 북망산천으로 형상화하는 것처럼 기생의 죽음을 형성화하는 대상이 된다. 선연동은 시를 통해서 평양기생의 것만이 아니라, 조선 기생의 북망산으로 확대된다.

조선시대 중국에 하정사(賀正使)로 가던 서장관이나 종사관은 평양을 거쳐 의주로 갔었다. 평양에 머무는 동안에는 대동강변의 을밀대, 부벽루, 모란봉 그리고 연광정을 유람하는 경우가 많았다. 그런데 당

234 「嬋娟洞」"瑤箏錦瑟化寒灰 環佩聲殘夜月哀 怊悵暮山雲雨地 香名不與骨俱埋"『敬齋先生文集』卷之一 詩 箕城三十韻 경재(敬齋) 하연(河演, 1376~1453)에 출전이 있는 것으로 볼 때, 평양의 기생 묘지로서 '선연동'은 고려 후기에도 존재한 것으로 사료된다.

235 嬋姸洞在路邊 自古邑妓所葬處也 纍纍衆墳 埋沒於野草荒『心田稿』[一] 十一月 初五日.

대 시인들은 마침 기자묘 근처 길가에 있던 기생의 공동묘지이었던 '선연동'의 기생들을 그냥 지나치지 않았다. 홍만종(洪萬宗, 1643~1725)의 『소화시평(小話詩評)』에서 "선연동은 당나라 때 궁인야(宮人斜)[236] 같은 곳으로 이곳을 지나는 시인들은 반드시 시를 남겼다"[237]는 기록이 남아 있다.

특히 선연동을 지나면서 글깨나 짓고 풍류를 아는 사람들은 꽃다운 넋을 추모하며 시를 지었다. 그중에서도 석주 권필의 시는 압권이다. '선연동'을 수용한 한시 중에 가장 뛰어나게 형상화된 시가 바로 석주의 이 시라고 할 수 있다.[238] 이 시에서 김부용은 '운초(雲楚)'라는 호

---

236 '궁인야'는 예전에 중국 당나라 장안(長安)에 궁인을 장사지내는 골짜기 묘지(墓地)로 알려져 있다. 궁인의 장례가 지역적인 측면과 관련된 것이 조선에서는 평양의 '선연동'이라 할 수 있다. 결국 선연동은 평양 칠성문 밖에 있는 기생들의 묘지로서 당나라 장안의 궁인야와 같은 곳이며, 시인들에 의해 전의(轉義)된 것이다. 궁인야(宮人斜)는 『소화비평』에 언급되어 있듯이 '비낄 사(斜)'를 '골짜기 이름 야(斜)'로 읽어야 한다고 교주(校註)가 달려있다. 후대에 문헌에서는 혼용되어 쓰다가 지금은 '궁인사'로 읽지만, 원문으로 '궁인야'로 읽는 것이 맞다. 신현규, 「선연동 시 연구-기생의 무덤을 소재로 한 시가 중심으로-」, 『우리문학연구』 29집, 우리어문학회, 2010, 39~43쪽.

237 "嬋娟洞在箕城七星門外 卽葬妓之處也 有若唐之宮人斜 騷人過此者 必有詩" 洪萬宗, 『小話詩評』.

238 "年年春色到荒墳 / 花似新粧草似裙 / 無限芳魂飛不散 / 至今爲雨更爲雲" 석주는 거친 무덤에도 해마다 봄빛은 찾아와 꽃으로 단장하고 풀로 치마를 둘렀다고 표현한다. 이는 아름다웠던 생전의 기생의 모습으로 선연동을 묘사한 것이다. 그러면서 이 많은 꽃다운 혼들이 아직 흩어지지 않았으며, 다시 살아난 선연동의 그녀들은 오늘도 비 되고 구름이 된다하였다. 이처럼 남다른 표현으로 무산지몽(巫山之夢)에서 조운모우(朝雲暮雨)의 무산신녀(巫山神女)와 초(楚) 양왕(襄王)을 이끌어 낸다. 『석주집(石洲集)』 卷之七 嬋娟洞, 신현규, 「선연동 시 연구-기생의 무덤을 소재로 한 시가 중심으로-」, 『우리문학연구』 29집, 우리어문학회, 2010, 57쪽.

(號)도 연관되지 않았나 생각된다. 더구나 부용의 시재는 어려서부터 중국의 유명한 여류시인들인 설도(薛濤), 탁문군(卓文君), 포령휘(鮑令暉) 등과 비교되었다.[239] 따라서 부용의 여류시인으로서 능력은 '선연동'을 소재로 한 작품을 남겼을 것이라는 가능성은 농후하다.

고분(孤墳) 1수

향기로운 좁은 길에 피어 있는 들난초
봄이 오면 물총새가 깃들기를 기다리네.
차라리 병든 숲의 쓸쓸한 잡초 되어
광풍에 흩날리어 진흙에 묻힐까 부끄럽네.[240]
蘭茁花發在芳蹊　留待三春翡翠棲
無寧寂寞捐林莽　羞逐狂風落溷泥

운초는 평양 칠성문 밖에 공동묘지, 선연동에 가는 향기로운 좁은 길에 피어 있는 들난초를 보면서 봄이 오면 물총새가 깃들기를 기다린다. 그러면서 처연한 기생들의 한이 깃들어 있는 선연동 숲의 쓸쓸한 잡초 되겠다고 노래한다. 여염집 조상들의 무덤이 아니라 기생들의 무덤이다보니 돌보는 이가 없다. 운초도 언젠가는 바람에 흩날리어 이승이 아닌 저승의 진흙 속에 묻혔으면 하는 바람을 시로 표현한다.

---

239 이화형, 「기생시가에 나타난 자의식 양상 고찰」, 『우리문학연구』 34, 우리문학회, 2011, 135~136쪽.

240 『운초당시고(雲楚堂詩稿)』(규장각 소장)

기생들의 혼은 바로 진흙으로 형상화된다. 오랜 세월이 흘러 그녀들의 혼은 진흙으로 변한다. 선연동을 소재로 한 다른 한시에서도 '진흙'은 같은 시어로 사용되었다. 물론 시의 배경도 기생들의 무덤, 즉 그녀들의 공동묘지 '선연동'이다. 시의 형식도 칠언절구로 선연동을 소재로 한 시들과 같다.

기존의 선연동을 소재로 삼은 다른 시들처럼 작시(作詩)의 유사성도 발견하게 된다. 예컨대 시어(詩語), 배경(背景), 형식(形式), 내용(內容) 등이 흡사하다. 평양기생은 기생의 숙명과 같은 차디찬 무덤으로 이승에서 저승으로 돌아가는 것이다.

평양 출신 기생은 '선연동'에 묻히는 것을 숙명으로 받아들인다. 이승에서 벗어나지 못한 기생의 굴레를 저승의 공간, '선연동'에서 다른 세계의 자유를 찾아내려 한 것이다.

(2) 「고분」 2 – 자존감을 드러내어

관기는 그들의 신분·직무에 따라 처하는 공간이 달라지고, 그 처한 공간에 따라 문학의 성격이 매우 달라지기 때문이다. 관기의 문학 공간은 크게 공적 공간과 사적 공간으로 구분할 수 있다. 공적 공간은 주로 연(宴)·유연(遊宴) 등으로 표현되며, 사적 공간은 회(會), 소집(小集), 소회(小會), 혼자만의 공간 등으로 다시 구분할 수 있다. 연(宴)과 회(會)는 공동체 공간이라는 점에서는 상통하지만 공적 공간과 사적 공간이라는 점에서 큰 차이가 있다. 특히 운초는 관기의 신분으로 역(役)을 수행하는 자리에서 시를 지을 경우와 역(役)에서 벗어나 소실이 된 뒤 다른 사람들과 함께 한 자리에서 시를 지을 경우를 구분하고 있다. 이는 자신과 시(詩)가 연회의 흥을 돋우기 위한 도구임을 항상 의식하고 있는 관기, 자신이 시를 위한 모임에 참여한 소실임을 구분하여 표현하는 태도로 보인다.[241]

기생은 사회적인 통념이나 가족적 관습에서 벗어난 특수신분이었다. 그들은 계급이나 성의 사각지대에 걸쳐 있으면서 문학을 통해서는 여성 특유의 정한 의식을 담아내는 편이었다.[242] 이 때문에 선연동의 가치가 드러낸다.

선연동을 방문한 시인들은 기행 형식으로 기록을 남겼고, 시 작품에서는 '선연동'을 역사적 소재로 적절하게 활용하였다.[243]

현재 전해지는 북한 자료에 의하면, 아직까지도 평양에서 '선연동'의 흔적을 찾을 수 있다. 평양 선연동은 다른 지명으로 '고노골'이라 한다. 예전에 칠성문(七星門)[244] 밖이라고 하였으니 대략 위치를 추측

---

241 박영민, 「관기의 연회와 시회」, 『코기토』 62, 부산대학교 인문학연구소, 2007, 45쪽.

242 이화형, 「李梅窓과 薛濤의 漢詩에 나타난 세계인식의 차별성 고찰」, 『우리문학연구』 44, 우리문학회, 2014, 267쪽.

243 '선연동'의 기생들이 등장하는 시에는 풍부한 시화(詩話)가 함께 남아 감상의 깊이를 더해 주었다. 또한 '선연동'은 사대부와 밀접했던 기생을 역사적 소재로 하여 당대 시인에게 매력적인 대상이었다. 시인들은 조선 기생의 북망산 '선연동'을 당나라의 궁인(宮人)의 북망산 '궁인야(宮人斜)'와 같이 역사적 소재로 삼아 노래한다.

244 칠성문은 성의 내성 북문으로, 칠성문이라는 성문 이름은 북두칠성에서 딴 이름으로 북문을 의미한다. 조영시기는 6세기 중엽고구려가 평양성을 축성할 때 쌓았다고 하며, 현재의 문루는 1712년(숙종 38)에 개수하였다. 이 성문에는 옹성(甕城 : 성문의 앞을 가리어 적으로부터 방어하는 작은 성)을 갖추고 있는데, 보통 성문의 것과는 달리 성문 앞쪽으로 나온 성벽의 끝을 보강하여 옹성으로 삼은 것이 특징이다. 성문 축대는 사각추형으로 다듬은 돌로 정연하게 쌓고 아치형의 성문을 갖추었다. 『북한

할 수 있다.

'고노골'은 평양시 모란봉구역 개선동 모란봉의 북쪽에 있는 골짜기를 말하는데, 고노동의 중심마을이 위치해 있다. '선연'은 고울 '선(嬋)'자, 예쁠 '연(娟)'자로서 얼굴이 곱고 아름다운 여자를 가리킨다. 옛날 고노골에 여자들의 무덤만이 많았다는 사실과 관련시켜 볼 때, 본래는 '고운 골'이였는데 그것이 와전되어 결국 '고노골'이 된 것으로 추정된다.[245] 일설에 의하면, 옛날 고니새가 많이 날아들던 골짜기라 하여 고노골이라 하였다. 북한 자료에 의하면, 개선동은 평양시 모란봉구역 17동의 하나로, 구역의 동쪽에 있는 동이다.

고분(孤墳) 2수
차가운 매화꽃이 가지에 혼자 달려
비바람에 시달리며 고개 숙였네.
비록 땅에 떨어진다 해도 그 향기는 남아 있으니
흐늘흐늘 버들강아지와 견주지 말라[246]
寒梅孤着可憐枝　殢雨顚風困委垂
縱令落地香猶在　勝似楊花蕩浪姿

의 자연지리와 사적』, 통일원, 1994.

245 1960년에 모란봉구역의 모란동, 고노동과 기림동, 평화동의 각 일부 지역을 병합하여 모란봉구역에 신설한 동으로서 김일성 주석이 1945년 10월 14일 개선연설을 한 곳에 있는 동이므로 개선동이라 하였다. 1983년에 모란봉구역의 평화동을 흡수하였다. 이 지역에는 개선혁명사적지, 김일성경기장, 개선문, 용화사, 홍복사 6각 7층석탑, 영명사불감 등이 있다. 북한 지역 정보넷(www.cybernk.net) 참조.

246 『운초당시고(雲楚堂詩稿)』(규장각 소장)

운초는 선연동의 차가운 매화꽃이 가지에 혼자 달려 비바람에 시달리며 고개 숙인 모습을 보고 처량해진다. 관기의 역은 언제나 힘들고 이겨내기가 어려운 일들을 당한다. 그래도 선연동의 매화꽃은 비록 땅에 떨어진다 해도 그 향기는 남아 있다고 노래한다. 미천한 노류장화(路柳墻花)의 흐늘흐늘 버들꽃에는 어찌 견줄 수 있을 것인가 스스로 애써 자존감을 만들어 내고 있다.

연행록 『노가재연행일기(老稼齋燕行日記)』에 문장가 김창업이 대동강에 배를 타고 주유하면서 뱃놀이 한다. 마침 보슬비는 내리고 기생들과 함께 강 언덕을 오르면서 버들강아지를 따서 먹었다 한다. 그 맛은 마치 비름맛 같아, 기생 계한매(桂寒梅)에게 "버들강아지는 기생의 혼이 화하여 된 물건이니, 너희들 기생이 먹는 것은 마땅하다"[247]한다고 한다.

선연동은 깊은 골짜기에 무덤더미가 촘촘히 쌓여 오랜 세월동안 기생, 그녀들의 혼령이 누워 묻혔다. 그녀들이 죽게 되면 여기에 묻히는 것은 어떻겠는가 하면서 노래한다. 이승이 아닌 저승에서는 객들을 위한 풍류가 아닌 그녀들만의 찬란했던 생전의 춤을 추고 노래를 부르고자 하였다. 비록 '선연동'에 묻혔지만 다시 찾아 아쉬웠던 미진한 풍류를 스스로 기생들만 즐기고 싶다는 것을 시로 표현한다. 선연동을 소재로 한 다른 한시에서도 '향기', '버들강아지'는 같은 시어로 사용되었다.[248] 물론 시의 배경도 기생들의 무덤, 즉 그녀들의 공동묘지

---

247 "飯後發行 乘舟至浮碧樓 時微雨 淸流壁下 江柳一帶盡綠 景色如畫 妓輩登岸 競摘柳花啖之 云味似莧 余取而一嘗 乃笑謂曰 柳花 妓魄所化之物 宜爲汝輩食也" 燕行日記제9권 癸巳年(1713, 숙종 39) 3월.

'선연동'이다. 시의 형식도 앞서와 마찬가지다.

(3) 「고분」 3 - 속절없는 인생의 무상함

봉건윤리 시대에 여성들은 주체적 존재로서 인정 받기 힘들었다. 조선사회와 당나라 시대 여성들은 능력과 활동에 비해 정당한 평가를 받지 못하는 제도적 한계 속에 살아야 했다. 그러나 신분이 비천한 기생은 재주와 기예를 통해 남성들과 자유롭게 교류할 수 있는 특수한 여성으로서 사회에 존재하였다. 기생들이라고 해서 모두 성적으로 문란하고 퇴폐적인 삶을 산 것은 아니었다. 조선시대 많은 인사들이 기생들에게 시를 바치거나 비석을 세우며 애도할 정도로 명기가 많았던 것도 그 반증이 된다. 물론 기생이 사대부들에게 정서적 동반자나 문학적 동지가 되기도 했다.[249] 운초 김부용과 연천 김이양은 문학적 동지였다. 그러한 동지적 관계는 부용을 기적(妓籍)에서 벗어나게 소실(小室)로 만들어 준다.

그런데 성천 관기시절의 김부용의 한시는 다소 편중된 관점에서 논의하고 있다. 예컨대 "운초의 기녀시절의 시를 살펴보면, 활발하고 기지에 찬 모습을 표출해 놓은 것이 대부분이나, 기녀라는 신분적 상황에 의한 수심(愁心)과 인간으로서 느껴지는 원초적 고독감이 전혀 없

---

248 '버들 양(楊)'과 '버들 류(柳)', 두 자(字)는 유의자이기 때문이다. '양화(楊花)'와 '류화(柳花)'도 마찬가지이다.

249 이화형, 「李梅窓과 薛濤의 漢詩에 나타난 세계인식의 차별성 고찰」, 『우리문학연구』 44, 우리문학회, 2014, 260쪽.

을 수 없었으므로 간혹 그러한 감정을 드러내는 시가 보인다. 그러나 운초는 그러한 감정을 감상 일변도로 쏟아 놓기보다는 주위의 분위기를 적절히 활용하여 담박한 분위기를 조성하여 절제된 정신세계로 형상화시키곤 한다."[250] 이러한 논의에 대한 재인식으로 「고분(孤墳)」의 경우는 다르다. 「고분」은 '외로운 무덤'으로 돌보는 이가 없는 쓸쓸한 공간이다. 관기로서의 정체성을 갈등하는 모습은 이 시에서 여실히 보여준다. 관기 부용이 '선연동' 무덤을 소재로 삼아 시를 지으면서 누구에게도 말하지 못한 외로움은 기생이기에 겪어야 했다.

> 고분(孤墳) 3수
>
> 그윽한 속 티가 없는 미인 눈썹 그리면서
> 배꽃에 비 뿌려도 발 내리고 혼자 앉아
> 꾀꼬리 소쩍새 소리야 참을 수 있었는데
> 먼데서 젓대 소리 들리니 이 마음 어찌하리[251]
> 幽愁黯淡歛青蛾　雨打紅梨晝掩紗
> 鶯哽鵑啼猶忍聽　其如山外笛聲何

이 시는 그윽한 속에 티가 없는 미인 눈썹 그리면서 배꽃에 비 뿌려도 발 내리고 혼자 앉는다고 했다. 그러면서 꾀꼬리와 소쩍새가 내는 소리야 참을 수 있었는데 먼데서 피리 소리 들릴 때 이 마음을 어찌하

250 김여주, 「운초 시의 특징」, 『한국한문학연구』 15, 한국한문학회, 1992, 390~391쪽.
251 『운초당시고(雲楚堂詩稿)』(규장각 소장)

리라 한다.[252] '선연동'은 단순한 묘지가 아니라, 용렬한 기생의 혼은 머물 수 없는 장지(葬地) 이상의 공간이라는 이미지를 지닌다. '선연동'을 노래한 시에는 '선연동'에 묻혀 있는 기생들을 추모하면서 속절없는 인생의 무상함을 보여주는 작품이 많다. 앞서 논의한 3편의 연작시 「고분(孤墳)」은 기존의 선연동을 소재로 삼은 시들처럼 작시(作詩)의 유사성을 발견하게 된다. 예컨대 시어(詩語), 배경, 형식, 내용 등이 흡사하다. 평양기생은 기생의 숙명과 같은 차디찬 무덤인 이승에서 저승으로 돌아가는 것이다.

'선연동'은 평양기생의 숙명과 같은 차디찬 무덤인 저승으로 돌아가는 곳이다. 그곳은 평양 기생의 북망산으로 알려진 평양부 북쪽 칠성문에 있었던 기생의 무덤들이다. 부용의 시 「고분」은 '선연동'와 같은 기생들의 무덤을 소재로 삼은 시라고 할 수 있다. 기존의 선연동을 소재로 삼은 시들처럼 작시(作詩)의 유사성을 발견된다. 3편 연작시에서 운초는 기생들의 공동묘지, 즉 선연동에 보잘 것이 없는 진흙 속에 묻히기를 바라면서도 자존감을 드러내고자 하였다. 이러한 정체성의 갈등에서 속절없는 인생의 무상함을 노래하면서 연작시를 완성하였다.

이처럼 성천 관기로서의 기생 김부용은 처연한 신세를 드러내는 「고분」에서처럼 외로운 무덤으로 가득 찬 '선연동'으로 갈 수 밖에 없는 기생의 운명은 벗어나고자 하였다. 성천의 관기, 김부용은 자신의

252 '淸波坮步柳'는 청파대에 핀 버들길을 산책한다는 뜻이다. 청파대의 버들길이 아마도 선연동에 가는 길목인 듯하다.

능력으로 최선의 선택은 바로 소실(小室), 즉 첩(妾)이 되는 것이었다. 연천 김이양 대감을 만나서 소실이 되지 못했다면 선연동에 들어갈 운명이었다. 이 때문에 시재가 뛰어난 부용의 경우는 남달라야 했다.

규장각 소장본 『운초당시고(雲楚堂詩稿)』에는 운초 김부용의 운명에 대한 이야기가 주석으로 달려있다.

> "운초는 자신의 운명을 물었더니, 세 구절로 대답해주었다고 한다. '花氈宴客'(꽃방석에서 손님들에게 잔치를 베풀다), '浪楫逢風'(물결 위에서 노를 젓다가 바람을 만나다), '峰房流密'(벌집에서 꿀을 흘리다) 운초는 초년에 기생 노릇을 했기 때문에 초년 구절은 맞았지만, 중년과 말년은 아직 겪어보지 못해서 알 수가 없었다."

위처럼 흥미 있는 구절이 나온다. 초년에는 널리 알려진 것처럼 여러 잔치에서 많이 불러 다닐 정도로 절창의 명기이었다. 중년에는 기생에 대한 차별의 위태로운 물결 위에서 벗어나기 위해 힘겹게 노를 젓다가 바람을 만난 격이다. 순풍에 돛을 단 형세다. 이것은 천한 기적(妓籍)에서 벗어나 안정된 삶을 영위하는 것이라 할 수 있다. 연천 김이양의 소실이 된 것이다. 말년에는 운초의 한시 작품들 덕분에 벌집에서 달콤한 꿀을 흐르듯이 향기가 사방에 가득하다. 예전에 뛰어난 가무와 시서화로 뭇 사내들을 휘감았던 향기는 아직도 그대로 남아있다. 그 나비는 시향(詩香)을 찾아온 꿀 주변을 맴돌듯이 그 향을 찾아든다.[253]

253 지금까지도 끊임없이 운초의 시를 연구하는 연구자가 어찌 보면 나비들이라고 생각된다. 그밖에 천안시 한국문인협회에서 매년 4월 26일에 '운초추모문학제'가 열리고 있는 것도 흐르는 꿀을 찾아드는 수많은 나비가 아닐까 한다.

6
마무리

이 책은 '선연동'을 소재로 하여 한시와 시조의 수용과 형상화 양상에 대한 연구를 목적으로 했다. '선연동'은 기생의 북망산, 즉 묘지를 말한다. 이는 한시와 시조의 역사적 소재가 되어 시 창작의 계기로 삼는 경우가 많았다.

'궁인야'가 중국 당나라의 궁인의 묘지로 지역의 특징적인 측면과 관련되었던 것처럼 조선에서는 선연동이 그 역할을 하였다. 이곳은 시인들이 기생들의 생전의 모습과 죽은 뒤의 모습을 대비적으로 음영하기를 즐겼던 장소이었다. 여기서 시인들은 시의 소재를 수용하거나 지향하는 바가 달랐다.

기생은 사대부 연회에 가무음률과 시서화를 할 줄 아는 해어화로 비록 '선연동'에 묻혔지만, 시인들은 그곳을 찾아 손님으로서 아쉬웠던 미진한 풍류를 즐기고 싶다는 것을 시로 표현했다. 다른 한편에서는 기생의 아름다움도 '선연동'처럼 흘러가는 세월 앞에서 속절없다는 깨달음을 추모의 시로 표현했다.

「시화집」에서 선연동 일화와 시는 『견한잡록』, 『송계만록』, 『자해필담』, 『청비록』 등에서 찾아 논의하였다. 〈연행록〉에서 평양 선연동 기행과 시는 『속조천록』, 『노가재연행일기』, 『계산기정』, 『심전고』 등에서 추적하였다. 또한 〈소품서〉에서 선연동의 시는 『석주집』, 『임백호집』, 『경정집』, 『추재집』, 『정유집』, 『해석유고』, 『석북집』, 『녹파잡기』, 『운초당시고』 등에서 30여 수, 그리고 시조 1수를 통하여 확인하였다.

특히 부용의 시 「고분」은 '선연동'와 같은 기생들의 무덤을 소재로 삼은 시라고 할 수 있다. 기존의 선연동을 소재로 삼은 시들처럼 작시(作詩)의 유사성을 발견했기 때문이다. 3편 연작시에서 운초는 기생들의 공동묘지, 즉 선연동에 보잘 것이 없는 진흙 속에 묻히기를 바라면서도 자존감을 드러내고자 하였다. 이러한 정체성의 갈등에서 속절없는 인생의 무상함을 노래하면서 연작시를 완성하였다.

이상의 논의를 통해서 '선연동'의 객이 되겠다는 풍류 지향과 어떤 아름다움도 세월 앞에서 속절없다는 깨달음의 양상을 살펴보았다. 선연동은 한때 화려한 풍류의 중심이었던 '기생'의 찬란한 '아름다움'과 이승의 한이 서린 진토가 된 '죽음'의 두 이미지를 지니고 있다. 여기에 당대 시에 등장하는 '선연동'의 기생들을 소재로 풍부한 시화가 남아 우리 시가 문학 감상의 깊이를 더해주고 있다.

[부록]

일제강점기 선연동 관련 한시 자료

西京雜絶 : 嬋娟洞

(靑吾, 1924.10.01., 開闢 52호, 154면)

〔嬋娟洞, 在平壤府北蛾眉山下, 卽自古妓生埋紅之地也.〕
嬋娟洞草綠萋萋, 敗粉殘香泣露凄.
最是無情原上土, 年年埋玉自高低.

西京雜絶 : 觀妓

(靑吾, 1924.10.01., 開闢 52호, 154면)

浿上佳娥花揷頭, 多情多恨又多羞.
無端更唱愁心曲, 不是愁人也動愁.

春月

(吳克善, 호:松觀, 1915.01., 新文界 3권1호, 詞藻 49면)

上元雪後月嬋娟, 愛見寒光入酒筵.
尋常一樣中天色, 人道新年勝舊年.

嘆落花

(惜陰子, 1915.06., 至氣今至 24호, 詞藻 26면)

一夜霏微露濕煙, 曉來和淚喪嬋娟.
不隨殘雪埋芳草, 盡逐香風上舞筵.
西子去時遺笑靨, 謝娥行處落金鈿.
飄紅墮白堪惆悵, 少別穠華又一年.

春草

(元用河, 주소:橫城郡古毛谷面山峴里, 1918.10, 朝鮮文藝 2호, 文藝 137면)

春色嬋娟積翠移, 春含和意少年期.
春入空山添草雨, 春生大地釀花時.
春日誘人推席興, 春風動我滿腔詩.
春心差病誰能識, 春到乾坤亦不遲.

기타
茂亭鄭萬朝考試 天籟子附評 選外

秋月

(李熙黼, 주소:東萊郡東萊面壽安洞, 1918.10, 朝鮮文藝 2호, 月朝部 84면)

一天空碧月華凉, 怊悵人間百感長.
銀浦無雲河影轉, 玉盤零露桂花香.

可堪圓潔終宵賞, 祗恐嬋娟隔歲忘.
水調歌殘遙望美, 不知何處是西方.

秋月

(金昇默, 주소:善山郡高牙面元湖洞, 1918.10, 朝鮮文藝 2호, 月朝部 92면)

月出秋山夜氣凉, 可憐光彩幾時長.
玉露凋傷楓葉落, 金風吹送桂花香.
皎潔如情頻欲問, 嬋娟作態亦難忘.
紅樓翠閣皆爲取, 更有餘輝照萬方.

주석
〔評曰: 第五第六之如字, 作字似未逼眞. 盖是佳句.〕

秋月

(朝鮮文藝一等當選, 李熙龢, 호:東萊郡, 1918, 半島時論 제12호, 海東文苑 66면)

一天空碧月華凉, 怊悵人間百感長.
銀浦無雲河影轉, 玉盤零露桂花香.
可堪圓缺終宵賞, 祗恐嬋娟隔歲忒.
水調歌殘遙望美, 不知何處是西方.

送菊迎梅
(荷亭, 1921.05, 儒道 2호, 詞藻 93면)

欣迓陰何帳送陶, 凄腓寧數草如袍.
月中霜裏嬋娟鬪, 閣內離邊頡頑高.
羹味從今調鼎鼐, 酒香憶昔合醨糟.
郁由打迸秋冬際, 免遣年年嘆燕勞.

桃花
(崔載漢, 호:谷山, 1927.05.01., 朝鮮 115호, 詩壇 38면)

不言如笑露丹脣, 色態嬋娟幻美人.
求氷瑤海歸王母, 設綗仙源問道眞.
日暖枝頭紅點點, 風微葉底綠蓁蓁.
花中第一名惟好, 玉洞蒸霞爛漫春.

鳳仙花
(朴澤萬, 주소:京城, 1928.08.07., 東亞日報, 漢詩 03면08단)

開遍粧臺舞榭間, 朱霞映入綠苔斑.
風前嫣娜千般態, 月下嬋娟二八顏.
肯與黃裳甘婢使, 却來丹穴厠仙班.
佳人玉甲尖如筍, 箇箇染成猩血殷.

기타
茂亭 鄭萬朝考選 選外佳作

詠梅

(韓正逑, 호:松壤, 1929.04, 朝鮮 138호, 詩壇 69면)

家有寒梅好, 淸香不染塵.
雪月來相照, 嬋娟對美人.

吟蝎婦

(崔益海, 호:新溪, 1929.06.01., 朝鮮 140호, 詩壇 59면)

嬋娟其婦少年時, 蝎以爲名亦可知.
巫峽神雲生綠鬢, 姮娥初月上織眉.
豪兒綾帛要求盡, 富客金錢蕩敗宜.
一曲淸歌將進酒, 人非木石孰能辭.

기타
松田學鷗 選

美人睡

(朴秉鎬, 주소:蔚山, 1930.03.06., 東亞日報, 漢詩 04면08단)

鮫綃枕畔碧紗廚, 一幅嬋娟睡鴨圖.
綠鬓雲欹橫寶髻, 羅衫風薄褪紅酥.
依然弱柳沈烟鎖, 彷彿柔花冒露濡.
莫使狂兒撼情夢, 佳期猶恐改中途.

주석
〔評曰: 玉臺遺響.〕

기타
茂亭鄭萬朝考選 二等

榴花

(崔載男, 주소:始興, 1931.07.26., 東亞日報, 漢詩 06면06단)

黃梅一雨過江城, 復有榴花五月明,
紅■嬋娟含火色. 絳唇燦爛奪星精.
枝頭探蜜峰鬚重, 葉底偸香蝶翅輕,
管物山家稱別品. 空令韻士惱詩情.

기타
茂亭鄭萬朝考選 選外佳作

西京懷古

(高性柱, 주소:濟州島, 1934.03.25., 朝鮮日報, 漢詩 02면9단)

鮮明秀麗各天成, 形勝偏多不記名.
山勢北來開玉闕, 江流西去抱金城.
春花開落嬋娟夢, 煙柳共長哀怨聲.
擧目那堪風景異, 斜陽冉冉客愁生.

주석
〔評曰: 先舒其江山之美, 後舒其風懷之情, 而不舒懷古,
此艶體也. 又得許丁卯懷古.〕

기타
碧梧山人考選 二等

清明

(得英齋, 주소:平壤, 1936.05.21., 朝鮮日報, 漢詩 05면04단)

清明淑氣又嬋娟, 萬化神機織自然.
靈雨綠沾芳草岸, 信風香送杏花天.
園桐漸紫晨含露, 溪柳深青晚帶烟.
春色方濃佳節屆, 詩人題此興無邊.

기타
桐崗考選 佳作

水仙花

(李石農, 주소:楊州, 1928.03.18., 東亞日報, 當選漢詩 04면01단)

岸芷汀蘭春色多,
五陵公子等閑過.
仙娘隔水嬋娟立,
手弄花枝眼送波.

주석
〔評: 結句妙絶.〕

기타
茂亭鄭萬朝選評 選外佳作

娼妓詞

(1914.10.01., 青春 1호, 漢詩 81면)

嬋娟東里女, 少小顔如玉.
爺孃愛重之, 獨娘無家督.
烏鵲非鸞侶, 殷勤求姻屬.
誤作娼家選, 觧唱相思曲.
金釵孔雀甓, 玉帶麒麟束.
朝李暮張妾, 角枕壓芳褥.
繁華能幾時, 歲月過轉燭.
園桃風落紅, 門柳烟鎖綠.
昔我如明月, 今我如晝燭.

掩鼻過西子, 如蒙不潔辱.
蕩子金又盡, 今日何碌碌.
北里有貧婦, 塵襪纔掩足.
猶聞妊姒訓, 不待箴規勗.
何必齊之姜, 憔悴當膏沿.
嫁與比隣郎, 夫妻情愛篤.
窈窕百年心, 皎若朝日旭.
何如女之耽, 百身誠難贖.

部中卽事

(李瓘, 호:敬菴, 1911.09.15., 天道教會月報 2권4호, 詞藻 44면)

返照嬋姸明樹頭, 高雲搖曳向江流.
滿目飜成秋意思, 關河添得遠人愁.

娼妓詞

(1914.10.01., 青春 1호, 漢詩 81면)

嬋姸東里女, 少小顔如玉.
爺孃愛重之, 獨娘無家督.
烏鵲非鸞侶, 殷勤求姻屬.
誤作娼家選, 觧唱相思曲.
金釵孔雀蹩, 玉帶麒麟束.
朝李暮張妾, 角枕壓芳褥.

繁華能幾時, 歲月過轉燭.
園桃風落紅, 門柳烟鎖綠.
昔我如明月, 今我如晝燭.
掩鼻過西子, 如蒙不潔辱.
蕩子金又盡, 今日何碌碌.
北里有貧婦, 塵襪纔掩足.
猶聞妊姒訓, 不待箴規勗.
何必齊之姜, 憔悴當膏浴.
嫁與比隣郎, 夫妻情愛篤.
窈窕百年心, 皎若朝日旭.
何如女之耽, 百身誠難贖.

三淸洞幽賞

(李瓘, 호:敬菴, 1915.08.15., 天道教會月報 61호, 詞藻 45면)

水石嬋姸肌骨淸, 璇風谷谷轉頭生.
夕照含山人盡醉, 世間難道此時情.

端午節三淸洞卽事

(車相鶴, 호:香山, 1917.07.15., 天道教會月報 84호, 詞藻 41면)

菖蒲獵獵艾芊芊, 畵出端陽五月天.
幾處嬋姸粧已了, 隔墻呼喚信相傳.
紅羅傘小爭遮日, 白紵裳長細拂烟.

携手綠楊門外去, 數聲香語送鞦韆.

落花

(金鍾𡻕, 호:龜峯, 1927.06, 朝鮮 116호, 詩壇 53면)

一夜霏微露濕烟, 曉來和淚喪嬋姸.
不隨殘雪埋芳草, 盡逐香風上舞筵.
西子去時遺笑靨, 謝娥行處落金鈿.
飄紅墮白堪惆悵, 少別穠華又隔年.

山花

(吳熙鍾, 호:成川, 1928.07, 朝鮮 129호, 詩壇 79면)

春節載陽花發園, 淸遊今日却忘昏.
千機錦繡繁華市, 萬點煙霞遠近村.
粉蝶探香過酒席, 蜜蜂負紫報衙門.
嬋姸此坎嫩如妓, 向我笑耶終不言.

釜山八景 : 三, 瀛洲明月

(閔丙晟, 주소:棠庵, 1928.09.02., 東亞日報, 詞藻 03면07단)

沙洲月印漾空明, 幾處仙家擣藥聲.
誤路徐生終不識, 嬋姸長照古今情.

玉簪花
(任奎淳, 주소:天安, 1928.10.24., 東亞日報, 漢詩 03면07단)

如簪如玉一枝斜, 管領東風艶且佳.
臺月照來西子面, 宮池洗出太眞釵.
淡粧綽約垂香瓣, 素質嬋姸浥露華.
陌上女娘爭折贈, 滿頭春色向誰誇.

기타
茂亭鄭萬朝考選 選外佳作

梅花
(金鳳柱, 호:小江, 1929.06.01., 朝鮮 140호, 詩壇 59면)

手植梅花發, 嬋姸不染塵.
默默相看過, 多靑似友人.

기타
松田學鷗 選

早花
(洪明淑, 호:大同, 1930.02.15., 東亞日報, 漢詩 04면06단)

爭榮植物喜先蜂, 未及陽春已坼封.
灑落雪中寒士態憁, 嬋姸月下美人容.

只須還至吟詩客，何必歡迎吸蜜蜂.
白首還多遊覽志，呼兒科理一枝筇.

기타
茂亭鄭萬朝考選 選外佳作

槿花

(金義淳, 주소:高敞郡, 1931.09.30., 東亞日報, 漢詩 05면09단)

一種名花遍我東，根深枝達自無窮.
三千里內皆宜土，九十春中獨漏叢.
蓓蕾初心凌酷熱，嬋娟晚景擅涼風.
縱然籬落尋常在，早發先萎那敢同.

기타
茂亭鄭萬朝考選 選外佳作

참고문헌

기본 자료

『高麗史節要』

『遣閑雜錄』

『薊山紀程』 卷之一

『老稼齋燕行日記』

『綠波雜記』 綠波雜記 二

『大東野乘』 권71

『芙蓉集』

『林白湖集』 卷之三

『三國史記』

『三國遺事』

『石洲別集』卷之一

『石洲集』 卷之七

『惺所覆瓿藁』 제15권

『星湖僿說』 卷23

『譯註 唐六典 中』 권12, 「內官宮官內侍省」

『新唐書』 권76, 「后妃 上」

『唐會要』 권3, 「內職」, 中華書局, 1998

『資治通鑑』 권192, 「太宗貞觀元年三月條」

『周禮注疏』 권7, 「天官冢宰·九賓」

『小話詩評』「嬋娟洞」

『續東文選』 제21권

『松溪漫錄』

『詩話叢林』 하권

『心田稿』 제1권 燕薊紀程

『雲楚奇玩』(筆寫本), 국립중앙도서관 소장본

『雲楚堂詩稿』(규장각 소장)
『雲楚集』
『燃藜室記述』 제18권 宣祖朝故事本末
『紫海筆談』
『朝鮮王朝實錄』 燕山君日記
『朝鮮王朝實錄』 世宗地理志
『贈越崇侍御』
『佔畢齋集』 詩集 11卷 詩
『芝峯類說』 卷十二 文章部五 唐詩
『芝峯先生集』 卷之十六 續朝天錄
『靑莊館全書』 권32~35 『淸脾錄』
『聽天遣閑錄』
『平安南道誌』
中山太郎, 『日本巫女史』, 東京, 大岡山書店, 1930.
中山太郎, 『賣笑三千年史』, 東京, 春陽堂, 1927.
王書奴, 『中國娼妓史』, 團結出版社, 2004, 19~99쪽.
김근태·백승명, 『국역 운초기완』, 성환문화원, 2010.
심재완, 『歷代時調全書』, 세종문화사, 1972.
북한 지역 정보넷(http://www.cybernk.net)
한국고전번역원(www.minchu.or.kr)
미상, 「사상」, 삼천리, 제6권 제5호, 1934년 5월 1일.
『조선향토대백과』, (사)평화문제연구소, 2008.
『북한의 자연지리와 사적』, 통일원, 1994.
허경진, 「운초 김부용 시선」, 『한국의 한시』 37, 평민사, 1993.
『운초 김부용』, 천안향토사연구소, 2004.
이능화(이재곤 역), 『조선해어화사』, 동문선, 1992.

단행본

김동욱, 「이조기녀사서설(사대부와 기녀)-이조 사대부와 기녀에 대한 풍속사적 접근-」, 『아세아여성연구』 5, 숙명여대 아세아여성문제연구소, 1966.

문일평, 『湖岩全集』 第三卷, 조광사, 1940.
신은경, 『풍류-동아시아 미학의 근원』, 보고사, 1999.
송준호·안대회 역, 『정유집』, 『한국고전문학전집』 28, 고려대 민족문화연구소, 1996.
심경호, 『한시기행』, 이가서, 2005.
이경복, 『고려시대기녀연구』, 민족문화문고간행회, 1986.
이혜순, 『한국고전여성작가연구』, 태학사, 1999.
장덕순, 『黃眞이와 妓房文學』, 중앙일보사(주), 1983.
최남선, 『朝鮮常識問答續編』, 삼성문화재단(1972 재발간), 1947.
한재락(이가원·허경진 역), 『녹파잡기』, 김영사, 2007.

논문

권순희, 「〈古今歌曲〉의 원본 발굴과 轉寫 경로」, 『우리어문연구』 34집, 우리어문학회, 2009.
김경미, 「조선후기의 새로운 여성문화공간 삼호정 시사」, 『여성이론』 5호, 여성문화이론연구소, 2001.
김명희, 「최초의 조선 여성 문단인-운초시의 특질」, 『여성문학연구』 11, 한국여성문학학회, 2004.
김미란, 「19세기 전반기 기녀, 서얼시인들의 문학사적 위치」, 『문학과 사회집단』, 집문당, 1995.
김여주, 「김운초의 한시연구」, 성균관대학교 박사학위논문, 1991.
______, 「운초 시의 특징」, 『한국한문학연구』 15, 한국한문학회, 1992.
김용숙, 「조선조 여류문학의 특질」, 『아세아여성연구』 14집, 아세아여성문제연구소, 1975.
김지용, 「삼호정시단의 특성과 작품」, 『아세아여성연구』 16집, 아세아여성문제연구소, 1977.
김창식, 「林白湖詩 一考」, 『한양어문』 3집, 한국언어문화학회, 1985.
김호, 「當代 皇室女性의 生活과 地位」, 『東洋史學硏究』 97집, 동양사학회, 2006.
박영민, 「운초, 관기와 기생첩의 경계에 선 하위주체」, 『한국고전여성문학연구』 11권, 한국고전여성문학회, 2005.

박영민, 「관기의 연회와 시회」, 『코기토』 62, 부산대학교 인문학연구소, 2007.
_____, 「기생의 한시, 사회적 정체성과 섹슈얼리티의 서사」, 『동방한문학』 제33집, 2007.
_____, 「19세기 여성화가 운초의 회화활동과 그 성격」, 『한국고전여성문학연구』 17권, 한국고전여성문학회, 2008.
박종수, 「운초 시가에 대하여」, 『우리문학연구』 6·7집, 1987.
박종우, 「16세기 호남 한시의 풍류론적 고찰」, 『민족문화연구』 48, 고려대 민족문화연구원, 2008.
성중범, 「한국한시의 역사적 소재 수용양상」, 『진단학보』 77집, 진단학회, 1994.
신현규, 「문헌에 나타난 "기(妓)"의 기원 연구 -'화동기원변증설(華東妓源辨證說)'을 중심으로-」, 『한민족문화연구』 23집, 한민족문화학회, 2007.
_____, 「선연동 시 연구-기생의 무덤을 소재로 한 시가 중심으로-」, 『우리문학연구』 29집, 우리어문학회, 2010.
_____, 「운초 시에 나타난 선연동(嬋娟洞) 연구」, 『우리문학연구』 49집, 우리어문학회, 2016.
오수창, 「〈청구야담〉에 나타난 조선 후기 평양 인식과 그 성격」, 『한국사연구』 137, 한국사연구회, 2007.
윤채근, 「林悌의 시문학 : 일상과 초일상의 분열」, 『한문학논집』 19, 근역한문학회, 2001.
안대회, 「평양기생의 인생을 묘사한 소품서 녹파잡기 연구」, 『한문학보』 14집, 2006.
이화형, 「기생시가에 나타난 자의식 양상 고찰」, 『우리문학연구』 34, 우리문학회, 2011.
_____, 「기생시조에 나타난 윤리의식 고찰」, 『시조학논총』 39, 한국시조학회, 2013.
_____, 「李梅窓과 薛濤의 漢詩에 나타난 세계인식의 차별성 고찰」, 『우리문학연구』 44, 우리문학회, 2014.
하경숙, 「스토리텔링을 통한 여성 인물의 가치와 의미-운초 김부용의 문화콘텐츠를 중심으로-」, 『온지논총』 41, 온지학회, 2014.
현문자, 「기녀고」, 동아대학교 대학원, 1967.

찾아보기

신현규 申鉉圭

문학박사

중앙대학교 다빈치교양대학 교수

『壬丙兩亂을 素材로 한 漢文敍事詩 硏究』(1996), 『조선조문인졸기』(1998, 문화관광부 우수학술도서), 『국어와 생활한자의 이해』(1999), 『초급한문』(2000), 『기초한문』(2001), 『한국문학의 흐름과 이해』(2002), 『실용한자의 세계』(2002), 『현대인의 언어와 표현』(2004), 『꽃을 잡고 ; 일제강점기 기생인물·생활사』(2005), 『중국간체자여행』(2005), 『현대인을 위한 글쓰기 기술』(2005), 『고려조문인졸기』(2006), 『글쓰기를 위한 책읽기』(2006), 『기생, 조선을 사로잡다』(2010), 『글쓰기1』(2010), 『교양한문』(2011), 『고려사악지-아악·당악·속악』(2011), 『중국창기사』(2012), 『기생, 푸르디푸른 꿈을 꾸다』(2014), 『한자능력검정시험 마스터3, 4급』(2015), 『일제강점기권번기생연구』(2015), 『대학생을 위한 글쓰기』(2016)

조선 기생 선연동(嬋娟洞) 연구

2017년 8월 17일 초판 1쇄 펴냄

지은이 신현규
펴낸이 김흥국
펴낸곳 도서출판 보고사

등록 1990년 12월 13일 제6-0429호
주소 경기도 파주시 회동길 337-15 보고사 2층
전화 031-955-9797(대표), 02-922-5120~1(편집), 02-922-2246(영업)
팩스 02-922-6990
메일 kanapub3@naver.com / bogosabooks@naver.com
http://www.bogosabooks.co.kr

ISBN 979-11-5516-707-6 93810

정가 16,000원